근린생활자

근린생활자

배지영 소설집

한겨레출판

딱 제 취향의 소설들로 무엇보다 너무 재미있었습니다. '어떻게 이런 기발한 발상을 했을까? 그리고 나는 왜 이런 생각을 못했을까?'란 생각까지도 들었습니다. 유머로 시작했지만 따라가다 보면 영 웃기기만 하진 않네요. 짠하고, 찡합니다. 이 짠한 사람들의 이야기는 무엇 하나 공감하지 않을 수가 없습니다. 서울에 올라와 여태껏 옥탑방과 반지하 생활을 했던 터라 소설집 《근린생활자》의 문장 하나하나가 어쩌나 공감이 가던지⋯⋯. 반가울 정도였습니다. 〈근린생활자〉부터 〈청소기의 혁명〉까지 여섯 개의 소설들은 생각도 못 했던 생활의 어떤 곳으로 우리를 데려갑니다. 이 얼마나 고마운 작품들인지요. 최근 가장 매끄러운 감동을 맛보았습니다. 《근린생활자》는 삶의 무게를 그대로 보여주면서도 너무 무겁지 않게 읽히게 합니다. 재밌으면서도 깊이 공감되는, 현시대의 구석을 담은 책입니다. 추천합니다!

반지하 탈출을 계획 중인,
《회색 인간》 작가 김동식

엄청난 취재로 동시대를 비추는 작품이다. 이 작품이 중요한 이유는 그가 취재 도중에 발견한 것들이 우리도 직면하는 것들이기 때문이다. 이 책에 수록된 여섯 편의 글들을 읽으면 공통적으로 떠오르는 인사말이 있다.

"당신, 오늘도 수고했어요! 푹 쉬어요!"

정말 우리는 너무 수고한다. 하루하루 살아내느라 수고하고 일하느라 수고하고 외로움과 울분과 실패했다는 느낌과 초조함을 다스리느라 수고하고 쓸 만한 정보를 찾느라, 살 만한 집을 찾느라 노년을 준비하느라 수고한다. 그러는 한편 대한민국을 만드느라 수고한다.

그런데 문제가 있다. 뛰는 심장소리가 들리지 않는다. 이 수고로움은 우리를 어디로도 데려다주지 않는다. 그저 험하게 사는 데 단련될 대로 단련되게 만들 뿐이다.

삶은 눈부시지 않다. 우리의 깊이는 종잇장보다 얇다. 그렇다는 것을 받아들인다면 그 다음은 어떻게 하지? 그러나 삶이 눈부시지 않고 쓸쓸하다고 해서 아무렇게나 살 수는 없는 것 아닌가? 삶이 눈부신 것이 아니라면 다른 것이 눈부시면 어떨까? 이를테면 용기 같은 것. 실패한 삶을 나눌 용기 같은 것 말이다. 우리가 나눠야 할 실패의 기록, 헛수고의 기록이 이 안에 있다.

CBS PD 그리고 작가
저널리즘에 발을 딛고 삶을 바꾸는 책 읽기를 실천하는, 정혜윤 가난과 노동(의 불가능성)을 말하는 어떤 이야기들은 늘 의심된다. 가난을 한낱 볼거리로 소비하는 것이 아니냐고. 그러나 배지영의 소설은 유혹적이고 득의양양하다. 시끌벅적한 광화문 광장 한복판으로, 어두컴컴하고 숨 막히는 도수관 속으로, 무엇이 매립돼 있을지 모를 으슥한 산속으로 독자를 집요하게 이끄는 그의 소설은 '비정규 인생'의 다채로운 경로와 세목들을 분연히 펼쳐놓고는 되묻는다. 이 폭력적 가난의 생태학, 그 압도적인 구체성을 당신이 정말 '향유'할 수 있느냐고. 물론, 배지영의 소설은 당신의 답을 기다리지 않는다. 당신이 머뭇거리는 동안, 그의 인물들은 영원한 무지에 갇혀 죽거나, 타이밍을 잘못 맞춘 복수로 인해 파멸하며, 그로테스크한 활기를 과시하면서 끝없이 질주한다. 푸르른 강산과 청정한 시장 질서를 '오염'시키는 이 '더러운' 신체들을 만나고 난 뒤, 나는 당신이 좀 멍해졌으면 좋겠다.

문화연구자
평론집 《지극히 문학적인 취향》의 저자, 오혜진

《근린생활자》는 묵직하다. 외면하고만 싶어지는 현실에서의 삶들을 정면으로 다룬다. 그 삶들을 바라보며 울컥하기도, 한숨을 내쉬기도, 갑갑함에 온몸을 긁고 싶어지기도 했다. 책 속에 등장하는 인물들의 삶과 고통은 그에게서 다른 사람에게로 대물림(떠넘김) 된다. 현실의 이야기를 다룬다는 건, 작가 스스로가 그 삶의 무게를 짊어진 채로 살아가는 것이다. 대물림이 반복되는 이상, 작가는 그 짐들을 내려놓지 못한다. 책을 읽는 동안, 배지영 작가에게 말을 걸고 싶었다.

이 현실의, 그 무게, 어찌 그리 짊어지며 사느냐고.

소설집 《근린생활자》의 주인공들과 비슷한 처지로 살아가는,
만화 《까대기》 작가 이종철

차
례

근린생활자 • 11

소원은 통일 • 63

그것 • 115

삿갓조개 • 181

사마리아 여인들 • 215

청소기의 혁명 • 245

작가 인터뷰 근생이 뭔데요? • 275

작가의 말 • 287

근린생활자

"근생이 뭔데요?"

난생처음 들어본 단어였다. 높은 경쟁률을 뚫고 자격증을 땄을 젊은 공인중개사를 쳐다보며 상욱이 물었다.

"그러니까 근린생활시설이라는 건데요. 상가로 준공 허가를 받은 다음 주거용으로 바꾼 거예요. 그러니 싼 거죠."

여자의 말이 이해된 건 아니었다. 그런데도 상욱은 알아들었다는 듯 고개를 끄덕였다. 공인중개사 여자는 상욱이 자신의 막냇동생 같다며 호의적으로 대했다. 상욱은 싼 전세만 구하러 다니는 입장이라 어쩐지 미안했다. 그녀는 실로 다양한 방을 구경시켜주었다. 처음엔 휴대폰 메모장에 특징을 입력하기도 하고 양해를 구한 곳에선 사진을 찍기도 했다. 그러나 그가 원하는 금액으로 구할 수 있는 곳은 따로 기억할 필요도 없었다. 집이라 하기엔 근본없이 좁았고

방이라 하기엔 너무 불결했다.

그런데 '근생'이라는 이 빌라는 이제 막 분양을 개시한 곳이었다. 남들은 꺼릴 법한 시멘트인지 페인트인지 어쨌든 환경호르몬은 반드시 검출될 것만 같은 독한 새집 냄새가 상욱에겐 더없이 향기롭고 달콤하게 느껴졌다. 널찍한 거실 창으로 들어오는 은은한 햇살이 코끝을 간지럽혔다.

"다만 취득세가 좀 더 나올 순 있지만, 그건 일정 부분 지원받을 수 있도록 해드리니 걱정 않으셔도 돼요."

공인중개사가 말했다.

"왜 근생으로 짓는 거죠?"

실은 '근생'이 뭔지 잘 모르는 상욱이 다시 물었다.

"근생으로 신고를 해야 주차장 확보를 덜 해도 되니까 요즘 빌라는 이렇게들 지어요. 서울엔 워낙 땅이 없잖아요, 땅이. 근생은 원칙적으로 보일러랑 싱크대 설치를 하면 안 되는데, 준공 허가를 받은 다음에 집어넣는 거죠. 누가 신고만 하지 않으면 상관없어요."

"신고를 한다고요?"

"차 없죠?"

상욱은 고개를 끄덕였다.

"잘됐네요. 주차 문제로 시비만 붙지 않으면 누가 신고할 리 없어요. 대개 같은 빌라 주민이 그것 때문에 신고하거든요. 그렇지만 제가 소개해드린 분들 가운덴 그런 일 겪었다는 분, 단 한 분도 없으셨어요. 집 안에 있는 걸 굳이 누가 들어와 확인할 수도 없잖아요."

여자는 혹여 신고를 당한다 하더라도 걱정할 건 없다고 했다. 대처 방법에 대해서도 설명해주었다. 싱크대를 떼어내고 사진만 찍어서 구청에 보내면 되고, 강제이행금을 낸다 하더라도 다른 층에 비해 3000만 원이나 저렴한 분양가로 집을 얻는 거니 손해는 아니라 했다.

"첫 집이시잖아요. 주택담보대출 비율도 좋고 실입주금도 얼마 안 돼요. 대출은행도 연결해드릴게요. 월세 사느니, 이런 거 하나 구입해서 매달 이자 원금 갚는 게 훨씬 저렴해요. 안 그래요? 더구나 여긴 내 집이 되는 건데."

전세가로 마련할 수 있다는 신축 빌라가 나왔다기에 얼결에 구경 온 거지만 상욱은 이 집을 보는 순간 마음을 빼앗겼다. 14평에 방은 두 개고 작지만 거실도 하나 있었다. 2층이었는데 거실 창을 열고 나가면 5평은 족히 되어 보이는 발코니도 있었다. 그는 그 부분이 가장 맘에 들었다.

"이쪽 지역으로 전철 들어온다는 얘긴 들으셨죠?"

상욱이 어리둥절한 표정을 짓자 여자는 자신의 휴대폰에 저장된 사진을 확대해 보여줬다. 2024년 준공 예정이라는 '경전철 예정역' 가운데 동네 이름이 쓰여 있었다.

"내 동생 같아서 알려드리는 거예요. 한 살이라도 어릴 때 집을 사놓아야지, 전세로 월세로 떠돌아다니면 절대 돈 못 벌어. 더구나 여긴 상가로 되어 있으니 주택청약예금도 그대로 유지할 수 있으니까, 나중에 아파트 청약 넣어봐. 당첨되면 1가구 2주택에도 해당 안되니, 여기 전세 놓고 아파트 들어가면 되잖아. 전철역 들어오면 전세 보증금만 받아도 지금 매매가보다 훨씬 더 받을 수 있을 거야.”

발코니에 정신이 팔려 맨발로 둘러보는 상욱에게 여자는 진짜 친누나처럼 다정한 목소리로 슬쩍 말을 놓았다. 그는 이 집이 마음에 들었다. 뿌리를 내린 확실한 ‘집’이었다. 모든 것이 새것이란 점이 가장 좋았다. 더구나 발코니가 있다는 건 로망의 실현을 뜻했다. 은은한 달빛이 내리는 이곳에 파라솔을 설치해놓고 고기도 구워 먹고 와인도 마시고 싶었다. 상욱의 머리에 불현듯 예은의 얼굴이 떠올랐다. 10년 넘은 ‘여자사람친구’인 그녀의 양부가 하는 호프집도 근처였다.

공인중개사의 말에 의하면 발코니는 오직 2층 입주자만 누릴 수 있는 ‘서비스 공간’이라 했다. 필로티 구조로 된 빌라 아래층은 주차장이라 발코니는 주차장의 지붕인 셈이었다.

2층엔 모두 세 가구가 있었다. 상욱이 보고 있는 202호는 투룸에 평수가 제일 작았으므로 쓰리룸인 201호나 203호에 비해선 발코니 크기도 작았으나 전혀 불만스럽지 않았다.

“마당이지, 마당. 이런 덴 나중에 세를 놔도 진짜 잘 나가. 전철역도 요 앞에서 마을버스 한 번 타면 되잖아. 이만한 가격에 이런 물건 없어. 거저야, 거저. 다른 사람이 채가기 전에 얼른 잡아, 10만 원이라도 가계약 걸어두면 잡아놓고 있을게."

공인중개사의 말에 상욱은 조바심이 생겼다. 가계약은 한다 해도, 여자가 말한 실입주금이 그에겐 결코 '거저'가 아니었다. 꽤나 무리해야 했다. 형편이 어렵긴 마찬가지인 누나에게 전세 보증금을 내야 한다고 손을 벌렸다. 월세로 다 빠지니 도무지 돈을 모을 수 없다며 어떻게든 전세를 구해 살겠다고 했다. 이혼 후 마트 캐셔로 일하던 누나는 결국 자신의 집을 뺀 뒤 어머니와 살림을 합치고 그에게 보증금 일부를 빌려줬다. 월세만 벗어나면 더 이상 부러울 게 없을 것 같았는데, 월세 같은 이자만 내면 내 집 마련을 할 수 있다니 그게 더 합리적이란 생각이 들었다. 그는 벌써 이 집이 제 것이라도 된 양 가슴이 벌렁거렸다.

그는 전세를 알아보러 다니면서 깨달은 것이 있었다. 그가 갖고 있는 보증금으로 구할 수 있는 전셋집은 마을버스도 닿지 않는 산 꼭대기에 있거나, 해 하나 들지 않는 어두침침한 골목 끝의 지하방뿐이라는 것을. 그런데 여기에 조금만 더 돈을 보태면, 썩어가거나 썩어갈 것 같은 집이 아닌, 이토록 찬란한 새집에서 그것도 자가로 살 수 있는 것이다.

이곳은 해가 잘 들었다. 곰팡이가 필 리 없었다. 건물 앞으론 1층짜리 단독주택뿐이라 창을 열어놓으면 바람도 잘 들어와 여름엔 에어컨 없이도 시원할 것 같았다. 필로티 구조의 2층이니 아무리 쿵쿵 뛰어다녀도 뭐라 할 사람도 없었다. 여길 계약하지 않으면 바보라는 생각이 들었다. 상욱은 '근생'도 '과도한 빚'도 꺼림칙하지 않았다. 하루만 더 생각해보겠다고 해서 돌아갔다가, 이튿날 그런대로 괜찮았던 전셋집을 놓쳤던 것처럼, 오후에 보러 온다는 다른 예약자에게 이 집을 빼앗겨선 안 됐다.

상욱은 10만 원을 내고 가계약을 했다. 그때까지만 해도 상욱은 불안하지 않았다. 이미 부자가 된 것만 같았다. 이렇게 좋은 집을 이 금액에 살 수 있다니 인생 최고의 행운을 얻은 것만 같았다. 모든 양해를 봐준 중개사 누나가 친누나보다 더 믿음직하게 느껴졌고 처음 봤을 땐 다소 날카롭게 느껴지던 인상도 이제는 참 자상하고 친절하게 보였으며, 그가 말하지도 않았는데 건축주에게 말해 분양가를 조금 더 깎아보겠다고 했을 땐 예뻐 보이기까지 했다.

그러나 돌아오면서 불안감이 엄습했다. 실입주금을 맞추려면 돈이 부족했다. 누나가 들어준 보험이 생각났다. 보험대출로 1000만 원 정도는 더 빌릴 수 있을 것이다. 비록 이자가 비싸긴 하겠지만. 그리고 누나가 또 도움을 줄 수 있을지 몰랐다. 상욱은 좋게 좋게, 긍정적으로 생각하려 애썼다. 공인중개사 누나 말마따나 지하철만 들어서면 이 빌라를 더 비싼 값에 팔고 나중에 진짜 집인 아파트로 들어갈 수 있을지도 몰랐다.

상욱은 그렇게 근린생활자가 되었다.

*

    매달 들어가는 이자를 상욱은 감당할 수 없었다. 굳이 계산기를 두드리지 않아도 알 수 있었다. 그래서 그는 지하생활자인 병수에게 같이 살자고 제안했다.

    "보증금 2000만 원에 월세 70만 원짜리 집이야."

    그는 거짓말을 했다. (그러나 실입주금을 내며 얻은 빚과 그에 따른 이자를 생각하면 사실상 그는 보증금 8000만 원에 월세 90만 원짜리 집에 사는 셈이었다) 상욱은 이 집이 자신의 집이라 말할 수 없었다. 그렇다면 병수는 분명 "월세는 무슨, 월세" 이러면서 빈대 붙거나, 갖은 핑계를 대며 이번 한 달만 봐달라고 할 게 뻔했다. 그는 병수에게 인심이나 쓰는 사람처럼, 보증금은 자신이 부담할 테니 월세 50만 원을 내라고 제안했다.

    병수는 집을 한번 둘러보더니 좋다고 했다. 그의 지하생활은 보증금 1000만 원에 월세 45만 원짜리였다. 최근 불가피한 빚을 져서 보증금낼 돈이 없었다면서 상욱의 제안에 반가워했다. 병수는 지하생활 1년 만에 아토피가 심해졌고 비염이 생겼다. 병수는 시커먼 딱지가 진 목 뒤를 긁적이며, 월세를 자신이 더 내니, 좀 더 큰 방을 써도 되겠냐고 물었다. 상욱은 방 크기는 아무래도 좋았다. 작은 방쪽 창문을 넘어가면 발코니로 나갈 수도 있으니 더 좋았다. 병수는 연신 '좋다'를 연발했다.

"역시 새집이라 좋다. 내 집이라면 얼마나 좋을까."

병수의 말에 상욱은 흘러나오는 웃음을 간신히 참았다. 마음 같아선 실컷 자랑하고 싶었다. 빚이 대부분을 차지하는 집일지언정 집주인이 바로 자신이라는 것을 말하며 뻐기고도 싶었다.

그동안 상욱은 변기가 싱크대 옆에 달린 원룸에서도 살아봤고 공동샤워실마저 운 좋아야 쓸 수 있는 셰어하우스에서도 살아봤다. 병수와 마찬가지로 지하생활자로도 3년, 옥탑생활자로도 2년을 살았다. 제대로 된 집에서 살게 된 것은 이번이 처음이었다. 모든 것이 자랑스러웠다. 부드럽게 열리는 이중창도, 진짜 나무 패널이 깔린 거실 바닥도, 깜박임 없이 환하게 켜지는 LED 등도, 아침저녁 부드럽게 들어오는 남향의 햇살과 창문을 열면 불어오는 시원한 바람도.

집에 대한 병수의 칭찬은 처음 구경 온 날뿐이었다. 막상 짐을 갖고 들어와 지내면서 병수는 단 한 번도 집에 대해 좋은 소릴 하지 않았다. 어떻게 단점만 귀신같이 잘 찾아내는지, 매사가 불평불만이었다.

"날림으로 지은 게 분명해. 봐, 바닥에서 삐그덕삐그덕 소리가 나잖아."

병수는 잘 씻지도 않는 더러운 발로 새 마룻바닥을 밟으며 거만한 표정으로 말했다.

"아토피가 심해진 거 같아. 새집증후군 때문이 아니라 자재들이

20

다 싸구려라서 그런 거라고."

병수는 가슴 쪽으로 손을 집어넣고 벅벅 긁으며 말했다.

"위층 애새끼들 뛰는 소리가 무슨 얼룩말 뛰어다니는 소리처럼 들리냐. 그뿐이냐. 옆집 말소리도 들리고 변기물 내리는 소리도 다 들린다. 합판으로 집을 지은 거냐."

병수는 뛰어다니는 애새끼가 상욱이라도 되듯 그를 노려보며 말했다.

그때마다 상욱은 병수의 아구창을 날리고 싶었다. 지하생활자 생활을 벗어나게 해줬더니 도대체 무슨 불만이냐며 한마디 하고도 싶었지만 참았다. 행여 병수가 이 집을 나간다고 하면 매달 내야 하는 이자를 감당할 자신도 없었기에 최대한 비위를 맞춰야 했다.

상욱도 막상 이 집에서 생활을 하니 여기저기 너무 부실하다는 것을 깨닫는 중이었다. 그럼에도 그런 불만을 제 입으로 말한 적은 한 번도 없었다. 위층 애새끼들이 뛰어다니면 이어폰을 꽂고 음악을 들으면 됐다. 자는 중에 거실 불빛이 방문 아래 틈으로 들어올 땐 안대를 하면 그만이었다.

"병수야, 여기 근생이야."

이사 오는 첫날 상욱은 병수에게 말했었다.

"어쩐지."

병수가 말했다. 그는 근생이 뭔지 알고 있었다.

"그거 잘못되면 여기 집주인 좆될 텐데."

그가 말했다. 상욱은 등골로 땀이 흐르는 것만 같았다.

"왜?"

"신고라도 들어오면 여기 싸게 산 것보다 더 많은 돈을 강제이행금으로 토해내야 할걸. 절대 피해야 할 물건 중 하나가 근생이지. 그래도 네가 보증금 다 있었으니 다행이다. 여기 전세자금대출도 안 되는 걸로 알고 있거든. 나중에 이사 갈 때 집 안 빠진다고 골탕 먹는 건 아닌가 모르겠네."

"어쨌든 여기 계약했을 때 집주인이 몇 가지 더 당부한 게 있어. 신고 당해봐야 우리도 좋을 거 없으니 조심해야 할 거 같아."

그러곤 상욱은 근린생활자로서의 규칙을 말해주었다.

반드시 인터폰으로 확인하고 문을 열어줄 것. 혹여 구청에 신고가 들어갔을 수 있으니 일단 초인종 누르는 사람은 무시할 것. 그리고 발코니에서 담배를 피우지 말아야 한다는 것도.

가만 듣던 병수가 발끈했다.

"차만 없으면 된다더니 뭐가 그리 많아? 그지 같은 근생 주제에 주인 노릇 하난 단단히 하네."

병수는 또 입을 비죽거렸다.

*

병수는 일찌감치 대학을 때려치웠다. 상욱과 마찬가지인 지방대,

그것도 지방의 전문대를 다녔던 병수는 1학년 1학기 마치고 군대를 다녀오더니 복학 신청을 하지 않고 아르바이트를 전전했다.

고졸일 뿐인 병수, 아토피 환자 병수, 비염까지 생겨 환절기마다 훌쩍거리는 병수는 늘 여자친구가 있었다. 연상의 유부녀 여자친구도 있었고 고등학교를 막 졸업한 어린 여자친구도 있었다. 나잇대만큼이나 여자친구의 직업도 다양했다. 초등학교 선생님도 있었고 전업주부도 있었다. 주차관리원도 있었고 여행가도 있었다. 미용사도 있었고 백수도 있었다. 다양했던 여자친구의 평균 외모는 늘 수준 이상이었다. 그러한 점이 대졸자인 데다가, 비정규직일망정 회사를 다니고 있고 아토피도 비염도 없는 데다가, 샤워를 하고 난 뒤 화장실 거울로 비춰볼 때마다 스스로 보기에도 이 정도면 충분히 잘생겼다 여기는 상욱의 자존심에 괜한 상처를 주었다. 상욱은 벌써 3년째 변변한 썸조차 타지 못했다. 하지만 만 스물아홉에 '자가' 소유자가 되었으니 상욱은 더 이상 병수가 부럽지 않았다, 아니 부러워하지 말자고 다짐했다.

상욱은 병수에게 근린생활자로서 지켜야 할 규칙에 대해 몇 가지 더 추가해야 했다. 그러자 병수는 첫 번째 사항을 듣자마자 목소리부터 높였다.

"여자를 데려오든 말든 그게 뭐?"

예상대로의 반응이었다.

"상관없지. 하지만 다른 층 사람들 다 들리도록 신음 소리를 내는 건 문제잖아. 너 매주 화요일마다 여자 데려온다며."

병수는 고개를 끄덕이는 대신 웃음을 터트리더니 잘못을 돌이키기는커녕 멀쩡한 집을 탓했다.

"내가 뭐랬냐. 여기 진짜 부실 공사라니까. 방음이 이렇게 안 되는 집인줄 알았으면 나 그냥 지하방에 살았을 거다. 사랑을 나누는 것도 눈치봐야 하는데 그게 뭔 집이냐."

그러니까 이 빌라에서 근린생활 가구는 2층에 있는 세 채다. 201호에는 신혼부부가 살았고 203호엔 중학생인 듯한 여드름쟁이 아들과 아이의 엄마가 살고 있었다.

집주인임을 숨기고 있는 근린생활자 상욱으로선 매달 있는 빌라 주민 회의에 부르지 않는 것이 다행스럽긴 했지만, 2층 가구를 뺀 3층, 4층, 5층 가구들은 매달 반상회 같은 걸 저들끼리 하는 모양이었다. 그들은 마치 자신들만이 건물 주인이고 근린생활자는 세입자라도 되는 양, 저들끼리 정한 규칙을 불쑥 통보했다. 그들과 똑같은 관리비를 내는데도, 예의 바른 얼굴로 생글거리며 '꼭 좀 지켜주셨으면 좋겠어요'라고 말하는 501호 반장 여자의 말에, 2층 근린생활자들은 별다른 반박을 하지 못했다.

퇴근한 상욱에게 마침 쓰레기를 버리러 나온 옆집 여자, 신혼부부라지만 좀처럼 젊어보이지도 않고 새댁 같지도 않은, 얼굴에 기미가 잔뜩 끼어 있는, 201호 여자가 말을 걸었다.

"저기요. 매주 화요일 낮 1시에서 3시 사이에 심각한 소음이 들려

온다고 501호 아줌마가 저한테 뭐라 하세요. 여자를 데려오는 건 자유지만, 그런 신음 소리를 제가 내는 걸로 오해받는다는 게 무척 불쾌하네요. 조심 좀 해주세요."

상욱은 그 소음 유발자는 자신이 아닌, 얹혀사는 거지 같은 새끼라는 걸 어필하고 싶었지만 얼굴이 벌게진 채 고개 숙여 사과할 수밖에 없었다.

상욱이 병수에게 곧이어 말한 두 번째 규칙은 실은 엄연한 '집주인'인 그조차 꽤나 불만스러웠다. 그건 다름 아닌 '발코니에서 고기를 구워 먹지 말라'는 거였다. 발코니에서 고기를 구워 먹는 것이야말로 그의 가장 큰 로망이었다. 어쩌면 그래서 덜컥 계약했던 것인지도 모른다. 과연 갚을 수 있을까 싶은 큰 빚을 지는 것에 서슴지 않았던 것도 그 때문이었다.

그런데 501호 아줌마가 퇴근한 그를 붙잡고 말했다.

"발코니에서 담배 피우거나 고기 굽는 것 좀 삼가해주세요. 연기가 위쪽으로 그대로 올라가서 특히 3, 4층 분들은 창도 못 열어놓고 지낸다고요. 아셨죠. 꼭 좀 지켜주셨으면 좋겠어요."

그러거나 말거나, 병수와 두 번쯤 고기를 더 구워 먹었다. 숯불을 넣어 가정에서 사용할 수 있는 미니화로까지 산 직후였고 냉동실에 등심과 삼겹살이 남아 있어 어쩔 수 없었다. 그런데 고기를 굽고 몇 점 입에 넣기도 전에 5층도 아니고 3층도 아닌, 201호와 203호에서 번갈아가며 초인종을 눌러대더니 한마디씩 충고를 했다.

"모르세요? 위층 할아버지가 벼르고 있다는 거."

*

상욱은 살아오면서 돈을 헤프게 쓴 적이 단 한 번도 없었다. 친구들에게 '짜다'는 말도 가끔 들었다. 그는 대학 시절 (몇 번 놓치긴 했어도) 장학금을 받았고 아르바이트도 했다. 졸업하자마자 비록 비정규직이긴 하지만 직장 생활도 하며 돈을 벌고 있는데, 왜 늘 돈이 부족한지 스스로도 이해되지 않았다.

직장 선임들은 이 일의 전망이 밝은 편이라고 했다. 관련 자격증을 따고 일만 잘 익히면 나이를 먹어서도 계속할 수 있는 직업이라고 힘주어 말했다.

그러나 현실은 딱히 그런 것 같지 않았다. 전망을 논하기엔 일 자체가 너무 고됐다. 그의 일은 욕먹는 것으로 시작해서 욕먹는 것으로 끝났다. 경비원의 욕은 예사였고 갇힌 사람을 구해주고도 고맙다는 인사보다 왜 이렇게 늦었냐, 욕부터 들어야 했으며 일을 하다 목숨을 잃거나 사고를 당하는 경우도 적지 않았기 때문에 늘 긴장을 해야 했다.

그의 어린 시절 꿈은 '회사원'이었다. 작업복을 입고 여기저기 차를 몰고 다니며 기름때를 묻히는 일이 아니라, 깨끗한 책상에 앉아 컴퓨터 자판을 두드리고 짜증이 나면 옥상에서 담배 한 대 피우며 넥타이를 약간 느슨하게 푸는 그런 회사원. 점심시간이면 떼로 몰려나와 근처 식당에서 한 끼를 먹고 아메리카노 한 잔을 들고 다시 건물로 들어가는 회사원. 퇴근 후엔 외국어 공부를 하거나 운동을 하거나 혹은 독서모임을 가기 위해, 양복을 입은 채 학원이나 헬스장, 카페를 드나드는 회사원 말이다.

그러나 작업복을 입고 승강기를 수리하는 비정규직이 된 현재의 그로서는, 그런대로 이름 있고 규모를 갖춘 회사의 정규직으로 들어가는 것이 꿈이 됐다. 그렇게 일을 하다가 독립을 해서 수리 일만 하청받는 작은 회사를 만들어 직원 몇 명 두는 것은 그의 최종 목표이자, 원대한 꿈의 종착지였다.

그는 돈을 아끼고 시간도 아꼈다. 남들이 꺼리는 야간 대기 근무도 자원했고 그때마다 회사의 당직실에서 잠을 잤다. 자격증 공부를 하기 좋다는 이유도 있었지만 무엇보다 회사 자동차를 이용해야 했기 때문에 어쩔 수 없는 측면도 있었다. 출동을 하려면 회사 차를 써야 하는데, 근린생활자인 그는 회사 차를 빌려도 빌라 주차장에 댈 수 없었다.

그것은 근린생활자의 가장 중요한 제1원칙이었으니까.

*

군이 이 동네에 집을 구한 건 재개발 해제구역으로 서울임에도 비교적 집값이 저렴하다는 이유도 있지만 예은의 얼굴을 조금이라도 더 볼 수 있으리란 희망 때문인지도 몰랐다.

예은도 고등학교 동창이었다. 고1, 고3 때 같은 반이었다. 고1 때 예은은 상욱을 '상옥'이라 불렀던 애들 가운데 하나였다. 고3 땐 그나마 이름은 제대로 불렀지만 친하게 지낸 건 아니었다. 오히려 병수와 친했다.

고등학교 졸업 후엔 예은을 만난 적이 없었다. 그러다 우연히 들른 호프집에서 그녀를 만났다. 거기서 서빙 알바를 하고 있었다. 사장이 자신의 양부라고 했다. 그녀는 아버지라고도 새아빠라고도 하지 않고 꼭 '양부'라고 했는데 그래야 좀 더 나쁘게 들리기 때문이라고 했다.

"양부, 얘네들 저랑 친하니까 앞으로 오면 서비스 좀 많이 줘요."

예은이 당부도 했다. 그 뒤 상욱은 그 호프집에 자주 갔다. 주로 병수와 함께 갔지만 그곳에서 그녀를 만난 횟수는 얼마 되지 않았다. 예은이 호프집에서 서빙 일을 한 건 직장 다니기 전 몇 달뿐이었고 지금은 어엿한 대기업 회사원으로 일하고 있으니 그곳에 오는 일은 흔치 않았다. 그래도 아주 가끔 예은이 왔고, 그때마다 병수와 상욱에게 연락했다.

예은은 자신이 대학에 입학하자마자 양부가 친모와 헤어졌다고 했다. 그리고 친모와는 잘 만나지 않았지만, 양부와는 가깝게 지낸다고 덧붙였다.

예은과 상욱은 딱 한 번 데이트를 한 적이 있다. 물론 예은이 그 걸 데이트라 생각하지 않겠지만. 그리고 엄밀히 말하자면 데이트라 할 수도 없었다.

상욱이 예은의 양부가 하는 호프집에서 술을 마셨다. 예은이 와서 서빙 일을 돕고 있다며 상욱에게 문자를 했기 때문이다. 그날은 대기 근무가 있어서 회사 숙직실에 있었지만 그는 택시까지 타고 호프집으로 향했다. 그녀의 양부는 한 무리의 사람들과 한쪽 테이블을 차지하고 앉아 있었다. 예은이 상욱 앞으로 감자튀김과 500cc 한 잔을 내왔다. 예은은 안주로 나온 감자튀김을 집어 먹으며 말했다.

"양부가 결혼할 거 같아."

예은이 슬픈 표정으로 말했다. 상욱은 테이블을 차지하고 있는 무리를 보았다. 그 가운데 여자는 한 명밖에 없었고 양부는 그녀와 눈을 맞추며 환한 표정으로 앉아 있었다. 누가 봐도 사랑이 깊어진 연인 사이라는 걸 알 수 있었다.

"어, 양부하고 나이 차가 꽤 날 것 같네."

상욱은 '예쁘다'고 말하려다가 얼른 말을 고쳤다.

"보기보단 나이 많아."

상욱은 고개를 끄덕였다.

"이젠 여기 못 올 거 같아. 내가 이혼한 전 부인의 딸에 피 한 방울 안 섞인 양부와 친하다는 걸 알고부턴 날 이상한 눈빛으로 쳐다보는 거 있지. 이건 다 우디 앨런 때문이야. 그 변태 새끼가 양녀랑 결혼하는 바람에."

상욱은 또 고개를 끄덕였고 맥주잔에 남은 술을 마저 다 마셨다. 실은 그도 양부와 예은의 사이를 의심했다.

"양부는, 좋은 사람이야. 엄마한텐 아니었을지 몰라도 내게만은. 평생 아빠라곤 양부가 처음이었으니까. 철들고 나선 일부러 거리를 뒀지만, 한 번도 친부가 아니라고 생각한 적 없었는데."

조용조용 말하던 예은이 갑자기 눈물을 흘려 상욱은 조금 놀랐다. 그는 못 볼 것을 본 양 얼른 눈길을 돌렸다. 이럴 때 어떻게 위로를 해줘야 하는지 상욱은 알지 못했다. 예은은 그런 자신에게 놀란 듯 얼른 눈물을 닦았다.

어쩌면……. 상욱은 그 뒤로 종종 그 생각을 했다. 만약 그때 좀 더 속 이야길 나눴다면 어땠을까, 하는. 사람과 사람 사이를 잇는 끈이 있다면 아마 그럴 때 좀 더 단단해졌을 거라고. 그러나 시간이 너무 부족했다. 상욱은 출동 호출을 받았다. 늦은 시간이라 당연히 출동 건수가 없으리라 방심했다. 상욱은 이미 500cc 한 잔을 마신 이후였다. 술 마신 티가 나진 않았지만 회사에 들러 다시 차를 가지고 출동하기가 애매했다. 음주운전을 할 수도 없었다.

"어쩌지. 다른 사람한테 부탁을 해야겠어. 차도 회사에 있고."

상욱의 난처해하는 모습을 보자, 예은이 말했다.

"내가 운전은 해줄 수 있는데. 너 일하는 데 상관없다면 말이야."

결국 그는 예은이 운전하는 차를 타고 서울 외곽에 쿡 박혀 있다는 어느 연구소의 승강기를 고치러 갔다. 미생물을 연구하는 곳이라고 했다. 그곳에서 일하는 과학자 한 명이 승강기에 갇힌 모양이었다.

상욱은 혹여 냄새가 날까 싶어 가글을 했고 예은이 건네준 향수도 몸에 뿌렸다가 곧 후회했다. 향수는 너무 진하고 향기로워 그의 낡은 작업복과는 어울리지 않았다. 집으로 돌아와서도, 잠자리에 들어서도, 이튿날에도 그는 남아 있는 향기 때문에 예은이 생각이 자꾸 났고 그녀의 향기와 함께 생활해야 했다.

승강기 앞에 도착했지만 전화를 해왔던 건물 경비원은 보이지 않았다. 통화상으론 5층에서 탄 과학자가 갇힌 채 승강기 문이 열리지도 않고 움직이지도 않는다고 했다. 그는 5층에 정지돼 있는 승강기로 가기 위해 비상계단을 통해 올라갔다. 깜깜한 복도에 서서 승강기 문을 두드렸지만 아무 소리도 들리지 않았다. 그는 안에 있는 비상전화로 전화를 걸었지만 이 역시 반응이 없었다. 할 수 없이 경비원이 문자로 남겨줬던 휴대폰 번호로 전화를 걸었다. 목이 잔뜩 잠긴 듯한 여자가 대답했다.

"여보세요."

"엘리베이터 수리 기삽니다. 오래 기다리게 해드려 죄송합니다."

"미안해요. 쉬시고 계셨을 텐데."

이번에도 한참 만에 대답이 돌아왔다. 너무 태연한 목소리여서 오히려 당황스러웠다.

"간단한 사곱니다. 걱정하지 마세요. 최대한 빨리 나가게 해드리겠습니다."

상욱은 승강기 안에 갇힌 사람에겐 무조건 '죄송하다', '간단한 사고'라는 말을 먼저 하도록 교육받았다. 별일 없다는 것을 인지시켜야 했다. 갇혀 있는 사람의 시간은 다를 수밖에 없고 개인차는 있겠지만 공포감도 만만치 않다. 그러나 그들이 모르는 사실이 있다. 승강기에 갇힌 사람보다 그것을 고치는 수리 기사의 사망이나 부상률이 훨씬 더 높다는 것을. 그럼에도 승강기에 갇힌 사람은 늘 최악을 생각하기 마련인데, 지금 승강기 안에 갇힌 여자의 목소리는 태연했다. 이후 그녀가 무슨 말인가를 더 한 것 같았지만 그는 잘 듣지 못했다. 어쨌든 화를 내지 않은 것만은 확실했다.

"일단 엘리베이터 가운데 벽에 기대서 앉아 계세요. 그럴 일은 없겠지만 혹시라도 흔들리거나 추락의 위험도 있으니 뒤로 손을 뻗어서 손잡이를 잡고 계시고요."

상욱은 계속 휴대폰을 든 채였는데 안에선 아무 소리도 들려오지 않았다.

이른바 열림 버튼의 오작동이었다. 그러니까 열림을 닫힘으로 인식하면서 문이 열리지 않았던 것이다. 이 정도의 고장 수리는 아주 쉬운 축에 들었다. 재부팅만 하면 시스템은 원래대로 돌아왔다. 전기 시설이나 모터 문제가 아닌 것만 해도 다행이었다. 그랬다면 상욱 혼자 해결할 수 없었다.

문이 열렸다. 과학자는 승강기의 가장 구석진 곳에 무릎을 끌어안고 얼굴을 파묻은 채 앉아 있었다.

"선생님, 고생 많으셨습니다."

상욱이 큰 목소리로 인사를 했는데도, 과학자는 일어서지 않았다. 문득 걱정이 되어 가까이 다가서자 과학자가 고개를 들었다. 눈이 부신 듯 그를 바라보며 인상을 찌푸렸다. 놀랍게도 잠이 들었던 모양이었다. 그는 얼른 손전등을 바닥으로 내렸다. 상욱은 손을 내밀어 잡고 일어서도록 도와주려 했다.

"괜찮아요."

과학자는 쉰 목소리로 말했다. 가까이서 보니 잠이 들었던 게 아니라 어쩌면 울었던 것인지도 몰랐다. 눈이 충혈돼 있었다.

"잠시만 더 있다가 가도 될까요? 제가 지금 너무 힘들어서."

"어디 불편하시면 119를 불러드릴까요?"

"아뇨. 그냥 잠시만, 아주 잠시만 더 있으면 될 거 같아요."

그녀는 바닥에 내려놓은 자신의 백팩을 가슴에 끌어안고 고개를 숙인 채 말했다. 상욱은 알았다고 했는데 승강기 안에 서 있어야 할지 아니면 밖으로 나가 있어야 할지 가늠이 되지 않았다.

"처음엔 무서웠거든요. 갑자기 조명도 꺼지고 어두워지더니. 아주 짧은 순간인데 어디에도 연락이 안 되면 어쩌나, 갑자기 엘리베이터가 아래로 떨어져버리면 어쩌나 싶기도 하고. 그런데 갑자기 저 조명이 저를 비추더라고요."

엎드린 채 혼잣말이라도 하듯 웅얼거리는 그녀의 말에 상욱은 고개를 들어 승강기 내부 천장에 달린 핀 조명을 바라봤다. 비상 상황에 켜지는 일종의 비상등이었다. 상욱은 좁은 사각의 어둠 속에서 핀 조명이 켜지는 장면을 상상해보았다. 그 안에 갇힌 작은 생물체가 되어버린 것 같은 과학자의 당황하는 모습도 그려졌다.

"근데 이상하더라고요. 갑자기 마음이 편안해지는 거예요. 불면증까지 있었는데 여기서 깜박 잠까지 들었지 뭐예요, 아주 맘 편히."

그렇게 말하곤 과학자는 고개를 무릎 위에 파묻은 채 아무 말 없이 가만히 앉아 있었다.

"그랬다면 다행이네요."

상욱은 승강기 열림 버튼을 누른 채, 여전히 웅크린 채 앉아 있는 그녀를 내려다봤다. 미동도 않던 그녀가 별안간 고개를 번쩍 든 건 상욱의 휴대폰 진동음이 울린 까닭이었다. 예은이었다.

'나 거기로 올라가도 돼?'라는 문자였다.

그 소리에 비로소 잠이 깬 사람처럼 과학자는 몸을 일으켰다. 그러곤 상욱에게 꾸벅 인사를 하고 말도 없이 돌아서 성큼성큼 비상계단을 통해 내려갔다.

상욱은 승강기 안에서 아마도 과학자가 떨어뜨리고 간 고리가 달린 작은 인형 하나를 발견했다. 그것은 실리콘으로 된, 입을 벌리고 있는 초록색 악어였다. 손으로 들어 살짝 누르자 악어 꼬리 부분에 달린 전구에서 빛이 나왔다. 그는 그걸 과학자에게 돌려주려 몸을 돌렸는데 바로 앞에 예은이 서 있었다. 당황한 상욱은 얼떨결에 인형을 주머니에 넣은 채 자신이 어디를 왜 가려 했는지 잊고 말았다.

"너, 너무 안 와서 와봤어. 고치는 거 그냥 구경만 할 건데. 그래도 될까?"

그는 고개를 끄덕였다. 다 고쳤다고 말해야 하는데 입이 떼어지지 않았다. 이미 멀쩡한 승강기 안으로 들어가 역시나 멀쩡한 콘트롤러 보드를 뜯었다. 그곳에 연결되어 있는 검정, 흰색 케이블을 분리하여 두 가닥을 꼬아 반대편에 연결된 같은 색의 케이블을 벨테스터로 연결했다. 삐, 소리가 났다. 뭔가 굉장한 작업을 하는 것처럼 보이겠지만 똑같은 색의 전선을 연결하면 들리는 당연한 소리였다. 승강기 밖에 둔 공구 가방 옆에 쭈그려 앉아 있던 예은은 자리에서 일어나 상욱의 모습을 주시했다.

"필요한 거 있으면 말해."

예은이 말했다. 물론 필요 없었지만, 상욱이 말했다.

"니퍼 좀 줄래?"

"이거?"

예은은 공구 가방에서 드라이버를 빼 들었다.

"아니. 거기 그 옆에, 빨간색 손잡이."

예은은 니퍼를 그에게 가져다줬다. 상욱은 니퍼로 튀어나온 전선을 정리했다. 아무짝에도 쓸모없는 일이었지만, 진지하게 그 일을 했다.

"안전해?"

예은이는 몽키스패너로 승강기를 괜히 탕탕 두드리며 물었다. 그는 '응'이라고 대답했다.

"시운전해야 하는데."

그가 예은을 쳐다보며 말하자 그녀는 무거운 공구 가방을 들려했다.

"이것도 갖고 가?"

그는 고개를 저었다.

"나도 같이 가자. 혼자는 무서워."

예은은 승강기 안으로 걸어 들어왔다. 상욱은 승강기의 가장 윗층인 10층을 눌렀다. 5층에서 10층까지는 정말 순식간에 올라갔지만 10층에서 5층까지는 더 빨랐다. 그는 승강기에서 잠시 내려, 두고 온 공구 가방을 챙겨 들었고 다시 5층에서 1층까지 내려갔다. 그러는 동안 예은은 승강기 안의 거울을 보며 머리를 매만졌다. 예은의 뒷모습을 바라보다 거울 속 그녀와 눈이 마주치자 상욱은 웃음이 튀어나왔다. 그녀도 그런 상욱을 보며 웃음을 터트렸다.

집으로 돌아갈 때도 예은이 운전을 해주었다. 열어놓은 창으로 바람이 들어왔다. 예은의 머리카락에서 풍기는 기분 좋은 냄새가 상욱의 코끝으로 들어왔고 그의 배와 가슴이 간질간질해졌다.

*

"요즘 새 빌라는 에어컨 설치가 다 되어 있던데 여긴 왜 이래."

병수가 또 투덜대기 시작했다. 창문을 열면 맞바람이 불어온다며 좋아할 수 있었던 건 5월까지였다. 본격적인 더위가 시작되자 그토록 많이 불어대던 바람은 딱 그치고 가만히 있어도 땀이 줄줄 흘러내렸다.

"우리 돈 모아서 에어컨 사는 건 어떨까. 벽걸이형은 좀 싸다던데."

병수는 작은 두 눈을 크게 키우며 고개를 저었다.

"우리가 집주인도 아니고 미쳤냐, 에어컨을 사게. 그거 설치비만 해도 얼만데."

병수의 말이 옳았다. 그러나 최근 살이 쪄서 그런지 상욱은 더위를 참기 힘들었다. 선풍기는 아무리 틀어놔도 땀이 마르지 않았다. 숨이 턱턱 막히는 것 같았다. 주말엔 집에 있기가 힘들어서 PC방이나 만화방에서 시간을 때웠지만, 그는 누워서 다운받은 영화를 보는 걸 좋아했다. 멀쩡한 집을 두고 엄한 곳에다 돈을 쓰는 건 더욱 마땅찮았다.

그러던 어느 날, 상욱은 홈쇼핑에서 5개월 무이자 할부로 파는 이동식 에어컨에 꽂히고 말았다. 따로 설치비를 낼 필요가 없었고 무엇보다 전기세도 많이 나오지 않는다고 했다. 인터넷으로 찾아보니 중고나라에서 파는 중고도 새 물품과 가격 차이가 크지 않았다. 그럴 바에야 새 제품을 5개월 무이자 할부로 사는 편이 이익이었다. 나중에 중고로 팔아도 됐다.

그날따라 병수는 늦게 들어왔다. 병수는 유부녀와의 스캔들로 골프연습장에서 잘리고, 지금은 편의점에서 아르바이트를 하고 있었다. 거기서도 단골로 오던, 웬 꼬맹이 같은 여자애와 사귀고 있었는데, 술도 한잔하고 들어온 모양이었다.

상욱은 병수가 흥청망청 살아 걱정이 됐다. 상욱은 자신이 연애를 못하는 것이 아니라 안 하는 거라고 최근 들어 생각했다. 연애를 하면 돈이 너무 많이 들었다. 그건 병수를 봐도 알 수 있었다. 병수가 말을 안 해서 모르지만, 그나마 모아뒀던 보증금을 날렸다고 하는 걸 보면 여자 문제 때문인 게 틀림없어 보였다.

최근 상욱은 빚을 갚는 와중에도 주택청약은 물론, 이율이 높다는 저축은행의 정기적금에 얼마 되지 않지만 돈도 붓고 있다. 그렇게 해서 1년씩 일정 금액을 상환해 갚다 보면 30년 상환의 빚도 줄여갈 수 있었다.

술에 떡이 된 병수가 흐물흐물해진 몰골로 들어오고 샤워가 끝날 때까지 상욱은 거실에서 그를 기다렸다. 킵해놓은 홈쇼핑을 그에게 틀어주며 병수를 설득했다. 반반씩 돈을 내서, 거실에 에어컨을 설치하는 게 어떠겠냐고 했다. 병수는 대뜸 '좋다'고 했다. 술김에 그러는 것 같아, 상욱은 두 번이나 재우쳐 물었다.

"사라고. 나 안 취했어."

병수가 궁시렁대며 방으로 들어갔다.

그랬던 병수가 물건이 도착하자 발뺌을 했다.

"생각해봐. 그건 너랑 이 거실에서 자야 된다는 걸 뜻하잖아. 난 여자랑도 잠은 같이 안 자. 그런데 너랑 여기서 자라고?"

각자 있는 선풍기를 방문 앞에 틀어놔도 충분히 시원한 바람이 안으로 들어오니까 굳이 거실에서 잘 필요가 없다고 해도 병수는 계속 고개를 저었다. 다음 달부턴 편의점 야간 근무를 하는 데다가, 더위도 별로 타지 않고, 한번 잠들면 더운지 추운지도 모르고 곯아떨어진다면서 에어컨 따위 필요치 않다고 했다.

할 수 없이 상욱은 자신의 방에 이동식 에어컨을 켜기로 했다. 실외기가 붙어 있는 구조라 에어컨 뒤쪽으론 뜨거운 바람이 나왔다. 상욱은 방문을 열어놓고 뒤쪽이 거실 쪽을 향하게 세워놓은 뒤, 에어컨을 틀었다. 어마어마한 소음이 들렸지만, 그래도 차가운 바람이 불어오자 조금은 살 것 같았다. 그러자 병수가 버럭 소리를 질렀다.

"양심 없는 새끼야. 지금 더운 바람이 내 방으로 들어오잖아."

할 수 없이 상욱은 창틀 위로 에어컨을 설치하기로 했다. 못 한

번 박지 않았는데, 에어컨을 설치하려면 앵글을 하나 짜야 했다. 오히려 잘 됐다고 생각했다. 창틀에 설치하고 창 위쪽 부분은 스티로폼으로 대충 막은 다음, 방문을 닫고 에어컨을 틀면 훨씬 더 시원할 것이다.

그는 에어컨을 설치할 앵글의 도면을 하루 종일 고민하여 만들고 치수를 쟀다. 앵글 전문 가게로 가서 도면을 보여주고 제작했다. 그걸 들고 오는데 그의 가슴이 어쩐지 찌릿찌릿해졌다. 이상하게 감동적이었다. 집엔 못 하나 박지 않았다. 딱히 박을 일도 없었지만 모든 것이 다 아까웠다. 병수가 변기 뚜껑을, 방문을, 싱크대 문을, 창문을, 신발장 문을, 붙박이장 문을, 현관문을 아무렇게나 꽝꽝 닫고 열 때마다 가슴에 손이 올라갔다. 진짜 상처가 나는 것만 같았다. 차마 살살 좀 하라고 말은 못했지만 움찔했던 적이 한두 번이 아니었다.

그런데 이렇게 창문에 에어컨을 설치하는 것, 창틀에 두어 개의 구멍이 생길 수밖에 없는 상황임에도, 그는 아깝다는 생각보다 감동스러웠다. 그건 바로 이 집이 '자신의' 집이기 때문이었다. 상욱은 자기 집이라 아까워서 못을 박지 못하는 것과 남의 집이라 못 박는 게 꺼려졌던 것의 차이를 실감하고 있었다. 더 편하고 안락하게 살기 위해 에어컨을 설치한다는 것은, 집주인으로서 누구의 눈치도 볼 필요가 없다는 것을 뜻했다. 당당함과 자부심과 감동을 주는 두 개의 구멍 따위, 전혀 아깝지 않았다.

그러나 집에 들어선 그는 버젓이 자신의 방으로 들어와 에어컨을 틀어놓은 채 잠자는 병수의 뒤통수를 보고 부아가 치밀어 올랐다.

"야, 이거 은근 시원하네."

병수는 부스스 일어나, 아직까지 화가 가시지 않은 상욱의 벌겋게 상기된 얼굴을 올려다보며 말했다.

"반반씩 내면 된다고 했지?"

그러곤 상욱의 손에 들린 앵글을 보더니 한마디 더 내뱉었다.

"창틀에 설치하려고 사 온 거구나. 앵글값은 내가 낼게. 네가 거실에 설치해."

*

상욱과 병수는 고등학교 동창이었다. 사실 친한 사이는 아니었다. 노는 물이 달랐다. 말하자면 병수는 날라리과에 속했고 상욱은 범생이과에 속했다. 둘 다 성적이 좋은 편은 아니었다. 그때도 병수는 여자애들에게 인기가 많았다. 상욱은 당시에도 이해가 되지 않았다. 병수가 상욱보다 나은 점이 있다면 키가 10센티미터가량 더 크다는 것과 말빨이 좋다는 것뿐이었다. 상욱의 입장에선 병수의 나불거리는 농담 스타일도 마음에 들지 않았지만 무엇보다 그다지 웃기지도 않는 시시껄렁한 말에 까르르 넘어가는 여자애들이 더 이상했다. 병수는 전교 5등 안에 드는 아이와 사귀기도 했고 가출을 밥 먹듯 하고 술집에서 일한다는 소문이 파다한 아이와도 사귀었다.

그때도 상욱은 어지간히 인기가 없었다. 여자애들끼리 하는 인기투표엔 단 한 번도 후보로 이름을 올린 적이 없었다. 같은 반이었음에도 졸업할 때까지 말을 나누지 않은 여자애들이 수두룩했으며 상욱의 이름조차 잘 몰라서, '애', '쟤'로 불렸고 '상우'라거나 '성옥'이라거나 혹은 '성욱'이라 불리는 건 예사였다.

상욱은 늘 열심히 공부했다. 노력에 비해 성적이 나오진 않았다. 어쨌든 그는 3년 내내 연애도 않고 PC방에서 시간을 허비하지도 않았으며 우르르 몰려다니며 노래방에 가지도 술이나 담배도 하지 않았다.

그런데 병수가 상욱과 같은 대학을 지원한다는 이야길 들었을 때 상욱은 기분이 몹시 좋지 않았다. 게다가 병수와 상욱, 둘 모두 합격하자 상욱은 합격의 기쁨조차 누리지 못했다. 병수와는 학과가 다르다는 점, 어쨌든 커트라인만큼은 높고 인기 학과라는 자신감으로 버티던 상욱이었건만, 병수가 제대하자마자 '후진 학교 비싼 등록금 바쳐가며 졸업해봤자'라며 망설임 없이 자퇴했을 땐 꾸역꾸역 공부하고 아르바이트하며 애면글면 살던 상욱은 또다시 힘이 바졌다.

"난 그냥 아르바이트로 돈 좀 모았다가 사업이나 할란다."

아르바이트를 해서 과연 돈을 좀 모을 수나 있는 것인지, 도대체 뭔 사업을 한다는 건지 알 수 없었지만, 상욱은 그렇게 말하는 병수가 대단해 보였고 부럽기도 했는데 곧 이런 자신이 매우 못마땅해졌다.

순 허세라 생각했는데 대학 시절 골프 동아리에서 골프를 배웠던 병수는 골프연습장 아르바이트를 했다. 거기서도 사람들을 어떻게 구워삶았는지 돈 받고 배워야 할 실기를 공짜로 배우더니, 남들은 생업을 접고 한다는 골프 티칭 자격증도 수월하게 땄다.

계속 그쪽으로 가는가 싶더니, 지금은 편의점 아르바이트를 하고 있으면서도 무슨 생각인지 전혀 걱정을 하지 않았다. 걱정은 상욱이 했다. 그는 무계획하게 사는 병수가 걱정됐다. 뭐든 한 우물을 파야 하는데 저렇게 이것저것 집적대다가 아무것도 못 하고 나이만 먹으면 어쩌나 싶었다.

그러나 따져보자면 상욱은 몇 년째 일하는 틈틈이 준비하는 자격증 시험에 여태 하나도 합격을 하지 못했다. 골프 티칭 자격증까지 딴 병수가 고작 몇 개월 편의점 아르바이트 한다고 잔소리할 처지는 아니었다.

고등학교 동문이라는 이유로 대학 시절 같이 자취를 하면서, 상욱은 병수와 친해졌다. 알고 보니 병수가 생각처럼 그렇게 아무 생각 없이 살고 여자 꽁무니나 쫓아다니는 양아치는 아니라는 생각이 들었다. 상욱은 병수를 그런대로 건실하고 의리도 있는 녀석 정도로 생각을 고쳐먹었다. 병수 역시 상욱이 고등학교 시절 생각했던 것처럼 고리타분하고 꽉 막힌 좀팽이는 아니라 생각했다. 그래도 마음속 깊은 곳에 자리잡은 선입견이 깡그리 사라진 건 아니었다. 누군가 '절친'이라거나 '베스트프랜드'냐고 물으면 곧장 대답 못 하고 몇 초 정도 뜸을 들이다가 마지못해 고개를 끄덕였다.

*

퇴근한 상욱은 빌라 공동 현관에 들어서면서부터 이 냄새가 어디서 나오는지 알 것 같았다. 다만 이상한 것은 아직 9시밖에 안 됐다는 것이다. 이 시간이면 병수가 편의점에서 일하고 있을 때다. 그가 또다시 거길 그만둔 것이 아니라면 말이다.

도어락의 비밀번호를 누르고 있는데, 기다리기라도 했다는 듯 옆집 203호 아줌마가 문을 열고 나왔다. 중학생 아들과 같이 살고 있는 여자였다.

"오늘도 여자친구랑 고기 구워 먹나 보네요."

여자는 빈정대는 말투로 상욱에게 말했다. 상욱은 괜히 자신의 얼굴을 쓱 문질렀다. 침이 튀긴 것만 같았다.

현관문을 열자, 아니나 다를까 여자 구두와 병수의 운동화가 있었다. 두 켤레의 신발이 뒤섞여 헝클어진 채 아무렇게나 뉘여진 것을 보니 이미 못 볼 꼴을 본 양 얼굴이 화끈거렸다.

행여 병수가 집을 나간다 할까 전전긍긍해선 안 된다고, 근린생활자로서의 규칙을 지키지 않으면 곤란하다고, 한마디 해야겠다 다짐하며 중문을 밀었다.

그리고 뒤돌아보는 여자의 얼굴을 보며 상욱은 반가움과 실망이 동시에 떠올랐다. 여자는 예은이었다.

"어이, 일찍 왔네."

병수가 자리에서 일어서며 잇새에 낀 고기를 빼려는 듯 벌린 입속에 손가락을 넣으며 말했다. 추리닝 바지 밑단이 무릎까지 올라가 있었고 헐렁한 반팔 티는 뒤집힌 채였다. 상욱은 자신도 모르게 예은의 옷차림을 살폈다. 다행이라면 예은의 옷매무새는 전혀 흐트러짐이 없어 보였다. 출근했을 때 입은 것이 분명해 보이는 정장용 바지, 민트색 블라우스. 그런 것을 살피는 자신의 시선이 스스로도 혐오스러웠다. 그리고 병수는 지금 여자친구가 있다, 병수는 어쨌든 양다리는 싫어한다는 연이은 생각을 계속해서 떠올리는 자신이 이해되지 않았다.

"일루 와서 앉아봐. 방금 병수가 진짜 재밌는 얘길 했어."

예은은 여기가 지네 집이라도 되는 양 자연스럽게 굴었다.

"나 옷 좀 갈아입고."

상욱은 얼른 자신의 방으로 들어갔다. 땀 냄새 나는 몸으로 예은의 옆에 앉을 순 없었다. 그는 옷을 갈아입고 화장실로 들어가 얼굴과 발을 씻고 나왔다. 예은은 벽에 기대 앉아 캔 맥주를 마시고 있었다. 병수는 보이지 않았다.

"어디 갔어?"

"술 사러."

예은은 TV를 보며 대답했다. 재미도 없는 일일드라마가 하고 있었다. 상욱은 그런 예은의 태도에 몹시 기분이 상했다. 반갑게 맞아주지 않은 것은 둘째치더라도, 여기엔 왜 왔는지 몇 시에 왔는지 뭐그런 거라도 이야기해줄 줄 알았는데 이토록 시큰둥한 태도를 보이다니. 상욱은 앞에 있는 나무젓가락을 하나 들어 온기는 남아 있지만, 가장자리가 탄 고기 몇 점을 입에 넣었다. 종잇조각을 씹는 것만 같았다.

"근데 넌 여기 왜 왔어?"

상욱이 묻자, 예은은 여전히 TV에 시선을 향한 채 말했다.

"심심해서."

"그래. 심심해서."

상욱은 예은의 말을 의미 없이 따라했다.

"몇 시에 왔어?"

"한 8시쯤?"

"병수 여자친구 있는 건 알아?"

"그래? 병수 여자친구 있었구나."

"응. 여기에도 몇 번 왔지."

상욱은 더 구체적인 이야기를 할까 하다가 관뒀다.

"넌?"

예은이 물었다.

"응?"

"너도 여자친구 데리고 왔어?"

"아니."

"여자친구 없어?"

상욱은 고개를 끄덕거렸다.

"왜?"

"여자친구 없는데 이유가 있어야 해?"

"그렇긴 해."

그러곤 또 예은은 고기 한 점을 뒤적이다가 말고 맥주를 마셨다. 상욱은 뭔가 어긋나는 기분이 들었다. 꼴도 보기 싫은 병수가 빨리 들어왔으면 했다.

사실, 예은이 상욱의 방에서 잠을 자고 간 적이 있었다. 예은과 첫 데이트를 한 날, 아니 예은이 운전하는 차를 타고 출동을 했던 날, 그녀는 상욱을 집까지 데려다 줬다. 상욱의 집에 다다랐을 땐 이미 새벽 3시가 훌쩍 넘어 있었다.

"너랑 병수가 사는 집이야?"

예은은 빌라를 올려다보며 물었다. 상욱은 고개를 끄덕였다. 왠지 모를 자부심이 생겼다.

"나 자고 가도 돼?"

상욱은 순간 자기가 말을 잘못 들은 건가 싶었다.

"집으로 다시 갔다가 출근하면 너무 늦을 거 같아. 피곤하기도 하고."

병수는 밤새 편의점에 있다가 오전에 오기 때문에 그전에만 예은이 나가면 병수도 알 리 없을 것이다. 그러나 주차가 문제였다. 차를 댈 수 없다는 말은 차마 할 수 없었다. 그래, 하루 정도는 괜찮겠지, 라고 상욱은 근린생활자의 규칙을 깨며 말했다.

"내 방에서 자. 난 병수 방에서 자면 되니까."

말은 그렇게 했지만 그는 거실에서 잘 생각이었다. 병수는 자기 방에 누가 들어오는 걸 무척 싫어했다.

"고마워."

예은은 화장실에 들어가 오랫동안 씻었다. 상욱은 거실에 이불을 펴놓고 누워 있었는데 깜박 잠이 들었다. 예은이 상욱의 방문을 열고 들어가는 소리에 잠이 깼지만 '잘 자'라고 인사를 할 순 없었다. 그는 그저 누운 채 상상을 할 뿐이었다. 상욱이 깔아놓은 이불, 그 이불 위에 (예은이 잠잘 때 편하게 입으라고) 꺼내놓은 추리닝을 입고 잘 것이다. 잠시 뒤 상욱의 방에도 불이 꺼졌다.

새벽 6시도 안 되서 예은은 그의 방에서 나왔다. 이번에도 상욱은 거실에서 웅크린 채 소리를 들었다. 예은은 잠시 현관문 앞에 서 있었다. 센서등이 꺼졌다 켜졌다 했다. 그때라도 그는 일어서서 인사를 하고 싶었다.

'벌써 가려고?'라고 물어도 됐고, '잠자리는 편했어?'라고 말해도 됐다. 아니면 '출근 잘 해'라고 인사를 해도 됐다. 그런데 왜 그런지 그는 차마 일어서질 못했다. 슬몃 뜬 눈을 다시 감았다. 구두 신는 소리, 현관문 닫히는 소리가 들렸다. 센서등이 다시 꺼졌다. 그제야 상욱은 슬그머니 일어서 거실 창을 열고 맨발로 발코니로 걸어갔다. 예은의 차 시동 걸리는 소리가 들리고서야 그는 밖으로 고개를 내밀었다. 그러곤 그녀의 차가 빌라에서 멀어지는 걸 지켜봤다. 한편으론 아쉬웠고 한편으론 안도감이 들었다. 새벽에 차를 댔다가 얼른 뺐으니 다른 세대 사람도 뭐라 하지 않을 것이다, 주차한 것조차 모를 것이다, 라는 근린생활자로서의 생각이 먼저 드는 것이었다.

그날 아침, 상욱은 예은에게 '출근 잘 했어?'라고 문자를 보냈는데, 정확히 2시간 28분이 지난 뒤에야 '응'도 아닌 'ㅇㅇ'이라고 적힌 문자가 왔다. 상욱은 그녀의 성의 없는 문자에 실망했고 더 이상 연락하지 않았다.

그때 삐삐빅 하며 비밀번호 누르는 소리가 들렸다. 뒤돌아보니 병수가 웬 할아버지를 뒤에 달고 현관문을 열고 들어왔다.

"우리 바로 위층에 사시는 할아버지. 인사해. 우리 집 구경하고 싶다고 하시네."

병수는 뭐가 좋은지 술에 취한 벌건 얼굴로 히죽거렸다. 뒤따라

온 할아버지가 누군지 소개하지 않아도 상욱은 충분히 알 것 같았다. 201호와 203호에서 늘 말하는, 불만을 잔뜩 품고 있다는 302호 할아버지였다.

"아하, 이렇게 사시는구만. 생각보다 아늑하네."

할아버지는 신발을 벗고 상욱과 예은을 번갈아 봤다. 예은은 자리에서 일어나 두 손을 모으고 공손하게 인사를 했다. 상욱은 어정쩡하게 일어선 채로 병수를 향해 눈을 치떴다.

"위층에 사시는 할아버지야."

병수가 또 말했다. '나도 알아, 새끼야'라고 하고 싶은 것을 가까스로 참았다.

302호 할아버지는 양해 같지도 않은 양해, 그러니까 "좀 둘러봐도 될까요"라고 하더니 함부로 방문을 열고 화장실 문을 열었다. 그러더니 아예 화장실 안으로 들어가 문을 닫고 볼일까지 봤다. 거실에서 할아버지의 가느다란 오줌발 소리, 물 내리는 소릴 들으며 상욱은 병수의 옆구리를 쿡 찔렀다. 할아버지는 큼큼, 헛기침을 하며 화장실 문을 열고 나왔다.

"이런 실례가 많았어요, 학생들."

그러곤 그는 화장실 문에 선 채로 주방 쪽을 향해 폴더폰을 들었다 놨다 했다. 상욱은 그가 사진을 찍는 것은 아닌가 싶었지만 확신할 순 없었다. 할아버지는 마침내 테라스를 향해 나 있는 창을 열었다.

"아, 여기 2층은 참 좋아. 이런 공간도 쓸 수 있고."

갑자기 할아버지는 코를 킁킁댔다. 중요한 증거품을 수집하는 형사처럼 엄지와 집게손가락으로 뭔가를 들어 올렸다 다시 내려놓더니, 거실에 서 있는 그들을 향해 뒤돌아보며 말했다.

"그래그래, 여기서 올라오는 담배 냄새였구만. 그렇게 하지 말라고 반상회 때마다 말했건만. 이제야 범인을 딱 잡았어."

선하게 웃음 짓던 얼굴과 자상한 주름은 어디로 갔는지 표독스러운 표정으로 상욱과 병수를 번갈아 쳐다봤다. 어제까지만 해도 안 보였던 종이컵이 찌그러져 있었고 거기에 담뱃재와 담배꽁초가 들어 있었다.

"그거 제가 피운 거예요, 아까."

예은이 말했다.

"아가씨가 담배를 피운다고?"

할아버지의 얼굴이 더 험악하게 구겨졌다.

"전 오늘 여기 처음 와서 피운 거고. 얘네들은 담배 안 피워요. 그치?"

예은은 '처음 와서'라는 말을 강조했다.

"네. 맞아요. 저는 전자 담배를 피우는데 그건 연기도 냄새도 안 나요. 그리고 얜 원래부터 안 피우고."

병수가 말했다.

"세상에 연기 안 나는 담배가 어딨어?"

그러더니 302호 할아버지는 더 화난 표정을 지었다.

"아가씨가 담배를 피우면 어떻게 해. 더구나 다 큰 처녀가 남자들만 있는 집에 겁 없이 들어와 술이나 마시고."

할아버지는 혀를 쯔쯔 차며 발코니 창을 닫곤 현관으로 나갔다. 그러곤 한마디 더 했다.

"나 그렇게 꽉 막힌 꼰대는 아니라 상관은 안 해. 피해만 안 주면 돼. 알았어? 자꾸 그렇게 고기 굽는 연기 피워 올리고 담배 피우고 그러지나 말라고."

그의 말에 병수가 한마디 했다.

"할아버지만 참고 사는 거 아니에요. 할아버지네 손자들 놀러 와서 망아지처럼 뛰어다니는 거 시끄럽다고 한마디라도 했나요? 아니잖아요. 너무 그러시는 거 아니에요."

병수는 할아버지를 밀어내곤 문을 닫았다. 문밖에서 할아버지의 고함 소리가 들렸는데, 예은이 TV 볼륨 소리를 크게 키우곤 그들을 돌아보며 히죽 웃었다. 아주 짧은 순간이나마 상욱은 통쾌했지만 그뿐이었다. 아무 생각 없이 구는 병수와 예은에게 짜증이 났고 걱정이 밀려왔다. 아무리 생각해도 아까 할아버지가 싱크대와 가스레인지 사진을 찍은 게 분명한 것 같았다.

*

"이상한 고지서가 왔어."

병수의 전화를 받고 상욱의 몸이 떨렸다. 드디어 올 것이 온 것 같았다. 신고를 당한 것이다. 그 순간 병수에 대한 분노가 치솟았다. 왜 할아버지를 데리고 들어온 것인지. 상욱은 무엇보다 할아버지의 기분을 맞추지 못한 자신에 대한 후회와 자책이 밀려왔다.

할아버지가 아무래도 사진을 찍은 것 같다고 했을 때 병수와 예은의 비웃음에 의기소침해할 것이 아니라 적극적으로 302호 할아버지의 비위를 맞췄어야 했다.

"그 할아버지 그냥 휴대폰으로 시간 본 거라니까."

당시 병수는 낄낄대며 한마디 보탰다.

"이 새끼 소심해서 어쩌냐. 이러니 이 나이 먹도록 여자 한 명 못 사귀었지."

그 말에 상욱은 얼굴이 빨개지고 말았는데, 그걸 보고 병수는 더 신나서 떠들어댔다.

"어라, 진짠가 보네. 그냥 한 소린데."

예은이 '에이, 설마' 하며 웃었는데 그것도 꼭 '비웃음' 같았다.

"상욱아. 너 아무래도 사기당한 거 같다."

병수가 뒤이어 하는 말에 상욱의 마음은 더욱 조급해졌다.

"사기라니? 그게 무슨 소리야? 무슨 고지서길래 그래?"

"이게 말이야. 네 이름으로 재산세가 나왔는데……."

"재산세?"

상욱은 그 말을 듣고도 한참을 멍하니 서 있었다. 재산세가 나왔는데 그게 왜 사기를 당한 거 같다는 걸까.

"우리가 살고 있는 이 빌라 소유주가 너로 되어 있고 여기에 대한 재산세가 나온 거야."

그 말을 듣자 상욱은 난처한 기분이 됐으며 휴대폰을 든 손이 떨렸다.

"어, 그게. 아, 잠깐만. 지금 나 부장님이 부르셔서. 이따 저녁에. 어라, 사장님도. 아무튼 그러니까. 내가 알아볼게."

상욱은 횡설수설하며 서둘러 전화를 끊었다. 한 번도 재산세를 내본 적 없는 상욱은, 그런 고지서가 집으로 온다는 것도 몰랐다. 병수는 왜 남의 우편물을 그렇게 함부로 뜯어보는지 원망스러우면서도, 이제 집주인인 걸 알게 됐으니 병수가 자신을 얼마나 이상한 사람 취급할 것인지 생각만 해도 괴로웠다.

사기를 당한 거라 하기에도 이상했다. 본인 모르게 집 한 채의 소유주가 되는 사기도 있을까. 그는 네이버를 검색하며 그런 게 가능할지 찾아보기도 했다. 당연하겠지만 그런 변명은 그를 더 치졸하게 만들 것이다.

상욱은 승강기를 수리하러 가면서 익숙했던 길을 몇 번이나 잘못 들어 헤매는 바람에 욕을 들었다. 허둥대다 몽키스패너를 떨어뜨리기도 했다. 간신히 집중력을 발휘해 수리를 하기는 했지만 하마터면 모터에 몸이 빨려 들어갈 뻔한 큰 위험을 겪기도 했다.

안 갔으면 하는 시간은 너무 빨리 갔다. 어떻게든 시간을 미뤄보고 싶었지만 소용없었다. 일부러 늦은 건 아니고, 서류 작업이 늦어져 상욱은 10시가 다 되어 집으로 들어갔다. 당연히 편의점에 갔을 거라고 생각한 병수가 거실에 누워 TV를 보고 있었다. 병수는 베개를 다리 사이에 끼운 채 들어오는 상욱을 본체만체했다. 그의 옆으로 재산세 고지서가 펼쳐져 있었다.

"저기, 병수야. 이게 말이지."

상욱은 죄지은 사람처럼 그의 앞에 앉았다. 의도치 않았는데 무릎을 꿇고 있다는 걸 발견하고 얼른 양반다리로 고쳐 앉았다.

"이 집 주인이 너였어?"

병수가 상욱을 흘긋 쳐다보며 물었다.

"내가 왜 그랬냐면. 여기 실입주금 대부분을 다 빚졌으니 사실상 월세나 다름없었고. 이자도 너무 부담되고."

상욱이 더듬대며 말을 이었는데 지금 자신이 무슨 말을 하고 있는지 가늠이 되지 않았다. 분명 에어컨이 켜져 있었는데도 하나도 시원하지 않았으며 줄줄 땀이 흘렀다. 바깥보다 더 더운 것 같았다.

"내가 월세 안 낼까 봐 그런 거라면……."

"아니야, 그런 거 아니야."

"그동안 엄청 실수했네. 맨날 이 집이 후지다느니. 아무튼 난 계속 재계약인 거지?"

"어? 어. 물론이지."

"근린생활자 규칙이었나. 이젠 잘 지킬게. 진작 말하지 그랬어."

상욱은 괜히 허허 웃었다. 그러자 누워 있던 병수가 슬쩍 그런 상욱을 올려다보며 말했다.

"부럽다 야, 네 집도 있고."

"다 빚인데 뭘."

상욱은 이마를 손바닥으로 문질렀다. 이마엔 땀이 흥건했다.

*

마지막으로 딱 한 번, 발코니에서 시간을 보내기로 했다. 이웃과의 마찰을 고려해 실내에서 고기를 구워 가져 나가기로 했다. 어차피 더 추워지면 쓸모없는 것이 될 것이 분명하니 아침저녁 제법 서늘한 가을이 된 지금 아니고선 쓸 수 없을 게 뻔한 파라솔을 마지막으로 한 번 펴서 쓰자는 병수의 제안에 상욱도 그러자고 했다.

지난번 예은이 왔을 때도 그랬지만, 이사 온 뒤 발코니에서 제대로 분위기를 내본 적이 없었다. 밖에서 고기만 굽지 않는다면 상관없을 것 같았다. 상욱 역시 가을이 더 깊어지기 전, 발코니에서의 낭만을 누려보고 싶었다. 그래서 굳이 이곳으로 이사를 온 셈이었으니까. 더구나 최근 이웃과의 날 선 신경전도 제법 무뎌진 것 같왔다.

예은 역시 상욱의 집들이 초대에 뒤늦게 웬 집들이냐며 의아해했지만 와인 한 병을 준비해 갖고 오겠다고 흔쾌히 약속한 참이었다.

그날 상욱은 예은에게 "실은 이 집이 내 집이야"라고 말할 참이었다. 강남의, 꽤 괜찮은 오피스텔에서 살고 있는 예은에게, 고작 강북의 역세권도 아닌 동네, 근린생활 빌라가 자가든 전세든 뭐가 중요하겠냐 싶기도 했으나 상욱은 은밀한 자부심을 드러내고 싶었다.

돼지고기와 술을 사서 가는 상욱은 집이 가까워질수록 기분이 좋아졌다. 멀찌감치 보이는 빌라 건물도 더없이 멋져 보였으며, 이제는 완전한 근린생활자가 되어 여자친구도 데려오지 않을 뿐더러 매달 월세도 밀리지 않는 건실한 룸메이트 병수에게도 새삼 고마웠다.

병수는 파라솔을 펴고 물걸레질을 하고 있었다. 냄새도 연기도 없는 전자담배를 피우던 병수는 빌라 공동 현관을 열고 들어오는 상욱을 내려다보며 손을 흔들었다.

단풍이 물들기 시작하는 가을 초입의 토요일 오후 5시는 평화로운 시간이었다. 특별한 경우를 빼고 일에 얽매이지 않아도 됐으며 할 일이 있더라도 조금 미뤄도 될 것 같은 그런 여유의 시간이었다.

출퇴근 시간이 명확하다고 알려진 공무원도 토요일 오후 5시만큼은 각자의 가정에서 느긋한 여유를 즐기지 굳이 감찰로 자신의 시간을 낭비하진 않는다. 상상도 못 할 엄청난 민원에 시달려 정신과를 드나들 정도가 됐다거나 누구도 원치 않는 워커홀릭이거나 혹은 전생에 웬수가 지지 않고서야, 굳이 그 시간에 평화로운 남의 가정집에 들이닥칠 일은 없다. 평균적인 사고를 하는 사람이라면 누구나 아는 상식이었다.

집에 들어온 상욱이 청소기를 돌리고 병수는 후드를 틀어놓고 가스레인지에서 고기를 구웠다. 다시 실내 골프연습장에서 일을 하게 된 병수는, '이번엔 진짜'라는 여자친구도 초대했다. 그녀는 초등학교 급식실에서 일하는 영양사라고 했다. 몇 가지 요리를 직접 해 온다고 해서 상욱도 내심 기대하고 있었다.

그때 예은에게 문자가 왔다.

'여기 바로 앞 편의점인데 사 갈 거 없니?'

상욱은 '없어. 그냥 빨리 와'라고 문자를 쓴 다음 잊지 않고 웃는 이모티콘도 덧붙였다. 청소기를 돌리다 문득 열린 창 너머 테라스에 제법 안정적으로 설치해놓은 파라솔을 바라봤다. 테이블 위엔 어디서 구해 왔는지 레이스로 된 테이블 보가 펼쳐져 있었다. 그걸 보니 상욱의 마음은 더없이 너그러워졌다. 이런 게 과연 사람 사는 맛이다, 싶었다.

그는 다시 청소기를 돌렸다. 소음에 묻혀 상욱은 초인종 소리도 현관문을 두드리는 노크 소리도 듣지 못했다. 그럼에도 불구하고 문을 열어준 건 상욱이었다.

"예은이 왔나 보다."

병수가 소리쳤다. 상욱은 청소기를 끄고 서둘러 현관문을 연 것이다. 그동안과 다른 점이 있다면 인터폰을 들어 확인하지 않고 열어줬다는 점뿐이었다. 그래서 문 앞에 서 있는 점퍼 차림의 사내를 보고 택배 기사인가 했다.

"구청에서 나왔습니다."

상욱은 잠시 상황을 이해하지 못했다. 그러곤 자신이 근린생활자라는 걸 아주 잠깐 잊은 것치고 너무 가혹한 대가를 받는다는 사실을 깨달았다.

*

부동산 여자는 말했다. 단 한 번도 근린생활시설이 불법구조물로 문제가 되어 강제이행금이나 원상복구명령이 떨어진 걸 본 적이 없다고. 정말 특이한 경우라며 안타까워했는데, 그에게 필요한 건 그런 얄팍한 동정심이 아니었다. 어떡하든 이 문제를 벗어날 방법을 제시해달라는 거였는데 여자는 딴소리만 했다.

"구청에서 실사 나온다고 했을 때 안 열어주는 것도 방법인데. 왜 문을 열어줬대?"

상욱은 입안에 고인 쓴 침을 삼켰다. 누굴 원망할 수도 없었다.

"철거하는 수밖에 없어. 원상복구할 때까지 매년 2000만 원 가까이 물어야 하니까."

부동산 여자는 상욱도 이미 다 알고 있는 사실을 앵무새처럼 되풀이해서 말할 뿐이었다.

"방법을 알려주신다고 하셨잖아요? 그때 계약할 때."

"아니 방법대로 다 알려줬는데 제대로 한 게 없으면서 왜 그래."

상욱은 화를 참기 위해 두 눈을 감았다 떴다. 어쩔 수 없었다. 나중에 알게 된 사실이지만 그날 예은이 일찌감치 차를 몰고 나간 건, 차를 빼라는 누군가의 항의 전화 때문이었다고 했다. 그때 그 사실만이라도 미리 알았다면 조금 더 조심할 수 있었을까. 그는 해봐야 쓸데없는 후회를 몇 번이고 반복했다.

"알았어. 어쨌든 그 집을 진짜 근생으로 쓸 사람한테 팔아달라는 거지."

상욱은 고개를 끄덕였다. 더 이상 돈 나올 데도 없었다. 강제이행금을 낼 수도 그렇다고 싱크대와 보일러와 변기를 떼어냈다가 다시 복구 공사할 돈도 없었다.

"진짜 자기가 내 동생 같아서 해주는 말인데, 지금 팔면 손핸데. 산 가격보다 훨씬 다운된 가격으로 내놔야 할 거야. 근생이라 잘 나가지도 않아서 말이지."

"왜 싸게 내놔요? 여기 전철역 들어선다고 하셨잖아요."

상욱이 항의하듯 말했다.

"예정이라니까. 아직 확정된 건 아니잖아. 차라리 세를 주지. 내가 잘 받아서 내놔줄게."

"얼마나 받을 수 있는데요?"

지친 목소리로 상욱이 물었다. 그러나 공인중개사가 말한 전세가는 상욱의 기대에 턱없이 미치지 못했다. 공사비를 빼고 매달 이자와 원금도 갚아야 하니, 물이 새는 곳의 지하생활자나 창 하나 없는 고시생활자 신세를 면치 못할 게 분명했다. 그는 너무 실망스러웠다.

"아니면 동생이 어떻게든 좀 버텨봐. 5년? 아니 한 3년이라도. 그때쯤이면 전철역도 '확정'될 거야. 집값도 더 오를 거라고."

그때 상욱은 여자의 말에 넘어갈 뻔했다. 그러나 그는 자신이 없었다. 병수마저 '진짜 애인'이라는 영양사의 집으로 들어가 동거를 한다고 했다. 새로운 룸메이트를 구하는 것도, 매일 숨죽여 사는 것도, 매달 이자가 밀릴까 전전긍긍하는 것도 지긋지긋했다. 그는 힘없이 고개를 저었다.

"집 내놓을게요. 그냥 좀 팔아주세요."

그는 어깨를 늘어뜨린 채 부동산의 유리문을 열고 밖으로 나왔다. 무척 슬프고 절망스러웠지만 이상하게도 가슴속 얹힌 무언가가 내려가는 것 같기도 했다. 물론 허탈함이 그 빈자리에 곧바로 채워졌지만. 전원을 다시 껐다 켠 기분이었다. 분명 고된 시간이 오겠지만 어쨌든 제자리로 돌아갈 것이다.

그는 잠바 주머니에 손을 넣었다. 거기서 무언가가 그의 손에 잡혀 꺼내보았다. 고리가 붙은 악어 인형이었다. 그는 그걸 손바닥 위에 올려놓고 한참을 내려다봤다. 왜 이런 인형이 있는지 기억이 나지 않았다. 다시 주머니에 넣으려다가 악어의 말랑말랑한 배가 눌러졌는데 거기서 낯선 여자 목소리가 튀어나왔다. 그는 다시 인형을 꺼내 누르고 귀 가까이에 댔다.

"여기 무서운데 편했어요. 잠도 잘 오고. 이런 말 하면 웃기지만 그동안 프레파라트 위에 놓인 거 같았어요. 아슬아슬하면서도 누군가에게 낱낱이 다 파헤쳐져버리는 기분. 차라리 여기가 더 좋네요. 사방 꽉 막힌 곳에서 나 홀로 이렇게 있다가, 아무도 모르게 서서히 죽어갈 수도 있는. 그러니 서두르지 않으셔도 돼요."

그러곤 또 한 번 손가락으로 누르자, 이번엔 귀에 익은 목소리가 들렸다.

"고치는 거 그냥 구경만 할 건데. 그래도 될까?"

예은의 목소리였다. 승강기에 갇혀 있던 과학자가 두고 간 악어 인형이었다. 한 번 누를 때마다 과학자의 목소리가 튀어나왔다.

"여기 무서운데 편했어요."

예은이의 목소리가 튀어나왔다.

"그래도 돼?"

그때마다 악어의 꼬리 끝에 붙어 있는 작은 전구에 불이 들어왔다. 그는 과학자와 예은의 목소리를 들으며 그의 찬란했던 집, 이제는 팔아야 할 집을 향해 천천히 걸어갔다.

소원은 통일

갑자기 종전 선언이 전해졌다. 발표의 모양새는 거창하지 않았다. 남한에선 TV 생중계로 대통령이 담화문을 발표했고 북한에선 최고인민회의를 열어 시정연설을 통해 공표됐다. 미국에선 뉴스보다 대통령의 트위터로 먼저, 중국과 러시아에선 메인 뉴스로, 일본에선 단신으로 소식이 전해졌다.

하필 만우절을 몇 시간 앞두고 일어난 일이라 '가짜 뉴스'가 아니냐는 루머가 돌기도 했지만 일어날 일이 '결국' 일어났다는 식의 다소 식상한 반응이었다. 그도 그럴 것이 그동안 남북, 남북미중, 남북중러, 남미, 북미 정상회담 등이 높은 기대감으로 시작됐다가 곧 흐지부지되기를 여러 차례. 적어도 남한에서만큼은 피로도가 높아, 일각에선 이미 종전 선언이 발표된 거 아니었냐는 반응까지 있을 정도였다.

어쨌든 뜬금없다 싶을 때 종전 선언이 발표된 건 확실했다.

이것은 일본이 어설픈 군국주의적 야심을 내보이면서 불러온 나비효과이기도 했다. 일본 보수 정권이 선거를 앞두고 표심을 얻기 위해 실행한 무리한 전략이 미국은 물론 러시아까지 영향을 끼쳤다. 속도를 내던 미중 무역협정도, 일본과 중국이 비밀리 진행한 군사협정도 진행 방향이 바뀌었다.

그 뒤로는 어리둥절할 정도였다. 전폭적인 미국의 지지와 수세에 몰린 중국의 협력으로 남북 열차 개통까지 진행됐다. 북한의 경제 개방도 예상을 뛰어넘는 파격적인 수준이었고 북미 수교를 목전에 두고 남한과의 경제 교류는 어느 때보다 적극적일 수밖에 없었다.

물론 모든 이들의 일상에서 변화가 체감된 건 아니었다. 어쨌든 종전 선언일 뿐, 아직 통일이 된 건 아니었으니까.

이런 남북 관계를 가리켜 담이 허물어진 집에 비유하며 안보의 불안을 호소하거나 그래봤자 바뀔 건 없을 거라는 식의 분석도 적지 않았다. 북한은 여전히 누군가에겐 주적 국가였다.

*

설명회는 강남에 있는 꽤 큰 예식장에서 진행됐다. 한 시간 반이나 일찍 도착한 순병 씨는 줄이 너무 길어 당황했다. 몇 줄로 늘어선 사람들이 건물 앞에 뱅 둘러서 있었다. 참가비가 500만 원이나 됐다. 설명회를 마치고 마음에 들지 않으면 환불이 가능하다고는 했지만 그런 큰 금액을 내고도 이렇게 많은 사람들이 몰려들다니 믿기지 않았다.

김 위원은 여전히 전화를 받지 않았다. 카톡을 보냈는데도 확인조차 하지 않았다. 투자 건 자체도 솔깃했지만 그 정보를 전해준 이가 김 위원이라 믿고 온 거였는데 하필 설명회 당일 연락이 되지 않았다. 순병 씨는 초조한 마음이었다. 수상쩍다 싶기도 했으나 그의 뒤로 계속해서 길어지는 줄을 보니 안심이 됐고 고작 투자설명회일 뿐인데 각계각층 유명 인사들의 화환이 즐비한 것을 보니 차츰 믿음직한 기분도 들었다.

데스크에서 신분과 입금 확인이 완료되자 그는 강당 안으로 들어가 자리에 앉을 수 있었다. 주최 측에서 나눠준 브로슈어에 담긴 호텔은 규모도 규모지만 주변 산천과 잘 어우러져 고급스러운 느낌이 들었다.

"프랭크 게리가 디자인을 한대."

순병 씨 옆에 앉은 한 남자가 작은 목소리로 속삭였다. 남자 옆에 있던 양복쟁이가 "에이, 설마"라고 하더니 잠시 뒤 그 건축가가 얼마 전 아시아 최초로 홍콩의 한 아파트를 디자인했는데 사상 최대 가격으로 거래됐다고 했다. 제대로 지어지기만 한다면 그에 따른 프리미엄이 대단할 거란 얘기였다.

브로슈어 사진을 보니, 호텔도 호텔이지만 미국의 디즈니랜드를 그대로 옮겨놓은 듯한 놀이동산과 골프장도 배치되어 있었다. 레저 시설은 물론 쇼핑몰도 들어설 거라 했다. 조감도, 배치도에 불과했지만 이미 지어진 실사라도 되는 듯 순병 씨는 눈을 뗄 수가 없었다.

그동안 인터넷 카페에서 글이나 사진으로만 봤던 조광천 선생이 연단 위로 올랐다. 실제로 보니 그는 훨씬 더 점잖고 명석해 보였다. 자신감 있지만 결코 경박하지 않은 당당한 목소리, 꼿꼿한 허리와 절도 있는 걸음걸이 때문인지 조 선생에게는 순병 씨가 늘 바라마지 않았으나 정작 본인은 얻지 못한 노년의 기품이란 게 느껴졌다.

조광천 선생은 지극히 사소할 수 있지만 어쩌면 가장 중요한 자신의 이력에 대해 격조 있는 어조로 연설을 시작했다. 조 선생의 부친은 알려진 바와 같이 이북에서도 세 손가락에 꼽히는 부자에다 명문가의 자제라 했다. 파락호라 손가락질받으면서 노름꾼으로 행세하며 상당한 재산과 전답을 팔아 독립운동을 비밀리에 지원하기도 했으며 나중엔 만주로 거처를 옮겨 의병단 양성 활동을 했다고 했다.

감정의 굴곡이나 격정, 과장도 없이 조곤조곤 말할 뿐이었는데 조 선생의 목소리엔 듣는 사람의 가슴을 뜨겁게 하는 무언가가 있었다. 귀가 찢어져라 울려대던 구호와 열정적인 연설이 아니었는데도 순병 씨는 집회에선 느껴보지 못한 색다른 형태의 감동에 차츰 빠져들었다.

비단 순병 씨만의 특별한 체험은 아니었다. 조 선생의 이야기가 시작된 지 30분도 안 되어 손수건을 꺼내 눈물을 찍어내는 사람도 있었고 벌이라도 서듯 스마트폰을 들고 영상을 찍으며 나지막이 울먹이는 사람도 있었다.

조국의 독립을 위해 가족들마저 속이고 재산의 대부분을 독립운동에 지원했지만 자자손손 상당한 부자였기에 재산 일부는 여전히 남아 있었는데 그것이 바로 지금 조 선생 손에 들려진 땅문서였다. 토지는 개성의 장풍군 일대와 남한의 접경 지역 일부를 포함하고 있었다. 이번 사업을 시작할 수 있었던 것도 그 아슬아슬한 경계 지역을 포함하고 있었기에 가능한 거였다.

이 같은 감동적인 클라이맥스 부분에서 행사장 뒤 의자에 앉아 있던 한 외국인 첼리스트가 음악을 연주했다. 순병 씨는 어서 빨리 뒷이야기를 듣고 싶었기에 음악이 연주되었을 땐 어리둥절했다. 조 선생은 말을 멈추고 조용히 눈을 감았다. 줄곧 이 음악을 들으려 작정했던 사람이라도 된 양 너무도 진지하게.

순병 씨는 생뚱맞은 이 부분에서 괴이한 감동을 받았다. 징이나 북소리, 왕왕거리던 마이크의 하울링, 크고 작은 깃발들이 바람을 가르며 펄럭이던 소리들이 귀를 먹먹하게 했던 순간들, 식어빠져버린 그의 가슴을 뜨겁게 달구었던 구호들과는 비교도 할 수 없는 묘한 감동이었다. 하마터면 눈물을 흘릴 뻔했다. 나중에 알고 보니 연주곡은 바흐의 무반주 첼로 모음곡 중 1번 프렐류드였다. 1989년 베

를린 장벽 앞에서 러시아의 한 첼리스트가 연주했던 곡이라 했다. 연주가 끝나고도 조 선생은 한동안 말이 없었다. 잠시 후 약간 잠긴 목소리로 마이크를 다시 들었다.

"제가 원하는 건 이것입니다."

조 선생은 한 손을 위로 번쩍 올리더니 주먹을 흔들며 꽉 찬 강인함을 담은 목소리로 말했다.

"남.북.통.일. 부친께선 대한의 독립을 위해 희생하시고 남북이 하나 되는 날을 꿈꾸다 돌아가셨습니다. 제가 받은 사명, 그것도 오직 하나. 평화통일을 위해 이 사업을 성공적으로 완수하는 것. 그러기 위해 가장 필요한 건 바로 여러분의 '믿음'입니다."

조광천 선생이 가지고 있다는 개성 장풍군 일대는 북한 정부가 유일하게 소유권을 인정해준 땅이라 했다. 중국 국적이지만 독립유공자 자녀였다는 점, 그리고 조 선생이 90년대 고난의 행군 이후 북한의 개발 사업에 공헌했던 점을 들어 이례적으로 조상의 토지를 찾을 수 있도록 한 거라 했다. 엄밀히 말하면 소유권은 아니고 개발권이었다. 이 또한 사회주의헌법 및 부동산관리법에 따라 모든 주택과 토지 매매를 엄격히 금지시켜왔던 북한 당국의 행태를 생각하면 이례적인 거였다.

조 선생은 남한 주민들로만 이뤄진 법인단체를 만들어 공동 주주에게 이익을 배분하는 방식으로 공사를 진행하기로 했다. 혹여 있을지 모를 피해를 줄이기 위해 (남북 접경 지역 개발 추진 움직임이 일며 평당 1000만 원이 넘었다는) 조 선생 명의의 남한 민통선 인근 토지를 투자자들에게 담보로 잡아놓았다. 행여 호텔이 완공되지 못하더라도 손해볼 일은 없었으며 호텔이 완공되면 이에 대한 이익금은 투자금 대비, 객실별 소유권을 갖고 수익을 분배받는 형식이었다. 1인 최대 투자금은 1억, 최소 투자금 3000만 원으로 제한했다. 그렇게 해서 더 많은 남한 주민들이 개발 사업에 참여, 남북통일을 염원하는 마음을 갖게 하는 것, 조 선생이 바라는 건 그것 하나라고 했다. 설명회가 끝난 후 진행된 투자 코디의 설명을 들으며 순병 씨는 투자를 결심했다.

당시 순병 씨는 조 선생의 정치 성향에 대해선 부정적이었다. 너무 좌편향되고 편견에 사로잡힌 사고방식이란 점에서 실망스러웠다. 하지만 빨갱이 국가인 중국에서 자랐으니, 어쩔 수 없는 거라고, 조금만 더 오랜 시간 한국에서 생활하다 보면 균형 잡힌 사고를 갖게 될 거라, 순병 씨는 너그럽게 생각하기로 했다.

*

시계를 맞춰놓지 않아도 오전 5시면 순병 씨는 저절로 눈이 떠졌다. 오랜 세월 기름밥 먹어가며 직장 생활 해왔던 이력이 남아서도 그렇지만 성실해야 살아남을 수 있다는 그의 신념 때문이기도 했다.

그는 남들보다 손도 빨랐다. 컨베이어벨트에서 맡은 부분만 조립하면 되는 소형차를 하다가 반장 눈에 띄어 나중엔 특장차 조립 일을 하며 경력을 쌓았다. 처음부터 끝까지 모든 부품을 조립해서 완성해야 했기 때문에 똑같은 기름밥을 먹더라도 남다른 자부심을 가질 수 있었다. IMF도 명예퇴직 권고도 무사히 넘길 수 있었던 건 누구보다 성실했기 때문이라고 그는 믿었다.

밥해 먹는 게 다소 귀찮긴 했지만 그럭저럭 잘 적응했다. 자기 전엔 입을 옷을 미리 꺼내 다려놓고 옷걸이에 걸어놨다. 아침엔 밥과 된장국, 김치만 꺼내놓고 간단히 먹었다. 마누라도 양심은 있는지 간단한 밑반찬은 그가 없는 낮에 와서 냉장고에 채워놓고 갔다. 어차피 점심은 초등학교에서 주는 배식을 타다 먹으면 됐고 저녁은 밖에서 먹는 일이 잦았으나 요리도 곧잘 했다. 된장국이나 청국장은 마누라보다 솜씨가 좋다고도 생각했다.

종종 배신감도 느꼈다. 한평생 간이고 쓸개고 다 내놓고 뼈 빠지게 일해서 이만큼 살게 하고 대학 교육까지 시켜놓으니 자식들은 지 어미 편만 들었다. 그나마 최소한의 자식 노릇도 (실제론 남지도 않은) 퇴직금과 그의 명의로 된 아파트 한 채 바라보고 그런다는 걸 순병 씨가 모를 리 없었다. 그런데도 마누라는 이런 자식들 뒤에서 우는소리만 해댔다. 나이 들었다고 가만뒀더니 자꾸 잔소리나 해대며 소리나 빽빽 질러대기에 손 한번 올렸다고 당장 짐을 싸서 나갔다. 순병 씨는 그런 마누라가 원망스러웠다. 숙이고 들어오면 아무 일도 없었던 것처럼 받아줄 생각이었는데 벌써 5개월째 들어올 생각이 없었다. 딸네로 아들네로 옮겨 다니며 손주놈 뒤치다꺼리 해주는 식모살이나 하고 있을 텐데 다 늙어 사서 고생이냐 싶어, 한편으론 그런 마누라가 어리석고 딱한 마음도 들었다.

오전 7시 반부터 업무가 시작됐지만 그는 늘 6시 반에 학교에 도착했다. 탈의실에 들러 옷을 갈아입었다. 거울을 보며 모자를 고쳐 쓰고 어깨며 허리를 쭉 폈다. 오전 11시쯤 출근해 하교 지도를 담당하는 보안관은 지난해 퇴직한 전직 경찰관이라 했다. 나이로 보나 경륜으로 보나 자신을 깍듯하게 대해야 하는 것이 순리인데 빙싯빙싯 웃으며 은근히 무시하는 거 같아 영 꼴 뵈기 싫었다.

"영감님 들어오실 때 경쟁률이 얼마나 됐나요? 아 참, 이 동네 사시는 어르신분이라 가산점이 많았다고 하셨죠. 부럽네요"라고 하질 않나, 말을 빙빙 돌려가며 "여기 교장 선생님하고 친분이 있으신가봐요?"라고 하질 않나, 뱀같이 얄팍한 눈을 치뜨고 물을 때면 순병 씨는 움찔하는 기분이 들어 불쾌했고 웬만하면 마주치지 않으려 노력했다.

그는 아이들이라곤 코빼기도 보이지 않는 7시부터 교통지도 띠를 어깨에 메고 학교 앞 사거리 횡단보도에서 깃발을 들고 섰다. 그러지 않아도 됐음에도 그러는 편이 마음 편했다.

8시에 가까워질수록 차도엔 자동차가 많아지고 학생들도 늘었다. 바빠서 정신없는 시간이기도 했지만 또 가장 보람되는 시간이기도 했다. 절도가 느껴지는 힘찬 호루라기 소리에 맞춰 차가 멈추고 알록달록한 옷을 입은 병아리 같은 아이들이 길을 건널 때면 흐뭇한 미소가 지어졌다. 가끔 눈에 익은 학부모가 음료수를 건네기도 했다. 요즘 아이들 버릇없다 해도 순병 씨를 보면 배 위에 손을 얹고 인사하는 귀여운 아이들도 적지 않았다. 할 수만 있다면 이 일을 계속하고 싶었다. 최대 연장 기간이 5년인데 올해로 끝이었다. 4대보험 되고 많지는 않아도 따박따박 월급 들어오는 것은 물론 출퇴근 시간마저 여느 직장인처럼 정확하게 지켜지는 이 일을 나이 일흔에 하고 있다는 걸 떠올릴 때마다 그렇게 자랑스러울 수가 없었다. 특출난 이력도 없고 나이도 많은 자신이 이 일을 할 수 있다는 건 행운이었다.

　사실 이 초등학교 교장은 그와 같은 고등학교 출신의 후배이자 이웃에 살던 동생이었다. 물론 순병 씨가 그 고등학교를 졸업한 건 아니다. 1학년도 못 마치고 그만둬야 했다. 학질에 걸려 부모님이 돌아가시고 생계를 책임져야 하니 학교를 다닐 수 없었다. 그래도 부모 살아계실 적 아주 못 살지 않았고 인심도 후해 많이 나누며 살았다. 생전에 아버지가 이웃 아저씨 장례도 치러주고 보탬을 줬는데, 그걸 잊지 않은 이웃 동생이 교장이 된 덕에 까다로운 면접도 무사통과할 수 있었고, 지금까지 일도 할 수 있었다. 고작 보안관 일이라 하겠지만 매년 경쟁률마저 치열해지는 까닭에 누가 트집이라도 잡을까 봐 순병 씨는 교장과의 친분도 숨겨왔다.

이전에 있던 다른 보안관은 별말 하지 않았는데 전직 경찰관이었다는 전 씨는 범인 취조라도 하듯 이리저리 떠보듯 말을 건넸다. 오후 2시부터 3시 사이엔 인수인계도 해야 하고 하교 관리 때문에 잠깐이라도 얼굴을 마주해야 하는데 그때마다 순병 씨는 눈에 띄게 긴장한 티를 냈고 전 씨는 그걸 또 즐기는 것처럼 느껴졌다.

"영감님, 오늘은 기분 좋아 보이시네요."

순병 씨가 전 씨를 싫어할 수밖에 없는 또 다른 이유 하나, 매번 '영감님'이란 호칭을 쓴다는 거였다. 순병 씨는 전 씨를 '선생님'이라 불렀다. 이전 보안관들도 순병 씨를 '선생님'이라 했다. 학교에서 일하니 엄연한 '교육자'라 여겼기 때문이다. 초반에 호칭 문제로 말이 오가기도 했음에도 그는 뻔뻔하게 '영감님'이란 말을 고치지 않았고 이쯤 되니 더 이상 바꾸라 마라 요구할 수도 없게 됐다.

"참, 그거 아세요? 요즘 노인분들 대상으로 사기 사건이 많이 일어나잖아요. 보이스피싱 수법에 대해선 일전에 말씀드렸죠. 그것 말고도 또 기승을 부리는 게 부동산 사기예요. 퇴직한 노인네들 어찌 그리 잘 찾아내는지 개발 가능성 있다면서 비싸게 맹지를 팔아 넘기기도 하고요, 월급처럼 수익금을 받을 수 있다면서 호텔 객실 하나 분양받으라고 하기도 해요. 매달 100만 원씩 평생 연금처럼 받을 수 있다 광고하는데 그거 다 허위·과장 광고니까 현혹돼선 안 돼요. 사실 호텔이란 게 제대로 지어지는 것도 힘들겠지만 관리가 중요하잖아요. 분양만 열을 올리지 뭐 제대로 관리를 하겠어요? 이미 지들은 돈 다 받아놨으니 그걸로 끝이지."

전 씨의 말에 순병 씨는 그가 불편했던 또 다른 이유가 떠올랐다. 자긴 얼마나 쌩쌩한 이팔청춘으로 아는지 매번 순병 씨를 아무것도 모르는 노인네 취급하며 이거 조심해라 저거 조심해라, 잔소리를 늘어놓는 꼴이 거슬렸다.

더구나 며칠 전 순병 씨는 20년 된 25평짜리 그의 명의로 된 아파트를 담보로 대출을 받은 터라, 전 씨의 말에 화가 치밀어 올랐다.

"거, 듣자 듣자 하니 못하는 말이 없네. 허위·과장 광고 하나 구분 못 하는 얼치기로 아는 모양이네. 나도 배울 만큼 배우고 정년까지 멀쩡한 직장 생활 한 사람이라고. 뭘 그리 잘났다고 내 얼굴만 보면 이것저것 가르치려고 난리야, 난리가. 거참."

그의 일격에 전 씨의 작은 눈은 조금 더 커졌고 느물느물하게 붙어 있던 입가의 주름은 미세하게 꿈틀거렸다. 그런 전 씨를 뒤로하고, 순병 씨는 입안에 침을 그러모아 콱 하고 땅바닥에 뱉고는 뒤돌아섰다. 모처럼 개운한 기분이 들었다.

*

순병 씨가 한동안 나가지 않던 기원을 다시 가는 건 연락이 도통 닿지 않는 김 위원을 만날 수 있을까 하는 기대감 때문이었다. 건물 리모델링 공사가 한창이라 계단 입구부터 들어가는 길이 여간 불편한 게 아니었다. 낮에는 공사 소음 때문에 시끄럽고 꽉 닫아놓은 문이나 창으로 먼지가 들어와 집으로 돌아가면 코가 새까맣게 나왔다.

그럼에도 순병 씨는 학교 보안관 일이 끝나기 무섭게 기원을 기웃거렸다. 매번 가서 우두커니 앉아 있다가 오기 일쑤였지만 그날따라 너무 사람이 없어 송 씨의 상대가 되었다가 연이어 지고 있는데, 누군가 어깨를 두드렸다.

"거긴 갔다 왔지?"

돌아보니 김 위원이었다. 원체 건강이 안 좋았던 건 알고 있었지만 볼이 쑥 파이고 검은 낯빛에 주름은 더 깊어져 있었다. 병색이 완연해 보이는 얼굴로 김 위원은 히죽 웃었다.

순병 씨는 마음이 급해 서둘러 판을 끝내곤 흡연실로 함께 들어갔다. 그동안 누구에게라도 이야기하고 싶었지만 마땅한 사람이 없어 입이 근질거려 힘들었다. 투자설명회 가는 날부터 연락이 딱 끊기고 매일 오는 기원도 안 나오는 바람에 순병 씨는 애가 탔다.

"저세상 갔나 싶었네."

비죽거리는 순병 씨 말에 김 위원은 엷은 미소를 지으며 대답했다.

"폐렴이 도져서 응급실에 실려 가 한참을 입원해 있었어. 진짜 저 세상 갈 뻔했다니까. 스마트폰을 집에 두고 온 줄 알았는데 애들이 영 찾지를 못하더라고. 퇴원하고 난 뒤에도 결국 못 찾아서 아이들이 하나 가입시켜줬지. 그나저나 얼마나 했나?"

그제야 순병 씨는 마음이 좀 놓였다. 그는 짐짓 자랑스레 검지를 세웠다. 김 위원은 안타까운 듯 혀를 찼다.

"아이고. 좀 더 하지. 돈도 많은 양반이."

김 위원은 순병 씨가 꽤 많은 현금을 갖고 있다고 생각하고 있었다. 그도 그럴 것이 순병 씨는 아들이 이사를 가야 한다며 손을 벌려도, 사위의 사업 자금을 빌려달라며 딸이 눈물로 호소해도 거절했다. 그럴 수밖에 없었다. 퇴직금 대부분을 주식 투자로 날렸다. 그러니 그는 인정머리 없는 노인네 행세를 해야 했다. 돈푼 깨나 있는 자린고비가 되는 것이, 주식 투자로 돈이나 날려버린 한심한 아비가 되는 것보다 낫다고 여겼다. 그래서 그는 아비 무서운 줄 알아야 하니 죽는 순간까지 자식에겐 돈 한 푼 주지 않을 거라 주변에다 떠들어대곤 했다.

"자넨?"

김 위원은 손가락 두 개를 폈다.

"2억이나?"

순병 씨의 말에 김 위원은 고개를 끄덕이며 만족스러운 웃음을 지었다.

"아들 명의로 하나 더 했어. 자식들 용돈 보내주던 걸 안 쓰고 모아둔 게 있었거든."

순병 씨는 김 위원이 부러웠다. 빈털터리가 된 자신의 주머니만 쳐다보는 자식들에게 용돈 달라는 요구도 못 하고 몇 푼 안 되는 아르바이트비와 연금으로 살아야 하는 순병 씨. 이젠 아파트 담보 대출까지 받아 이자를 갚으려니 내년부턴 폐지를 주워 팔아야 하나 고민 중인데 김 위원은 자식 농사를 잘 지어, 아들 한 놈은 국가기관에 적을 두고 있고 또 다른 아들 한 놈은 은행을 다닌다 했는데 용돈까지 넉넉히 보내주는 모양이었다.

더구나 김 위원은 건강이 괜찮았던 지지난해까지 광화문 집회 집행부 일까지 맡고 있어 가만히 서 있어도 유명 정치인들이 와서 먼저 인사를 했다. 그게 순병 씨는 몹시 부러웠다. 정부기관 모처에서 일한다는 아들 덕분인지, 집행부 일을 했기 때문인지는 몰라도 김 위원은 알짜배기 정보를 꿰고 있었다. 다른 사람이라면 모를까 김 위원 말이라면 팥으로 메주를 쑨다 해도 믿음이 갔다.

"전화 안 왔어?"

김 위원은 숨이 찬지, 시커먼 주름이 자글자글 잡힌 얼굴을 찡그리며 새된 목소리로 물었다.

"무슨 전화?"

"피 팔라고. 오늘 아침에 부동산에서 연락이 왔더라고. 벌써 피가 3000 넘게 올랐다던데."

그건 또 처음 듣는 이야기였다.

"어떻게 알고 전화가 왔나 몰라. 자네한테도 연락이 갈지 몰라.

팔진 않겠지만. 혹시나 해서 알려주려고. 그거 좀 갖고 있다 팔아도 몇 억은 우습게 벌겠어."

김 위원의 말에 순병 씨는 어찌나 가슴이 부풀어 오르고 설레던 지. 고작 한 달도 되지 않아 피가 3000 넘게 올랐다는 건, 또 어떻게 냄새를 맡고 부동산에서 연락이 온다는 건, 이번 투자가 얼마나 제 대로 된 것인가에 대한 반증이란 생각이 들었다.

순병 씨는 김 위원의 버석하게 마른 두 손을 덥석 잡으며 떨리는 목소리로 말했다.

"자네 아니었으면 내가 이런 투자 건이 있는지 알기나 했겠나."

그러자 김 위원은 그런 순병 씨에게 단호한 어조로 말했다.

"앞으로가 중요해. 시샘하는 인간들이 뭔 소릴 해댈지 몰라. 그럴 때일수록 조 선생을 믿고 가야 해. 그렇지 않으면 공사 시작도 전에 엎어질지도 모른다고. 내 말 뭔 뜻인지 알지?"

순병 씨는 김 위원의 말에 고개를 끄덕였지만 실은 그게 무슨 뜻 인지 잘 알지 못했다. 남 잘되는 꼴을 못 보는 인간들이야 어디든 있을 것이니 그들의 말 몇 마디가 법적으로도 하자 없이 진행되고 있는 공사건을 엎는 일은 없으리라 그는 생각했다.

마침내 순병 씨에게도 프리미엄을 얹어주겠으니 팔지 않겠냐는 연락이 왔다, 그것도 두 번씩이나. 이미 김 위원을 통해 들은 바가 있어, 그는 침착하게 전화를 받았다. 앞으로 피가 얼마나 더 오를 것 같냐 묻기도 하고, 어떻게 연락처를 입수했는지 다그치기도 했다. 궁금증을 털어낸 것은 없지만 그런 전화를 자신도 받았다는 사실에 순병 씨는 기분이 좋아졌다. 아마도 그때부터였던 것 같다. 순병 씨가 열렬한 통일 예찬론자가 된 것은. 그리고 그동안 국내 뉴스나 광화문 집회 활동을 하던 이들과의 단톡방에서 받아왔던 유튜브 소식들이 얼마나 허황된 것인지 조금씩 깨닫고 있었다.

이번 투자자들이 만들어놓은 단톡방이나 밴드에서 공유하는 정보는 일단 수준부터가 달랐다. 그들은 한국의 언론은 제대로 된 정보를 주지 않는다고 했다(그것은 태극기 애국세력의 단톡방 입장과 동일했다). 주로 미국이나 중국, 가끔은 유럽의 뉴스를 누군가 편집하고 번역하여 자막과 함께 올려놓곤 했는데 한국에선 접할 수 없는 고급 정보들이었다. 인터넷이나 종편 뉴스와는 전혀 달랐다. 알고 보니 종전 선언이 그렇게 위협적인 것은 아니었다. 북한에 정당하게 돈을 퍼주는 근거가 되는 것도 아니고 당장 주한미군을 철수해 북한이 남침하도록 길을 열어주는 것도 아니었다. 종전 선언이 평화 협정으로 이어지고 또 통일이 되기 위해선 남한 정부의 역할이 컸다. 중재만 적극적으로 이뤄진다면 남북통일은 먼일이 아니었다.

중국에서 불법적으로 북한의 부동산을 사재기한다는 정보를 접했을 땐, 순병 씨는 제 집이나 땅이 헐값에 팔리는 것인 양 마음이 아팠다. 이를 막기 위해선, 남북 경제 교류가 선행되어야 한다는 조 선생 말이 떠올랐지만 그때까지만 해도 선뜻 동의하진 못했다. 돈만 퍼주다 북한이 무기 만드는 데 일조할지 모른다는 두려움을 걷어낼 수 없었다.

물론 시간이 지나면서 그 생각마저 변했다. 어떤 방법을 쓰든 통일은 속히 되어야 했으며 어떤 교류든 끈을 놓쳐선 안 됐다. 그래야 호텔 공사가 무사히 진행될 수 있었다. 공사가 지연될수록 이자 내는 기간이 길어졌다. 당연히 그에 대한 그의 수익금도 줄어들 수밖에 없었다.

*

순병 씨는 마지막으로 광화문 집회에 참여했다. 야당 대표로 선출되지는 못했지만 예상보다 높은 득표율을 얻은 의원이 감사 인사차 나오기로 했는데 참가 인원이 부족하다는 연락을 받고 할 수 없이 간 것이었다. 계획적인 참가는 아니었다. 순병 씨는 오랜만에 온 집회장이 마음에 들었다. 날씨도 화창했고 공기도 맑았다. 그새 낯을 익힌 사람들이 순병 씨에게 눈인사를 건넸다. 아무리 봐도 순병 씨의 젊은 시절처럼 잘생긴 야당 의원은 학교 보안관인 그가 쓰는 것과 비슷하게 생긴 카우보이모자를 쓰고 연단 위로 올랐다. 늠름해 보였다. 연설은 언제나처럼 위트가 넘쳤으며 자신감이 느껴졌고 거침이 없었다.

그런데 이상했다. 예전엔 듣는 것만으로도 가슴이 뻥 뚫리고 함께 웃어댔던 농담과 욕설이 자꾸만 불편해졌다. 대북정책에 대한 날 선 비난을 들었을 땐, 심장이 벌렁벌렁 뛰었다. 그건 집회장의 열기나 분위기에 도취돼 가슴이 뛰던 것과는 너무 달랐다. 순전히 화가 나서 심장이 뛰었다. 미련하게 웃어대고 북을 쳐대고 소리를 지르며 환호하는 늙은이들도 한심하게 느껴졌고 그 가운데 우두커니 서서 종이로 만든 태극기를 흔드는 자신도 낯설게 느껴졌다.

"선생님은 어디서 오셨대요?"

옆에서 진한 향수 냄새가 난다 싶었는데 한 할멈이 그를 툭 치며 말을 걸어왔다. 말이 할멈이지, 나이는 60대 초반쯤 되어 보였다. 짙은 색이 들어간 안경을 끼고 있었고 유행을 전혀 모르는 순병 씨조차 그녀가 입은 자주색 투피스는 이상해 보였다. 하얀 장갑을 낀 여자는 큼지막한 가방을 어깨에 둘러멘 채 순병 씨를 바라봤다.

"알아서 뭐 하시게."

순병 씨는 떨떠름한 목소리로 대답했다.

이런 식으로 친근하게 말을 걸어와 술 한잔 사달라던 여자가 있었다. 그때만 해도 주식 투자도 괜찮았고 마누라와의 사이도 나쁘지 않았다. 조금 더 이익이 생기면 자식들에게도 얼마쯤 떼어 줄 생각도 있었다. 그런 너그러운 마음이 문제였다. 술 한잔 걸치고 어쩌다 보니 여관을 가게 됐고 그곳을 나와 밥도 샀다. 조심히 가라며 택시까지 잡아주고 택시비까지 넉넉히 건넸다. 연애라 생각한 것도 아니고, 바람을 피우겠다는 마음이 있었던 것도 아니었다. 어쩌다 보니 그렇게 됐다. 인물이 좋은 건 아니었지만 살집도 적당히 두툼하고 살성도 부드러웠다. 예순일곱치곤 꽤 젊어 보였고 애교도 많았다. 다른 데선 자린고비 소릴 들어도 적어도 여자 앞에선 쩨쩨하단 소린 듣고 싶지 않았다. 두 번째, 세 번째 만남이 이어질수록 여자의 행동엔 짜증이 묻어났다. 포장마차에 들러 어묵 한 그릇에 소주 한 병을 마시던 참이었다. 그날따라 한껏 멋을 부린 여자는, 잠자리 날개 같은 머플러를 목에 두르고 선글라스를 끼고 있었다. 빨갛게 칠한 립스틱은 반쯤 지워져 있었는데 쩝쩝 소리를 내며 어묵을 먹었다. 후루룩 소리를 내고 국물을 마시는 꼴도 그날따라 영 밉상이었다. 소주를 연달아 채워 마시곤 플라스틱 테이블 위에 잔을 소리내어 내려놓았다.

"근데 오빠야, 너무한 거 아니야. 우리가 20대 청춘 남녀도 아니고. 만날 때마다 술 마시고 밥 먹고 여관 가고. 이게 뭔가 싶네."

순병 씨는 여자의 말을 누가 들을까 싶어 주위를 둘러보며 헛기침을 했다.

"그럼 뭐, 뭘 해야 하는데?"

순병 씨는 최대한 소리를 낮춰 물었다.

"뭐긴. 오빠야 퇴직한 지도 얼마 안 되고 일도 하고 있다면서. 근데 내가 병원 가야 된다, 월세도 내야 한다, 옷도 사야 한다 그렇게 이야길 했는데 어떻게 돈 한 푼 안 줄 수가 있어?"

순병 씨는 뒤통수를 맞는 느낌이었다. 돈 뜯기지 않게 조심하라던 김 위원의 충고를 흘려들은 것이 후회됐다.

"내가 자선사업가냐고. 약까지 먹여가며 호강시켜줬더니 이런 싸구려 술로 입 닦으려고 하고. 너무한 거 아냐?"

여자는 노골적으로 정확한 돈 액수를 대며 요구했다. 작정한 듯 말하는 것치곤 큰 금액은 아니었지만 순병 씨는 자존심이 상했다. 연애는 아니다 생각했어도 매춘이란 생각 역시 하지 않았다. 순병 씨는 여자가 순전히 자신에게 반했다고 여겼다. 우쭐했던 참이라 나름 후하게 돈도 쓰고 있다고 여겼으니 더 기분이 상했다.

"날 무슨 호구로 아나. 늙어빠진 할멈 대접 좀 해줬더니 바랄 걸 바라야지, 씨발년이."

내깔리듯 순병 씨가 말했다. 인생사 알 만큼 아는 순병 씨였다. 만만하게 보여선 안 될 땐 세게 나가야 했다. 하지만 잘못된 판단이었다. 여자는 포장마차에 앉은 한 쌍의 젊은 커플과 영감 셋이 쳐다보든 말든 큰 목소리로 생전 듣도 보도 못한 욕설을 걸쭉하게 뱉어 순병 씨의 기를 죽이더니 이윽고 협박도 서슴지 않았다.

"내가 가만 둘 거 같아. 네 아들 새끼 다닌다는 회사 가서 아비 망신 좀 시켜줘?"

순병 씨 등 뒤로 차가운 땀이 쭉 흘러내렸다. 며칠 전 무슨 말을 하다가 하필 아들이 다니는 회사명을 말했다. 중소기업이긴 해도 전철역 바로 앞에 있어 오가며 봤다며 여자는 고개를 끄덕였다. 한 순간 수세에 몰려버린 순병 씨는 지갑을 꺼내 여자가 말한 금액에서 포장마차서 먹은 얼마 안 되는 술값까지 합쳐 테이블 위에 올려놨다. 팽개치듯 내려놓은 것이 그의 유일한 반항이었다.

그는 그 뒤로 한동안 광화문 집회에 가지 않은 것은 물론, 혹시나 싶어 궁금치도 않은 아들에게 괜한 안부 전화를 걸기도 했다.

집회에 오는 여자니 정신은 똑바로 박혀 있다 생각했지만 그게 아니었다. 입성이 멀쩡해 보인다 싶으면 그런 식으로 달려드는 늙은 여자들이 많다더니 그게 자기 일이 될지 몰랐다. 정신을 차려도 속절없이 당하는 판에 세상을 너무 후하게 여긴 모양이라 생각했다. 그렇게 깊은 반성을 했음에도 순병 씨는 그 뒤 석 달 사이 주식으로 퇴직금 대부분을 날리고 말았다. 사실 그건 그가 너무 성실했기 때문이기도 했다. 오전 9시부터 오후 3시 30분까지 컴퓨터 앞에 앉아 너무 성실히 주식을 사고 팔았던 것이다.

"전 일산에서 왔어요. 지난주부턴 거의 매일 오고 있는데 오늘은 유난히 사람들이 없네요."

순병 씨가 어디서 왔는지는 별로 중요하지 않은지 자주색 투피스를 입은 여자는 어깨에 멘 가방을 만지작거리며 말을 이었다. 그는 약간 뒤로 물러선 채 여자를 아래위로 훑어보며 노골적으로 싫은 기색을 표했다. 그러자 여자는 가방을 열어 무언가를 꺼내더니 은밀한 목소리로 그걸 순병 씨에게 건넸다.

"혹시 이거 아세요?"

여자는 인쇄물 한 부를 건넸다.

"선생님 인상이 좋아 보여 특별히 알려드리는 거예요. 다른 덴 알리지 마시고 어디 가서 혼자만 읽어보세요. 마음 정하시면 거기 있는 연락처로 전화주시면 돼요."

여자는 주변을 살피더니 가방을 옆구리에 낀 채, 어디론가 서둘러 갔다. 순병 씨는 멀뚱하니 여자의 뒷모습을 보다가 은밀하게 주고 간 종이를 내려다봤다. 집회장에서 으레 나눠 주는 각종 정보가 담긴 찌라시거나 낯선 이름의 신문사에서 만든 거라 생각했는데 그게 아니었다. 위치와 사업주의 이름은 달랐지만 모든 내용과 진행 방향이 그의 투자 건과 너무 비슷했다. 순간 자신이 사기를 당한 것은 아닌가 의심할 수밖에 없었다.

그는 너무 걱정이 돼 한창 연설이 정점에 올라 사람들의 탄성이 쏟아져 나올 시점에 자리를 이탈했다. 지하보도로 내려가 현금인출기 옆에 서서 김 위원에게 전화를 걸었다. 다행히 김 위원이 곧바로 전화를 받았다. 잠에서 깬 것인지 목소리가 잠겨 있었다.

"자네 우리 호텔 분양 투자 건 정보를 처음 어떻게 알게 된 건가? 혹시 웬 할멈이 전단지 같은 거 몰래 쥐여주고 간 거야?"

순병 씨는 손에 든 광고지를 바라보며 그에게 물었다. 김 위원은 약간 당황한 듯 말을 더듬었다.

"어? 그건 왜?"

"그런 거야?"

다그치듯 묻자 김 위원은 다소 신경질적인 목소리로 말을 이었다.

"그래. 광화문에서 한 양복 입은 젊은 남자가 주고 간 광고지를 받기도 했지. 하지만 정보를 접한 건 이전 일이야. 집행부 부회장이었던 고 씨 있잖나. 그 사람한테 전해들은 거야. 알잖나, 그 사람 정보기관에서 일했던 거. 비밀로 해야 한다고 하도 단도리하는 바람에 내가 말을 못 했는데 지금이야 상관없겠지."

그 말을 듣자 순병 씨는 다리에 힘이 쫙 풀리는 느낌이었다. 그러곤 자신이 받은 광고지에 대해 말했다. 누구에게 속고 말고로 끝날 문제가 아니었다. 이건 순병 씨의 생사가 걸린 문제였다. 절박한 순병 씨의 말에 김 위원은 느닷없이 웃음을 터트리더니 느긋한 목소리로 대답했다.

"내가 말했잖나. 우리 투자 건은 걱정할 게 없어. 북한 정부가 유일하게 인정해준 땅! 그게 진짜 중요한 거거든."

김 위원은 전혀 동요하는 기색이 아니었다.

"요즘 단톡방 안 들어오지? 매일 확인해야지. 이런 내용이 얼마나 자세히 올라와 있는데."

그는 김 위원과의 전화를 끊었다. 그리고 비어 있는 벤치를 겨우 찾아 앉았다. 인터넷 카페나 단톡방에 최근 잘 들어가지 않은 건 사실이었다. 그의 사상과는 배치되는 내용들 일색이라 들어가서 읽는 것이 거북했기 때문이기도 했다. 그래 봐야 읽지 않은 건 고작 사나흘 정도였는데 그사이 안 읽은 메시지가 무려 398건이나 됐다. 그는 그것을 하나하나 읽어 내려갔다.

그러고 아까 받은 광고지를 다시 읽어봤다. 투자설명회 장소는 강북에 있는 어느 오래된 체육회관이었다. 그것만으로도 비루한 '가짜'인지 알 수 있었다. 노인네라고 아무것도 모른다고 생각하고 등쳐 먹으려는 인간들이 얼마나 많은지. 자신은 그런 멍청한 노인이 아니라 다행이라는 생각과 더불어 후회가 밀려왔다. 설명회에서 투자 건에 대한 상세한 설명을 듣고 전문가에게 꼼꼼하게 검수받은 계약서에 사인을 했음에도 의심하고 초조해 하는 건 아무리 생각해도 너무 무리하게 대출을 받았기 때문인 듯 싶었다. 그냥 3000만 원만 투자했다면 1000만 원 정도만 대출 받으면 됐다. 은행에서 1가구 1주택이기 때문에 8000만 원까지 대출이 가능하다는 이야길 듣자 그는 덜컥 최대한의 대출을 받았다. 남은 대출과 아르바이트로 이자를 감당하다가 호텔이 지어지면 200만 원 넘는 수익금을 매달 받을 수 있다고 하니 훨씬 이익이란 셈을 했다. 여윳돈으로 투자를 하는 김 위원과 처지가 달랐다. 늘그막에 너무 욕심을 낸 자신이 다시 한번 더 한심하게 느껴졌다.

그는 저린 목과 어깨를 툭툭 치며 자리에서 일어섰다. 다시 계단을 올라 시끌벅적한 광장의 집회장으로 들어섰다. 그사이 조금 다른 사람이 된 듯한 느낌이 들었는데, '다르다'는 것이 구체적으로 무엇인지 그 자신도 설명하긴 쉽지 않았다, 그때까지만 해도.

의원의 연설은 이미 끝이 나 있었고 자유 발언 시간이 진행되고 있었다. 나서기 좋아하는 늙은이들, 매번 보아왔던 이들이 한 명씩 나와서 발언을 하곤 했는데 그의 마음에 썩 들도록 시원하게 말하는 이가 한 사람도 없다는 것도 그날 그에겐 새로운 경험이었다.

그래서 그랬을 것이다. 빨간 마후라를 걸친 사회자가 "또 말씀하시고 싶으신 분 계신가요?"라고 했을 때 지극히 내성적이라 할 수 있었던 순병 씨가 손을 번쩍 들고 앞으로 나아갔다. 그는 그런 자신이 조금은 괜찮다는 생각이 들었다. 까맣게 잊고 있던 옛 기억도 별안간 떠올랐다. 그는 중학교 시절 학생 회장을 했다. 선생님의 지시 사항이었지만 그의 명령으로 책상 위로 올라가 벌을 섰던 동급생들은 자신의 말이라면 벌벌 떨기도 했다. 가끔은 그의 말 한마디에 책상을 두드리며 웃기도 했고 별거 아닌 말을 경청하며 따르기도 했다. 순병 씨는 원래 그런 사람이었다. 고분고분하고 누구 뒤에서 있던 사람이 아니었다. 앞장서길 좋아했고 진취적인 사람이었다. 전쟁이, 가난이, 일찍 돌아가신 부모 때문에 큰아버지댁에 들어가 살면서 기죽어 지내야 했던 경험이, 명문고를 들어가고도 끝까지 마치지 못한 한이, 위축된 삶을 살게 한 것뿐이었다.

그는 조 선생처럼 우아하게 걸어가고 있다고 생각했지만 구부정하게 어깨를 굽힌 채 한쪽 발은 조금 끌고 조급한 기색이 역력한 얼굴로 연단 위에 올랐다.

*

    마이크를 앞에 두고 말을 시작하기에 앞서, 그는 숨을 깊이 들이마시곤 자신을 쳐다보는 늙은이들의 벌겋고 거무튀튀한 얼굴을 찬찬히 둘러보았다. 그 가운덴 주최 측에서 나눠 준 깃발을 손에 든 채 나른해진 표정으로 꾸벅꾸벅 졸고 있거나 스티로폼이나 신문지를 바닥에 깐 채 비스듬히 드러누운 인간들도 있었다.

    미리 생각한 건 아니었다. 그런데도 그는 너무 말이 술술 나와 스스로도 놀랐다. 그동안 이렇게 말을 하고 싶어 이곳을 찾아왔던 거 아니었나 싶을 정도였다.

    "저는 많이 배우지 못했습니다. 하지만 이거 하나만큼은 잘 알고 있습니다. 이승만 박사와 미국이 없었다면 우리나라가 지금쯤 빨갱이 국가가 되었을 것이고 박정희 대통령이 없었다면 우리나라가 이만큼 잘살지 못했을 겁니다. 살인마니 뭐니 떠들어대지만 전두환 대통령 시절만큼 우리 경제가 호황이었을 때가 있었습니까. 독재다 뭐다 하지만 그건 정말 배부른 소립니다. 나라 없는 설움이 뭔지, 전쟁을, 가난을 누가 우리 세대만큼이나 절실하게 제대로 알겠습니까?"

    늘 나오는 레퍼토리지만 이 말은 언제나 사람들의 공감대를 불러일으켰다. 군복을 입고 모자에 태극기와 성조기, 거기에 일장기까지 붙인 영감 하나가 자리에서 벌떡 일어나더니 박수를 치고 호루라기를 뺙 하고 불렀다. 이어 사람들의 박수 소리도 띄엄띄엄 나왔다.

"저는 매주 토요일이면 빠지지 않고 이곳을 찾아왔습니다. 여기에 오면 비로소 진실된 정보를 접할 수 있었기 때문입니다. 여기에 와야 내가 살아 있는 기분이 들었기 때문입니다. 그리고 가장 중요한 것! 어리석은 국민들과 북한의 지령을 받고 움직이며 자유민주주의체제를 붕괴하는 좌파 정부를 감시하는 우국충정의 애국정신이 이곳에선 여전히 살아 있다고 믿었기 때문입니다."

환호성과 열렬한 박수 소리에 순병 씨의 가슴은 더욱 뜨거워졌다.

"그런데 말입니다. 저는 의문이 생기기 시작했습니다. 그동안 가졌던 이 생각이 잘못된 건 아닌가 하는 의문 말입니다."

이렇게 시작된 말은 경청하던 노인들의 귀를 의심케 했다. 가벼운 유머거나 반어법이겠거니 혹은 반전이 있겠거니 듣고 있었다. 결코 길지 않은 5분여의 연설이 계속되자 사람들은 술렁이기 시작했고 사회를 보던 주최 측 사람이 자리에서 일어서 순병 씨를 향해 다가갔다.

"좋은 말씀 감사드리고요. 선생님의 지적도 귀 기울여 듣도록 하겠습니다."

최대한 급하게 마무리하려 했지만 점잖던 순병 씨가 욕설을 하며 마이크를 꼭 쥔 채 놓으려 하지 않았다. 그의 반항에 할배들의 거친 항의 소리는 더욱 커졌다.

"아직 내 말 끝나지 않았어. 당신네들 짓거리가 왜놈들하고 뭐가 달라. 북미회담 결렬됐다고 꽹과리나 두드려대며 좋아해? 젊은 것들 전쟁 무서운 줄 모른다면서 정작 전쟁을 원하는 건 여기 있는 늙은이들뿐이야. 그리고 저 새끼, 넌 왜 일장기를 달고 있어? 부끄러운 줄 알아야지. 이 시발눔들아. 그래서 언제 남북통일이 오겠냐고?"

발악하듯 외치는 그를 연단 위에서 끌어냈다. 불과 5분 전까지만 해도 환호성을 지르며 박수를 치던 몇몇 할배들에게 배와 등, 그리고 얼굴을 가격당했다. 뒤늦게 카메라에 찍히고 있다는 사실을 알게 된 주최 측 인사들의 만류로 순병 씨가 자기 갈 길을 가도록 그대로 뒀지만 할배들은 거친 욕설을 퍼부었고 순병 씨도 못지않은 기세로 맞대거리를 했다.

순병 씨 말대로 어쩌면 그는 '원래' 그런 사람이었는지도 몰랐다. 그의 연설 장면이 유튜브를 타고 돌아다니고 한 인기 팟캐스트의 자료 화면으로도 쓰였는데, 이는 '태극기 부대 할배의 배신'이란 제목의 영상으로 돌아다니게 된 계기가 되기도 했다.

이 사실을 알 리 없는 순병 씨는 전철을 타고 오면서 다짐했다. 매주 토요일 대한문 앞에 서는 일은 없을 거라고, 정치인들에게 이용이나 당하는 어리석은 늙은이들하고는 상종도 하지 말아야겠다고.

그 뒤부터 순병 씨는 TV 뉴스를 잘 보지 않았다. 아침에 눈뜨자마자 켜놓고 집에 들어오기 무섭게 틀어놓던 뉴스 채널도, 건강 정보는 물론 다른 채널에선 볼 수 없는 자극적인 사건 사고를 자주 다루던 종합편성채널도 시큰둥해졌다. 그렇게 된 데는 카톡이나 밴드에 올라오는 새 글의 알림소리가 들리지 않을까 염려된 까닭도 있었다. 별거 아닌 정보도 그에겐 소중했다. 카톡방에서 알려준 (예전엔 있는지도 몰랐던) 팟캐스트를 다운받아 처음부터 듣기도 했고 유튜브로 제작된 각종 정보를 찾고 보는 것만으로도 시간이 부족하고 눈이 시렸다. 2년 전 복지관에서 스마트폰 사용법을 배운 것이 꽤 유용하긴 했지만 좀 더 화면이 큰 최신폰으로 사 주지 않는 자식들이 서운하다 싶기도 했다.

그리고 그토록 기다렸던 소식, 어쩌면 3년 후에나 가능할 것 같다던 기공식이 한 달 뒤에 있을 거라는 걸 단톡방에서 접하게 됐다. 남북중 3국의 이해관계가 얽혀 있는 데다 꽤 큰 공사기도 해서 더디게 진행될지 모르니 마음 단단히 먹어야 된다는 것이 공공연한 사실이었다. 이 같은 기공식 소식을 전한 이는 시행사 관계자가 분명했다. 단톡방은 술렁였으나 더 이상 상세한 글이 올라오지 않았다. 답답하고 초조한 마음에 순병 씨는 계속해서 스마트폰만 들여다 보고 있었다.

그때 아파트 현관문 디지털 도어록의 전자음이 들렸다. 순병 씨
는 벽시계를 얼른 쳐다봤다. 오후 7시 25분. 그가 학교에 있을 시간
이 아니면 절대 오지 않을 마누라일 리는 없었다. 딸이나 아들네는
매번 가르쳐주는데도 비밀번호를 기억 못 해 초인종을 눌렀다.

현관 센서에 불이 들어왔고 이윽고 큼지막한 캐리어를 밀고 들
어온 건 마누라였다. 못 본 사이 얼굴에 살이 좀 붙었고 어쩐지 환
해 보였다. 순병 씨는 기쁜 마음에 자리에서 일어나 캐리어를 받아
끌었다. 막상 보니 얄밉다는 생각이 들어 통박을 주고 싶었지만 순
병 씨는 애써 감정을 숨기며 말했다.

"이 무거운 걸 왜 혼자 들고 와. 연락을 하든지, 애들보고 갖다 달
라 하든지."

"가뜩이나 바쁜 애들 뭘 이런 걸 시켜요. 바퀴 달려 있어서 굴리
면 되는 걸."

무뚝뚝하게 말하는 마누라가 불만이었는데 이상하게도 순병 씨
는 기분 나쁘지 않았다.

"식사는 자셨어?"

밖에서 간단하게 먹고 오긴 했지만 순병 씨는 "아직"이라고 대
답했다. 마누라는 혀를 쯔쯔 차며 옷도 갈아입지 않고 곧바로 싱크
대로 가서 물을 틀어 손을 씻었다. 이제야 뭔가 제자리로 돌아온 것
같았다. 그러느라고 순병 씨는 단톡방에서 무슨 이야기가 진행되고
있는지 확인하지 못했다.

솜씨야 어떻든 밥이란 건 남의 손으로 차려먹어야 제맛이었다. 밑반찬 몇 개 꺼내고 냉동실 어느 구석에 박혀 있었는지 보도 못 했던 조기 몇 마리 굽고 돼지고기 몇 점 들어간 김치찌개 하나 끓였을 뿐인데 순병 씨는 입맛이 돌았다. 꾹꾹 눌러담은 밥 한 그릇을 비우고도 입맛을 다셨다.

밥상을 물리고 또 웬일인지 마누라는 사과까지 정성스레 깎아 내놓았다. 그건 아마도 집으로 들어올 때 사 온 모양이었다.

"근데 어떻게 알고 거길 투자했대요?"

갑작스러운 마누라의 질문에 순병 씨는 몇 번 씹던 사과가 목구멍에 걸려 눈물이 나도록 기침을 해야 했다.

"그걸 어찌 알았어?"

겨우 진정을 하고 순병 씨가 되묻자 대답은 않고 천연덕스러운 표정으로 사과를 입에 넣었다.

"나도 다 알고 있었어요. 뭐 정확히 얼마나 털어먹은지 모르지만 당신 주식 투자한 거 잘 안 돼서 그랬다는 거. 속상해하는 거 같아 내가 애들한테도 말 않고 모른 척한 거지, 당신이 애들한테 그렇게 인색할 리 없잖아요. 나한테 말하지 않은 건 좀 섭섭하긴 했지만 그래도 뭐 이번 건 결과가 좋은 거 같으니 상관없어요."

"아니 어떻게 알았냐니까?"

순병 씨가 재차 물어도 마누라는 여전히 딴소리만 지껄였다.

"당신 맨날 가는 광화문 집회서 깽판 친 거, 북한 땅에 투자한 거 때문에 그랬던 거예요? 그리고, 거 왜 소액 투자자들 가운데 태극기 할배들이 많다고 하던데 조 뭐시긴가 하는 인사가 일부러 그랬다면서요. 왜 그런 거래요?"

마누라 입에서 '광화문'이니 '집회'니 하는 단어가 나오는 것도 어색했지만 '북한 땅'이니 '투자'니 하는 단어가 나오는 건 더 이상했다. 이번 투자 건에 대해 말해봤자 늙은이가 사기나 당했거니 지레짐작하며 한심하게 여길 거 같아 아무에게도 말하지 않았는데, 세상 물정 하나 모른다 여겼던 마누라 입에서 별별 소리가 다 나오니 순병 씨는 허를 찔린 것만 같았다.

"그러니까 그걸 어떻게 알았어? 응?"

조급해진 순병 씨가 또다시 묻자 마누라는 심드렁한 표정으로 대답했다.

"내가 여기 안 올려구 했는데 혹시라도 이상한 인간들 당신한테 들러붙어 사기당할 수 있으니 같이 있어줘야 하지 않냐고 아이들이 하두 성화여서 들어온 건데."

그러곤 마누라는 또 지가 깎아놓은 사과를 한입에 쑤셔 넣고 쩝쩝 소리를 내며 먹었다. 소리 좀 내지 말고 먹으라고 순병 씨가 평생에 걸쳐 그렇게 잔소리를 해댔는데도 저 버릇은 여전했다.

*

　'태극기 할배의 배신'이란 제목의 유튜브가 시리즈물로 만들어
져 올려진 뒤 인터넷에서 꽤 화제가 된 모양이었다. 태극기 부대 출
신으로 노출된 노인들이 돌연 이들을 비판하고 나서는 활동이 잦아
지면서 원인을 파악한 한 인기 팟캐스트 방송을 아들도 듣게 됐다
고 했다. '변심'의 배후엔 북한 부동산 투자 때문이란 분석도 있었
다. 부정적인 대북관계 여론을 바꾸기 위해 일부러 태극기 부대 노
인들을 대상으로 소액 투자자들을 모집한 것 아니냐는 한 전문가의
의견도 있었다. 투자설명회의 긴 줄에 서 있는 노인들과 한때 태극
기 집회에서 열정적인 활동을 해왔던 노인들의 얼굴이 일치한다는
동영상 캡처 속엔 순병 씨도 있었다.
　더구나 순병 씨는 적진에 뛰어든 투사처럼 연단에 올라 그들에
대한 날카로운 일침을 가하는 연설로 유명세를 탔다. 이를 알게 된
순병 씨의 아들 또한 몇 번의 구글링으로, 아버지가 투자한 분양형
호텔이 꽤 투자 가치가 있다는 것을 알게 된 것이다.
　하지만 순병 씨는 이보다는 단톡방 소식이 더 궁금했다. 마누라
가 설거지를 하고 늦은 밤까지 집 안 이곳저곳을 다니며 청소를 하
고 있을 때 아까 읽다 만 단톡방으로 다시 들어갔다. 그리고 그곳에
서 그는 조 선생이 오랜만에 올린 글을 읽었다.
　오늘 정말 감동적인 동영상 하나를 받아봤습니다.

곧바로 올려져 있는 영상은 아마도 아들이 봤다는, 유튜브인 모양이었다. 앞에 했던 연설 내용은 어느 정도 편집되어 있었지만 순병 씨가 주최 측과 할배들을 향해 욕설을 퍼붓다가 조리돌림을 당하는 모습이 담겨 있었다. 그걸 보는 순간 순병 씨는 얼굴이 벌게지고 손이 떨렸다.

용기 있게 발언해주신 저 분이 알고보니 저희 투자자분이시라더군요. 만약 이 글을 보신다면 연락을 주십시오. 기공식 참여를 원하신다면 제 일행으로 초대하고 싶습니다.

동영상을 통해 본 자신의 얼굴과 목소리, 행동이 너무 낯설었다. 어떻게 저런 상스러운 욕설을 아무렇지도 않게 했는지 스스로도 이해가 안 됐다. 그걸 보고 있노라니 얼굴이 뜨거워졌다. 저것을 자식들이 봤다니. 더구나 그를 알고 있는 사람들이 저 동영상을 보게 된다면, 자신을 얼마나 천박하게 여길지 정신이 아뜩해졌다. 그래서 기공식을 간다는 것, 더구나 조 선생의 특별 초대로 간다는 행운을 누릴 여유가 없었다.

김 위원에게서 전화가 걸려왔다.

"조 선생이 쓴 글 읽어봤어? 기공식을 갈 수 있게 됐어! 하, 축하하네. 비용도 조 선생이 다 부담한다니 정말 부럽네."

김 위원의 목소리를 듣고서야 그는 자신이 얻은 행운이 얼마나 큰지 비로소 깨달을 수 있었다.

"어, 어. 방금 나도 읽었네."

순간 목이 멨다. 기분을 들키고 싶지 않았지만 마음대로 되지 않았다. 존경해 마지않던 박정희 대통령이 살아 돌아온다 해도 이만큼 감격스럽진 않을 것 같았다.

*

열렬한 태극기 부대 출신으로 알려진 것과 달리 순병 씨는 자신이 딱히 그들의 사상에 동조했던 것은 아니라 생각했다.

퇴사 후 적적한 마음에 기원을 드나들었고 거기서 만난 김 위원을 따라 광화문엘 처음 갔다. 그곳에 있으니 세상만사 우습게 보였다. 더 이상 뒷방 퇴물 같지 않았다. 혐오감을 담았다는 것도 알았지만 차라리 겁먹은 듯한 젊은이들의 눈빛이, 이젠 바랄 수조차 없는 존경심 어린 눈빛을 기대하는 것보다 훨씬 낫다 싶었다. 듣다 보면 구구절절 옳은 연사들의 연설과 또래 노인들의 자신감 넘치는 대화도 속을 시원케 했다. 하루하루 늙어갔지만 명석해지는 느낌도 들었다.

단지 그래서 그랬던 거라고, 순병 씨는 불과 몇 개월 전의 자신을 분석했다. 뭘 잘 몰라서 어리석은 선택을 했던 과거의 한때를 지나 이제야 본연의 자기 모습을 찾은 거라 말하기도 했다.

물론 그의 가장 큰 관심사는 북한 부동산 개발을 발목 잡는 남한 내 여론이었다. 종전 선언은 눈속임에 불과하며 북한은 남침할 거라는 둥, 북한에 철도와 도로를 깔고 아파트를 짓기 위해 현금을 쏟아붓고 있는데 그 돈으로 미사일을 만들고 전쟁 준비나 할 거라는 가짜 뉴스와 유언비어가 진실인 양 떠도는 바람에 순차적으로 진행되어야 할 평화협정과 평화통일로의 길이 자꾸만 막히는 것 같아 속상했다.

한때 순병 씨가 즐겨봤던 신문사와 방송사마다 당장 내일이라도 전쟁이 일어날 것처럼 떠들어댔지만 이젠 그들의 술수를 훤히 꿰뚫을 수 있었다. 그건 통일을 원치 않는 불순한 세력의 농간일 뿐이었다. 그 가운덴 일본 정부와 미국의 반정부 성향의 단체로부터 지원받으며 꼭두각시처럼 따르는 이들이 존재했다. 또 일부는 북한에 제대로 된 부동산 투자를 미처 하지 못한 이들이었다.

그러지 않고서야 북한 부동산에 대한 이익환수제가 도입되어야 한다면서, 이익금의 몇 퍼센트 이상은 얻을 수 없게 하고 강화된 보유세금을 물게 해야 한다는 주장을 할 수는 없는 것이다. 그건 그들이 그토록 싫어하던 빨갱이들이나 하던 소리 아니던가.

더구나 이번 종전 선언에 결정적 역할을 한 미국 대통령 사진은 불태우면서 태극기와 성조기를 흔들어대며 공고한 한미 관계를 구축해나가야 된다는 논리를 펴고 일장기까지 동원해가며 대일 관계에 주력해야 북한의 남침 야욕을 막을 수 있다는 주장은 가방끈이 길지 않은 그로서도 공감도 이해도 되지 않았다.

그들이 하는 짓은 다 된 밥에 재를 뿌리는 것이었다. 여론 악화로 공사가 늦춰질수록 매달 쌓여가는 은행 이자가 그는 제일 겁났는데 사사건건 발목을 잡는 야당의 짓거리로 남북 관계는 자주 위태로운 수준으로 아슬아슬하게 오갔다.

그의 투자 사실이 알려지자 주변 반응은 대개 둘로 나눠졌다. 사기가 분명하니 지금이라도 환불을 받던지 소송 준비를 해야 한다는 오지랖 넘치는 쪽(그 가운덴 전직 경찰 출신인 학교 보안관 전 씨도 있었다), 그리고 그 좋은 정보를 공유하지 않았다는 원망과 부러움을 내비치는 쪽.

차라리 후자에 속한 이들이 나았다. 이자 한 푼 보태주는 것도 아니면서 온갖 나쁜 예를 열거하고 멀쩡한 조 선생을 북한과 내통하는 간첩이라는 허황된 소문을 갖다 붙일 땐 억울한 정도를 넘어서 화가 났다.

마누라도 마찬가지였다. 그녀가 집으로 돌아오고부터 순병 씨의 일상이 편해지긴 했다. 밥을 짓거나 청소를 하는 일에 신경 쓰지 않아도 됐고 무엇보다 전날 밤 말끔하게 다려놓고 옷걸이에 걸려 있는 옷을 아침마다 입는 건 기분 좋은 일이었다.

하지만 그런 사소한 편의에 맞바꿔야 하는 일들. 가령 밤마다 드르렁거리는 코골이 소리에 안방 침대를 포기하고 작은 방이나 소파에서 잠을 청해야 하는 불편함, 듣기 싫은 잔소리를 충고나 조언이랍시고 쉼 없이 떠들어대는 꼴사나운 마누라의 모습을 참고 견뎌야 하는 것, 무엇보다 호텔의 진행 상황을 캐묻는 통에 가뜩이나 예민해져 있는 순병 씨를 들볶는 건 정말 짜증나는 일이었다.

그날 밤도 그랬다.

마누라는 거실 소파에서 실로 오랜만에 TV를 보고 있는 그의 옆에 앉아 아들에게 전화를 했다. 통화를 하려는 것이 아니라 순전히 그에게 들으라는 식의 일방적인 말만 늘어놓았다.

"뭐 네 아버지가 내가 하는 말을 귓등으로라도 들으신다니. 호텔의 '호' 자만 꺼내도 어찌나 발끈하는지 내가 뭘 물어볼 수나 있겠니. 집에 오면 웅크리고 앉아 휴대폰이나 들여다본다니까. 기공식? 그거 또 다시 한 달 뒤로 연기됐다더라. 공짜로 북한 간다고 그렇게 좋아하더니 뭐라더라, 북한 인부들이 파업을 하는 바람에 공사 날짜가 뒤로 미뤄졌다나. 그렇다니까. 이제 걔네들도 돈맛을 보니까 그런 거 아니겠니. 적게 주면 파업해버리고 막상 일할 땐 공산주의 습성에 쩔어서 대충대충 일하고. 그래, 그래. 막 그런가 보더라. 북한 놈들을 어찌 믿고 그런 큰 공사를 할 수 있겠어. 우리 남한 노동자들 데려다 놓고 하지 않으면 그 큰 공사가 제대로 마무리나 되겠냐고?"

듣다못해 그는 마누라를 째려보며 한마디 하지 않을 수 없었다.

"돈 때문이 아니라 사사건건 발목 잡는 그놈의 꼴통 국회의원들 때문에 그런 거라니까! 멀쩡한 법을 딴지 거는 바람에. 모르면 잠자코나 있든가, 아님 가서 잠이나 퍼 자라고!"

진실을 말해줘봤자 뉴스에서 얻어들은 말도 안 되는 소리와 헷갈리는 주제에, 저렇게 말하려면 묻지나 말 것이지, 순병 씨는 분통이 터졌다. 결국 그는 소리를 빽 지르곤 작은 방 문을 닫고 들어갔다. 기회다 싶은지 거실에선 마누라의 타령조 신세 한탄 소리가 이어졌다.

"들었지? 들었지? 맨날 저런다니까. 이 나이 먹도록 내가 이렇게 당해야겠니. 상전도 상전도 이런 상전이 없다. 이래서 내가 안 들어온다 했잖니. 참긴 뭘 참아. 너도 똑같다. 내 공은 없지."

그는 말이 통하지 않는 마누라가 아무것도 몰랐을 때가, 아니 집을 나가 딸네로 아들네로 떠돌아다니던 때가 그리워졌다.

'북한 부동산 대폭발', '지금 잡지 않으면 평생 후회할 북한 부동산' 등, '북한 부동산'이란 단어만 들어가면 책은 베스트셀러가 됐다.

확정수익을 내세우는 분양형 호텔, 대단지 아파트, 상위 3퍼센트를 위한 고급 타운하우스는 물론 저가형 빌라 단지 분양까지 각종 광고가 쏟아졌다. 그만큼 사기 사건으로 인한 피해자도 속출하고 있었는데 아무리 살펴봐도 조 선생의 호텔 분양만큼 확실한 투자건은 없는 것 같다는 게 순병 씨의 생각이었다. 전문가를 자처하는 북한 부동산 관련자들은 아직까진 안전하게 북한 부동산 거래를 하기엔 시기상조라 했다. 하지만 조 선생의 호텔 분양은 다양한 안전

장치를 두고 있는 만큼 순병 씨는 공사 지연을 신경 쓸 뿐 공사 자체가 엎어지거나 돈을 날릴 염려를 하고 있는 건 아니었다.

그러한 믿음은 다른 투자자들 또한 마찬가지였다. 국내 여론 악화로 자꾸 공사가 지연되고 법률 개정을 하려고 할 때마다 사사건건 발목을 잡는 야당의 작태로 화가 날 대로 났다. 갑자기 급조된 일자리 고용법도 그랬다. 남북 합작 공사일 경우 남한 국적 노동자 몇 퍼센트 이상을 고용하지 않으면 시행을 허가해주지 않는 법률을 제정하겠다는 바람에 공사가 미뤄진 것이다. 그걸 법안으로 통과시키려는 야당의 주장은 순전히 공사를 훼방하려는 술수이자, 다음 총선을 노린 포퓰리즘이 분명했다. 이 때문에 카톡방과 밴드엔 진심으로 시국을 걱정하는 애국자들의 성토가 이어졌다.

토착왜구 세력에 선동된 무식한 늙은이들과 부화뇌동하는 젊은이들이 평화통일을 가로막으려고 유언비어를 퍼트리고 있습니다. 분열과 분탕질로 자유민주주의 체제를 붕괴시키려는 그들을 그냥 둬선 안 됩니다. 더 이상 참을 수 없습니다. 우리도 행동에 나서야 합니다. 이번 주 토요일 태극기 부대의 대규모 집회가 광화문에서 열릴 예정이라고 합니다. 이에 맞서 평화수호애국단의 맞불 집회가 열린다고 하니 연대하여 힘을 실어주실 우리 투자자님들은 꼭 참석해주시기 바랍니다.

최근 가장 열심히 활동하고 있는 '호국전사'가 카페지기의 허락을 얻어 공지 글을 남겼다. 순병 씨는 '호국전사'를 잘 알고 있었다. 그는 이미 동일한 아이디로 한때 광화문에서 누구보다 열심히 활동하던 이였다. 김 위원처럼 연줄로 집행부 소속이 된 것이 아닌 순수한 일반인 참가자로 집행부 일까지 맡게 된 열성적인 인물이었다.

'호국전사'를 알아보게 된 건 이후 진행된 호텔 분양 관련 총회에서였다. 그 역시 처음엔 조 선생에게 반감을 가진 듯 보였으나 어느 날부터인가는 누구보다 열심히 활동했다. '호국전사'는 자식들 명의를 빌려 상당 금액 이상을 투자했기에 순전히 투자 건을 무리 없이 성사시키기 위해 돌아선 거란 소문도 있었지만 순병 씨는 꼭 그것 하나 때문에 바뀐 거라고 생각하고 싶진 않았다.

태극기 부대의 광화문 집회가 예고된 날에 맞춰 '평화수호애국단'의 맞불 집회도 준비 중이었다. 이들 가운덴 한때 태극기 부대에 속해 있던 노인들이 많았다. 집행부의 3분의 1 정도는 공교롭게도 '호국전사'처럼 태극기 부대 집행부에서 일했던 이들이었다. 그러기에 태극기 부대에선 그들을 변절자라거나 이 나라의 보수를 궤멸시키는 원흉으로 표현했지만 누구도 개의치 않았다. 그리고 중요한 것은, 이젠 순병 씨 또한 '평화수호애국단'의 집행부 일을 맡기로 했다는 것이다. 집회 시작 전, 깃발이나 전단지를 정리하고 나눠 주는 일이었는데 몸이 안 좋은 김 위원이 고사한 것을 순병 씨가 맡은 것이다.

어쨌든 그는 더 이상 뒤로 물러서서 술 냄새나 풍기며 으스대는 태극기 부대의 떨거지가 아니었다.

*

　하루 앞으로 다가온 첫 맞불 집회 날 이른 새벽, 순병 씨는 일찌 감치 눈이 떠졌다. 서울 남대문경찰서에 집회 신고서를 내기 위해 한 달 전부터 한 명씩 돌아가며 대기를 섰다. 다행히 행진 순서에서 태극기 부대를 뒤로 밀어낼 수 있었고 집회 장소 또한 맞불 집회를 하기 적당한 위치를 선점할 수 있었다.

　본격적인 집회와 행진은 오후 2시부터였지만 시간이 되는 참가 자와 집행부는 오전부터 나가 있기로 했다. 몸싸움이 생길 수도 있 었기에 활동성 좋은 옷을 입는 편이 나았겠지만 순병 씨는 굳이 양 복을 꺼냈다. 아들놈이 결혼할 때 며느리가 맞춰준 10년도 더 된 양 복이었다. 드라이클리닝을 한 비닐이 덮인 채로 장롱 안에 뒀다가 결혼식이나 상가집에 갈 때나 입었는데 최근 들어선 한 번도 입질 않았다. 그 양복과 가장 잘 어울리는, 푸른빛이 도는 하얀색 와이셔 츠를 꺼내 다리미판에 올린 그는 비장한 표정으로 분무기의 물을 뿌렸다.

　방문을 열고 자는 습관 때문에 안방에서 마누라의 코 고는 소리 가 바로 옆인 양 들렸고 아파트 복도에선 우유 배달하는 이의 발자 국 소리가 작은 창을 통해 노크라도 하듯 조용히 울려 퍼졌다.

　이 모든 소리가 순병 씨에겐 전쟁터를 나가기 전 둥둥 울려대는 북소리처럼 의미심장하게 느껴졌다. 다리미가 오갈 때마다 날카롭게 선이 살아나는 와이셔츠를 보며 그는 마음의 각을 조금 더 예민하게 세워갔다. 물러서선 안 됐다. 수적으로 몰린다고 해도 절대 쫄지 말아야 한다고 그는 다짐했다.

다린 직후라 따근해져 있는 와이셔츠를 입고 바지 벨트를 꽉 당겨 채우고 은퇴 기념으로 받은 빨간색 넥타이를 목에 걸었다. 그런 자신의 모습을 다시 한 번 더 전신거울을 통해 훑어봤다.

그는 넥타이를 몇 번 손으로 고쳐 매다가 고개를 절레절레 흔들었다. 빨간색 넥타이라니. 누가 본 것도 아닌데 그는 화들짝 놀라며 얼른 넥타이를 풀었다. 그러곤 푸른색 넥타이를 골라 다시 맸다. 이제야 양복과 와이셔츠 색과도 잘 어울렸으며 이번 맞불 집회 성격과도 잘 어울린다는 생각에 흡족한 미소를 지었다.

사전 집회긴 하지만 '평화수호애국단'의 참가자는 여든 명 정도에 불과했다. 아직 오전이라 그런 것이라 여겼다. 다행이라면 세종문화회관 앞으로 몰려든 태극기 부대 참가 인원 역시 100명도 채 되지 않아 보인다는 사실이었다.

이 정도라면 충분히 대거리가 가능할 거 같았다. 그들은 태극기와 성조기, '반중친미, 한미혈맹', '자유대한수호', '친북좌파정부 OUT' 등의 구호가 적힌 피켓을 들고 여전히 빨간색 모자에 집착했다.

그에 비해 '평화수호애국단'의 옷차림은 이보단 자유롭게 느껴

108

졌다. 다행히도 순병 씨가 실수할 뻔한 것처럼 빨간색 넥타이나 모자를 쓴 사람은 많지 않았다. 한때는 불경스러워 쳐다도 보지 않던 한반도기와 태극기, 성조기를 흔들었고, '한미혈맹', '평화통일 만세', '토착왜구세력 OUT' 등의 구호가 적힌 피켓을 들고 있었다. 언뜻 보면 태극기 부대와 별반 다를 게 없어 보였다. 똑같이 군복을 입었고 개중엔 성조기를 모자에 단 노인들도 있었다. 구호도 비슷했다.

우국충절의 애국정신으로 법치주의를 살려야 한다.
국민과 세계인들은 다 알고 있다.
더 이상의 선동질을 멈춰라.
분열과 분탕질을 그만두라.

다른 점이 있다면 한쪽은 자유통일을 주장하고 또 다른 쪽은 평화통일을 주장한다는 사실이었다. 그 밖의 차이점은 불분명했으나 양쪽 모두 '통일'을 주장하긴 했다.

자유통일을 주장하는 쪽은 평화통일을 주장하는 쪽을 향해 "북한으로부터 얼마를 받아 처먹었냐, 이 빨갱이 새끼들아!"라고 외쳤다. 그러면 이쪽도 지지 않고 "너희는 얼마 받고 나왔냐? 왜구놈의 똥구녕 빨아먹는 친일파 놈들아!"라고 비아냥댔다.

순병 씨가 예상한 것처럼 뒤엉켜 싸우는 몸싸움은 아직까진 일어나지 않았다. 그저 자리에 앉은 채, 혹은 상대 쪽을 향해 삿대질하며 목소리를 높이는 정도였다. 본격적인 싸움을 하기 전, 상대의 전의를 살피는 행위인지도 몰랐다.

한때는 같은 편이었지만 이제는 철저하게 갈라져 맞불 집회를 하게 된 상황이 두 편 모두 어색하긴 마찬가지였다. 자유 참가자 중에선 계단에 나란히 앉아 악수를 나누거나 근황을 나누는 이편과 저편의 사람들도 눈에 띄었다.

그럼에도 첫 맞불 집회인지라 시간이 갈수록 참가자의 수는 늘어났고 구호는 격렬해졌다.

저편에선 "우리 관광은 망하고 있는데 북한에 최고급 호텔이나 지으려고 돈을 퍼줘도 되는 건가. 지금 대한민국은 베네수엘라행 특급열차를 타고 망하고 있는데 남한 정부는 북한 대변인 역할만 하고 있다"고도 했다.

그 말에 순병 씨는 발끈하는 마음이 드는 동시에 한편으론 그런 그들이 이해도 됐다. 통일을 목전에 두고 세계로 도약하는 경제부흥 기회를 말도 안 되는 색깔론에 함몰되어 걷어차려 한다는 사실을 저들은 아직 모르고 있었다. 따지고 보면 예전 자신의 모습이기도 했다. 이젠 눈이 밝아진 순병 씨가 보기에 그들은 딱한 존재였다. 아직 진리를 깨닫지 못했다. 그런 면에서 그들은 어쩌면 사이비 종교에 빠진 가련한 신도 같았다.

본격적인 집회가 시작되기 전이라, 조금 시시하긴 했지만 양측 연단 위에서 말싸움은 계속됐다. 상대가 어떤 표현과 단어를 싫어하는지 너무도 잘 알고 있던 터라, 순병 씨는 물론 다른 노인들도 피식 웃음이 나올 정도로 유치하고 졸렬했다. 따지고 보면 구호 내용은 그리 다르지 않았다. 다들 상대방을 '빨갱이'로 몰아갔으며 서로 자신들을 '자유대한수호'를 위한 '우국충정집단'이라 칭했다.

그리고 정확히 12시가 됐다. 마이크를 들었던 연단 위 집행부원들의 움직임이 갑자기 분주해졌다. 양쪽 모두 사회자가 말을 멈췄다. 순병 씨가 돌아보니 저만치서 몇십 대의 끌차가 드르륵드르륵 소리를 내며 다가오고 있었다. 상자를 챙겨 올려놓던 순병 씨는 별반 도움도 되지 못할 걸 뻔히 알면서도 허둥지둥 끌차 쪽을 향해 뛰어갔다. 계단에 앉아 있던 참가자들도 괜히 엉덩이를 털고 자리에서 일어섰다.

이곳저곳 전화를 걸고 마이크 선 정리를 하던 '호국전사'가 앞으로 나와 바닥에 놓인 마이크를 집어 들었다.

"아, 아, 마이크 테스트. 아, 아."

그는 점잖은 목소리로 이렇게 말했다.

"식사를 하시고 1시까지 이곳으로 다시 모여주시기 바랍니다. 메뉴는 소고기 덮밥입니다. 물론 한우고요. 저희 집행부에서 나눠드릴 테니 그냥 자리에 앉아 계셔도 괜찮습니다. 이번 식사는 우리 '평화수호애국단'을 지지하시는 일반 시민분들의 후원금으로 구매하여 무료로 드리는 것이라는 점 밝혀드립니다. 참고로 저어쪽 점심 메뉴는 돼지고기 덮밥으로 일본 후쿠시마에서 수입한 방사능 돼지로 만든 거라고 하네요. 이상입니다."

'호국전사'의 말에 이쪽은 박수를 치며 웃음을 터트렸다. 자존심이 상한 저쪽은 우우— 야유를 하더니, "무슨 소리냐. 우리도 소고기 덮밥이다. 우린 횡성 한우인데 니들이 말하는 한우는 북한산이라면서!"라고 소리쳤다.

잠시 소란이 있었으나 도시락이 전달될 때는 양쪽 모두 질서정연했다. 한때 같은 집행부 소속이었기 때문에 그랬던 건지, 아니면 별거 아닌 메뉴 선정으로 괜한 트러블이 생기는 걸 원치 않아 양 진영끼리 합의한 것인지는 알 수 없으나, 동일한 메뉴에 동일한 가격대의 것이었다.

도시락을 다 나눠 주고 순병 씨도 도시락 하나를 받았다. 점심시간에 딱 맞춰 온 김 위원이 손을 흔들기에 그가 앉은 세종문화회관 계단에 엉덩이를 걸친 채 나무젓가락을 들었다. 계단마다 도시락을 무릎 위에 올려놓고 한쪽 손으론 젓가락을 들고 또 한쪽 손으론 물병이나 도시락 끝을 잡고 있는 순병 씨 또래의 노인들이 조용히 밥을 먹고 있었다. 그러느라 태극기도 한반도기도 성조기도 일장기도 엉덩이 옆에 내려놓을 수밖에 없었다.

밥 먹는 시간만큼은 평화로웠다. 양측 진영마다 음악을 틀어놓긴 했지만 거친 욕설이 들리지 않으니 귀도 속도 편안해지는 느낌이었다.

계단에 나란히 앉은 사람들은 별다른 말을 하지 않았다. 쩝쩝거리는 소리, 후루룩 국을 마시는 소리, 가끔 콜록거리는 기침 소리, 플라스틱 도시락의 째걱거리는 소리, 그리고 쩝쩝 소리를 내며 씹다가 도시락에 대해 한마디씩 하는 말소리가 전부였다. 순병 씨는 노인네들이 밥과 고기를 분주히 씹어대는 입을 보면서 생각했다.

'소리 좀 내지 않고 먹으면 안 되는 걸까.'

순병 씨도 실은 쩝쩝 소리를 내며 먹고 있다는 것을 본인만 모르고 있었다. 그는 플라스틱 통에 담긴 식어빠진 국을 마시다가 잠깐 하늘을 올려다봤다. 하늘은 구름 한 점 없이 맑고 푸르렀다. 햇빛도 그리 따갑지 않은 5월의 정오, 산들거리는 바람에 조금 흘러내렸던 땀이 말라가는 느낌만은 기분 좋았다.

그의 심장을 뛰게 하던 북소리, 커다란 깃발이 바람을 가르며 펄럭이는 소리, 큰 외침 뒤에 오는 마이크의 하울링 소리, 함께 구호를 외치고 함성을 지를 때 울려 퍼지는 소리도 좋았지만 문득 이렇게 도시락을 무릎 위에 올린 채 함께 소리를 내며 밥 먹는 것도 그리 나쁘지만은 않다는 생각이 들었다.

그러고 보면 다 먹고 살자고 하는 일이었다. 그것을 위해 어떤 방법을 취하든, 어느 편에 붙든 비난받을 일은 아니었다. 순병 씨가 인생을 통해 깨달은 진리라면 그것 하나였다. 먹고살기 위해 열심히 살았고 누구보다 악착같이 일했다.

그러니 그는 밥을 먹고 힘내서 2시부터 본격적으로 진행될 집회와 행진을 통해 저들의 코를 납작하게 만들어줘야 했다. 그래서 이 땅에 진정한 평화통일이 속히 오도록 힘을 보태야 한다. 그의 소원은 오직 하나, 통일이기 때문이었다.

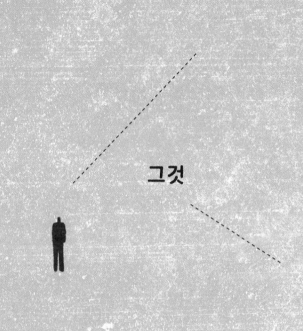

그것

일단 밸브를 열면 5분 안에 일을 마쳐야 했다. 며칠 동안 조금씩 작업해서 깨트린 시멘트를 걷어낸 뒤 밸브를 열었다. 통신 제어 장치를 수동으로 꺼놓은 상태이긴 했지만 밸브가 너무 쉽게 열리자, 그는 당황했다. 큼큼큼, 성대 긁는 듯한 헛기침 소리를 냈다. 그는 긴장할 때마다 그런 소리를 냈는데 평소엔 몰랐다가 자신이 그런 소리를 낸다는 걸 의식하곤 당황스러워 또 헛기침을 했다.

그는 저장드럼을 체인블록에 연결해 특수트럭에 실었다. 일부러 가장 작은 저장드럼을 찾아, 제일 작은 크기의 트럭을 몰고 왔다. 한 치의 오차 없이 빠른 속도로, 총 소요 시간 12분 안에 해치울 수 있었던 건 그이기 때문에 가능한 일이었다.

그는 트럭에 실린 은색 진공관을 보며 약간 충격을 받았다. 고작 10년이 지난 뒤이니 멀쩡한 게 당연하지만 흠집 하나, 먼지 한 톨

없이 보존되어 있으니 썩지 않은 시체를 본 것마냥 소름이 끼쳤다. 어쩌면 침출액이 나와 있을지도 모른다고 여겼다. 언젠가 점검 때 봤던 저장드럼처럼 표면 일부가 울룩불룩 일그러져 있을지도 모른다고 생각했으나 너무 멀쩡했다. 이대로만 간다면 70년이 아니라 700년도 거뜬할 거 같았다.

그러나 진공관의 밑바닥에 균열이 있고 거기서 가스가 조금씩 새고 있다는 것을 아직 발견하지 못했으므로 그저 벅차고 비장할 뿐이었다. 두려움도 불안도 없었다. 가장 중요한 준비가 완료된 셈이었다.

*

그는 운이 좋았다. 아무것도 아닌 그가 운이 없었다면 여기까지 오지 못했을 것이다. 열심히만 한다고 해결될 문제가 아니었다. 운이 따라줘야 했다. 그렇지 않았다면 머릿속으로 그렸던 계획이 현실화되지 못했으리라.

처음 그의 특수트럭으로 늙은이가 옮겨 탔을 때만 해도 양복엔 품위가 흘렀다. 늙은이는 여든이 다 된 나이에도 군살이 전혀 없었다. 허리나 어깨도 굽지 않았다. 강인하고 당당해 보였다. 160센티미터를 겨우 넘는 키인데도 작다는 생각이 들지 않을 정도였다. 몸에 딱 맞게 맞춘 양복엔 주름 하나 보이지 않았다.

이에 비해 마흔다섯일 뿐인 그는 어깨가 안쪽으로 밀려들어간 듯 굽어 있었다. 그냥 서 있을 뿐인데도 누군가에게 고개 숙여 인사하는 것처럼 보였다. 짙은 감색의 낡은 작업복에는 여기저기 지워지지 않는 얼룩이 남아 있었고 옷깃과 소매 부분은 하얗게 닳아 있었다. 자주 빨아 입었을 뿐더러 반드시 다려 입는데도 깨끗하지도 단정해 보이지도 않았다.

한 시간도 안 되는 거리를 운전했을 뿐인데, 늙은이의 양복은 후줄근해져버렸다. 땀에 젖은 깃은 축축해져서 볼품없이 내려앉았다. 허벅지엔 검붉은 피딱지가 양복 위로 뭉쳐 있었고 머리카락은 이마에 들러붙었다. 늙은이는 이제야 제 나이처럼 보였다.

트럭의 창을 조금 내리고 늙은이는 얼굴을 보이며 초대장을 내밀었다. 다른 말을 하고 싶었지만 옆구리로 전해오는 압박감 때문에 입술이 떨렸다. 그것은 엷은 미소를 짓는 것처럼 보였다. 늙은이의 초대장과 얼굴을 확인한 제복 입은 사내는 낯선 차량을 훑어보며 얼핏 의심스러운 표정을 지은 듯 보였지만 곧 차단기를 올리라며 손짓했다.

주차장의 가장 구석진 자리로 차를 세우자 그는 늙은이에게 보조석으로 오라고 눈짓을 했다. 늙은이는 고개를 잔뜩 숙이고 몸을 구부리며 옆으로 발을 내밀었다. 동시에 그는 시트와 늙은이 사이로 몸을 숙여 운전석으로 자리를 옮겼다. 그러면서 그와 눈도 마주치지 않았다. 짧은 한숨을 내쉬며 정면을 향해 시선을 둘 뿐이었다.

어느 정도 안심하는 눈치였다. 늙은이는 설마 더 심각한 일은 벌어지지 않으리라 여겼다. 목적지에 도착했으니 자신의 쓰임은 이제 다한 거라 생각했다. 그건 아니었다. 지금부터가 시작이었다.

*

이런 것도 자부심이라 할 수 있을까. 가령 목에 건 사원증을 센서에 대고 출입문을 열 때, 웬만한 식당 백반보다 잘 나오는 4000원짜리 구내식당 백반을 먹고 나올 때, 햄이나 식용유 세트에 불과하지만 명절 선물이란 걸 받아올 때 느끼는 감정 말이다.

어쨌든 그는 '정직원'이었고 7년째 사택에 살고 있는, 몇 안 되는 '우수 사원'이었다. 낡은 작업복이지만 깨끗하게 빨아 입고 출근할 때는 머리에 왁스를 발라 단정하게 보이려 애썼다. 1년에 한두 번 있는 직원 교육을 받을 때면 지루하고 귀찮다며 투덜댔지만 진심은 아니었다. 그건 분명했다. 조금이라도 도움이 된다면 사소한 거라도 놓치고 싶지 않았다. 그는 회사뿐 아니라 자신이 하고 있는 모든 일에 자부심과 애정이 있었다.

그는 이 회사에서 정년까지 일하고 싶었다. 이직을 고려해본 적도 없었다. 자영업을 하면 어떨까, 학창 시절에 공부를 좀 더 잘했다면 다른 직업을 택할 수 있었을 텐데, 라는 상상을 안 한 건 아니었으나 그건 누구나 하는 공상에 불과했고 심각한 건 아니었다.

외부에서 볼 때 그의 회사는 산림청 소속의 자회사였으나 공기업은 아니었다. 실상은 하청업체에 불과했고 규모가 크지 않은 사기업이었다. 그러나 그는 산림청 공무원들과 똑같은 구내식당을 이용했고 (로고의 모양만 조금 다른) 비슷한 작업복도 입었다. 회사 차량 역시 산림청 마크가 달린 빨간색 포클레인이나 특수트럭을 이용했다.

다른 점이 있다면 연봉은 형편없는 수준이었고 하루 2,300킬로미터 운전은 예사인 데다가 퇴근 시간은 불규칙했으며 법정 휴가조차 마음대로 쓸 수 없다는 것이었다. 그리고 또 하나, 일을 하다가 병에 걸리거나 사고로 죽은 사람도 적지 않았다. 그럼에도 회사의 존재가 외부로 알려진 바는 거의 없었다. 그도 처음엔 재생에너지 관련 업체로 알았고 지금도 그렇게 알고 일하는 직원들이 대부분이었다. 그럴 수밖에 없었다. 그 일은 여러 하청업체가 단계별로 쪼개어 작업하기 때문에 궁극적으로 무슨 일을 하는지 파악하기가 쉽지 않았다. 산림에 관한 일도 아니었고 재생에너지와는 하등 상관없는 일이라는 것을 입사한 지 5년쯤 지나서야 깨달았다. 그러나 그는 선임들과 마찬가지로 상관없다고 생각했다. 따질 필요도 없었고 그래봐야 좋을 것도 없었다.

그의 회사가 비록 적은 월급에 일의 강도가 고되다 할지라도 이를 상쇄할 만한 혜택이 있었는데, 그중 하나가 사택이었다. 그가 살고 있는 사택은 25평짜리 낡은 빌라였다. 알려진 바에 의하면 사택은 오로지 산림청 소속 공무원들만 살도록 만들어진 곳이라 했다. 그러나 사택의 10퍼센트는 그의 회사에서도 쓸 수 있었다. 공교롭게도 그 10퍼센트만이 빌라였고 나머지는 아파트였다. 당연하게도 산림청 직원들은 아파트에 거주했다. 그래도 그는 만족했다. 그는 쾌적한 집, 브랜드 옷, 혹은 고급스러운 음식으로 결핍을 채우는 부류가 아니었다.

가족이 있는 기혼자가 아니라면 대개 빌라 하나에 두세 명의 직원이 함께 거주했다. 거실과 부엌은 공동으로 사용했다. 다행이라면 각 방마다 샤워실이 달린 개별 화장실이 있어 어느 정도의 사생활은 보장됐다. 옛날에 지어져 겨울철 웃풍은 있었으나 층간 소음만은 심각하지 않았다. 툭하면 말썽을 부리던 보일러도 최근에 교체해서 이젠 마음 놓고 더운 물을 쓸 수 있었다.

얼마 안 되는 관리비만 내면 되는 이곳에서 그는 계속 지내고 싶었다. 회사 정직원이라고 다 사택에서 지낼 수 있는 건 아니었다. 여러 조건이 맞아야 했다. 언제든 대기근무를 뛸 수 있어야 했으며 '우수 사원'이어야 했고 무엇보다 운이 좋아야 했다.

그는 이 세 가지 조건을 충족했다. 룸메이트는 열 명 넘게 바뀌었으나 딱히 신경 쓸 일도 트러블도 없었다. 그는 공동 부엌은 쓰지 않았고 거실에 앉아 TV 보는 일도 거의 없었다. 외근을 할 때를 빼곤 웬만하면 구내식당에서 끼니를 해결했다. 한 달에 한두 번은 룸메이트가 어질러놓은 거실이나 주방을 깨끗이 청소하고 환기도 시켰으나 불평하지 않았다.

그는 돈을 거의 쓰지 않았다. 술도 즐기지 않았고 담배만 가끔 피우는 정도였다. 취미라 할 만한 것도 없어 휴일엔 컴퓨터로 다운받은 영화나 예능 프로그램을 보았고 해가 지면 최근 부쩍 나온 아랫배를 의식하며 사택 주변에 있는 하천의 산책로를 뛰었다. 불현듯 몰려오는 외로움에 헛헛했던 적이 없었던 건 아니지만 굳이 여자를 소개받지도 않았다. 마흔셋이 넘어서면서부터 그는 새로운 관계를 맺는 것에 두려움을 느꼈고 불필요하다는 생각도 했다. 이젠 혼자 사는 것도 나쁘지 않다고 스스로를 달랬다.

그는 재테크도 했다. 지방에 땅을 샀다. 부족한 돈은 빚을 졌다. 이제 그는 열아홉 이후 서울에 올라왔을 때처럼 월세 내듯 은행에 원금과 이자를 갚아나가야 했다. 과연 갚아낼 수 있을까 불안하지도 이자가 아깝지도 않았다.

왜냐하면 그 땅에서 동생네 부부가 농사를 지으며 살게 됐기 때문이었다. 그에겐 자기 명의의 땅이 있어 좋았다. 계속 들어갈 이자와 땅의 시세를 따지자면 재테크라 하기엔 민망한 수준이었지만 그는 그렇게 생각하지 않았다. 자신이 한 일 가운데 가장 잘한 선택이라 믿어 의심치 않았다.

그의 동생과 매제는 몸 쓰는 노동을 해본 사람이 아니었다. 그런 두 사람이 귀농을 한다고 했을 때 그는 말리지 않았다. 오히려 동생네를 위해 땅을 사야겠다고 생각했다. 어쩌면 그가 부추긴 거나 다름없었다.

그가 고향을 떠났을 때 미애는 열 살이었다. 아버지가 죽었을 때 그의 나이와 같았다. 미애는 그의 품에 안겨 울었다. 그랬던 미애가 결혼을 한다고 강 서방을 데려왔을 때 그는 여러 말을 하지 않았다. 현명한 동생의 판단을 믿었다. 미애는 입을 비죽거렸다.

"엄포 좀 놔주지. 동생 눈에 피눈물 나게 하면 국물도 없어, 뭐 그런 말 있잖아."

어머니가 돌아가시고부터는 나이 차이 많은 동생이 부쩍 더 애틋해졌다. 매제 역시 그에게 싹싹하게 대했다. 어린 나이에 이혼한 부모님이 각자의 가정을 꾸린 이후론 고아처럼 지냈다며 홀로 지내는 그를 자주 챙기며 살갑게 대했다. 다른 건 몰라도 그의 생일이면 꼭 찾아와 함께 식사를 했다. 그 역시 동생이나 매제의 생일과 결혼기념일엔 선물을 보냈고 전화도 했다. 그래 봤자 밥은 잘 챙겨 먹었냐, 잘 지내냐 정도만 물으면 더 이상 할 말도 없었지만 별것 아닌 일에도 잘 웃는 동생 부부의 목소리를 듣는 것만으로도 기분이 좋아졌다.

가난한 형편 때문에 일찌감치 돈을 벌어야 했던 그와 마찬가지로 미애도 고등학교를 졸업하자마자 취업을 했다. 회사 사장의 배려로 야간대학도 다닐 수 있었다. 또 그런 미애를 기특하게 여긴 대학교수의 도움으로 4년 장학금을 받으며 무사히 졸업했다. 그때까지만 해도 세상이 줄 수 있는 배려와 도움이 그녀를 향해 열린 것 같았다.

미애는 학원 강사 일을 시작했다. 서너 번 정도 학원을 옮길 때쯤엔 인기 강사가 됐다. 교육방송 강의를 하는 매제를 만난 것도 학원에서였다. 둘은 혼수품으로 채운 아파트를 사는 대신 빚을 얻어 신도시에 학원을 세웠다. 과목별 강사를 까다롭게 뽑고 커리큘럼을 짜는 일에 개입하며 강사들을 들볶았다. 덕분에 짜임새 있는 수업과 수준별 강의로 입소문이 났다. 수업료는 다소 비싼 편이었지만 교육열이 남다른 신도시 학부모의 마음을 사로잡으며 몇 개월 전 대기 신청은 기본인 유명 학원이 됐다. 그로선 상상할 수 없는 큰 빚도 순식간에 갚았다. 학벌 좋고 인물마저 좋은 매제가 전면에 나선 까닭에 학원은 또 다른 신도시에 분점을 냈다. 다소 무리해서 건물도 계약했다.

그때까지만 해도 적당한 탈세는 절세의 다른 이름이었다. 대학을 중퇴했지만 졸업한 걸로 치거나 지방 캠퍼스나 야간대학이라는 걸 굳이 밝히지 않는 것은 학원가에서 공공연하게 일어나는 일이었다. 한때는 사소했던 것들이 앞길을 가로막는 걸림돌이 됐다.

시작은 한 아이의 자살에서부터 비롯됐다. 아이는 한 달에 한 번씩 있는 학원 평가 시험을 망쳤고 미애는 담당 강사를 대신해 면담을 했다. 원장 면담은 드문 일이었는데 그날따라 미애는 특별히 시간을 냈다.

아이는 원장실에서 면담을 끝내고 고개를 숙인 채 빈 강의실로 돌아가 천천히 가방을 챙겼다. 그러곤 잠시 책상 위에 엎드려 있었다. 울고 있었던 것인지 아니면 고민에 빠진 것인지 알 수 없었으나 미동도 없이 5분 정도 있었다.

아이는 천천히 고개를 들고 몸을 일으켰다. 가방을 메고 강의실을 나설 때 잠깐 뒤를 돌아봤다. 그때 아이의 얼굴엔 어쩐지 눈물 자국이 있었을 것 같고 표정은 시무룩했던 것 같았다. 아이는 어깨를 늘어뜨린 채 강의실 밖으로 나갔다. 그렇게 아이는 CCTV에서 완전히 사라졌다.

그로부터 약 5분 뒤 학원 주변에선 소동이 일었다. 더위가 기승을 부리고 불쾌지수가 매우 높았던 여름날의 오후 6시 34분. 아이가 옥상에서 떨어지는 모습, 그 작은 두개골이 깨지고 어깨가 뒤틀려 있는 모습, 학원 앞 주차장에 핏물이 번진 것이 너무도 많은 사람들의 눈에, 차량의 블랙박스에, 도로의 CCTV에 담겼다.

이후 미애와의 마지막 면담에서 나눈 대화가 무엇이었냐가 쟁점이 됐다. 미애는 억울함을 토로했다. 그럴수록 아이의 죽음을 촉발시킨 건 다름 아닌 학원 원장의 면담이 분명하다는 심증만 깊어졌다. 미애는 하지 않아도 될 말을 멈추지 않았다. 그것은 녹취되어 인터넷을 통해 퍼져갔으며 사람들의 공분을 샀다.

아이의 어머니가 미애에게 책임을 지라는 말을 하러 간 건 아니었다. 다만 아이와의 마지막 대화 내용이 무엇이었는지, 표정은 어땠는지, 어떤 낌새는 없었는지 궁금했다. 이미 경찰 조사로 예민해질 대로 예민해진 미애는 대뜸 "제 책임이 아닙니다"라고 했다. 대화가 진척될수록 미애는 냉담해져서 상처를 후벼 파는 소리를 했다.

"아이가 우울증 약을 먹었다면서요. 어머님 잘못이시죠. 왜 그런 애를 학원에 보내신 거죠. 정신병원에 보냈어야죠."

"학교에서 걔 친구란 애들은 만나보셨나요. 왕따를 당한 건 아세요? 먼저 그 애들부터 찾는 게 순서 아닌가요?"

"하필 우리 학원에서 자살을 한 바람에 저희 손해도 이만저만이 아니라고요. 저도 피해자라고요."

미애가 그런 말을 했다는 것이 그로선 믿기지 않았다. 그가 알고 있던 동생은 그렇게 매정하지 않았다. 당시 동생은 자신의 억울함을 풀기 위해, 잘잘못을 명확히 가리고 싶었다고 했다. 그러나 그건 이미 죽은 아이, 그것도 미애의 학원에서 스스로 목숨을 끊은 가여운 아이를 둔 엄마에겐 해서는 안 되는, 아무짝에도 쓸모없는 논리고 가혹한 폭력이었다.

스스로의 성공에 대해 그저 운이 좋았고 여러 사람들의 도움 때문이라고 말했던, 어쩌면 겸손하기까지 했던 미애의 말이 진짜인 양, 운도 타인의 도움도 사라지자 뭘 해도 안 되는 사람이 되고 말았다.

학원은 세무감사가 들어왔고 동생은 탈세 혐의로 기소됐다. 계약금만 날리고 새 건물엔 들어가지도 못했을 뿐더러 힘들게 키운 학원은 문을 닫아야 했다. 매제의 명성에도 금이 갔다. 지방 캠퍼스 출신에 실은 대학 중퇴라는 사실이 알려지면서 다른 학원으로 옮겨 일하는 것도 불가능해졌다.

퇴직자나 실직자가 그렇듯 미애 역시 학원을 처분하고 남은 얼마 안 되는 돈으로 프랜차이즈 치킨집을 시작했다. 그러나 곧 AI가 터졌고 어느 정도 매출이 오를 때쯤엔 본사 회장의 성추문으로 매출이 뚝 떨어져 문을 닫아야 했다.

그리고 동생은 농사를 짓겠다고 했다. 지푸라기라도 잡고 싶은 심정이었을지 몰랐다. 온갖 경쟁을 이겨내야 살 수 있는 도시 생활이 자신 없어지기도 했겠으나, 농사'나' 짓고 살게, 가 아닌 농사'를' 짓겠다, 고 했다. 그사이 매제는 방통대에서 농업학과를 이수했다. 각종 세미나와 연수 프로그램을 쫓아다녔다. 그가 보기에도 철저히 준비하는 것처럼 보였다. 그런 동생에게 도움이 되고 싶었다.

그러나 동생은 프랜차이즈를 망해먹은 것처럼 농작물도 망해먹었다. 병충해 때문에, 가뭄 때문에, 풍년 때문에 밭을 갈아엎어야 했다.

재미를 본 것은 불과 2년 전 시작한 더덕 농사부터였다. 적당한 판로를 찾았고 더덕의 효능에 대한 TV 프로그램이 주목받으며 비싸게 팔렸다.

동생에게 길게 늘어졌던 불운의 고리가 끊어진 거라고 그는 생각했다. 충분히 고생했으니 이제 행운이 올 때도 됐다고, 그게 인생의 이치가 아니겠냐고 생각했다.

*

압축콘크리트로 된 틀 안에 저장드럼을 넣는 일은 그가 속한 조에서 담당했다. 진공관으로 된 저장드럼을 정확하게 안착시키는 일은 기술도 필요했지만 노련함이 요구됐다. 그리고 그 위에 가압기 안전밸브를 설치하여 진공관이 안전하게 유지될 수 있도록 마무리하면 일은 끝이 났다.

여러 안전조치 공사가 완료된 후에 진행되는 일이라, 통신보안 설비 작업을 제외하곤 사실상 그가 가장 마지막 작업을 하는 셈이었다. 이미 지진에 대비한 철근콘크리트로 된 방벽이 만들어졌고 지하수가 고이는 것을 방지하기 위해 방수형 배수펌프도 설치됐으며 혹여 있을지 모를 유출을 대비한 다중 방호 시스템도 구현됐다.

지진이나 쓰나미 같은 자연재해로 인해 교류 전원이 상실되어 핵심 기기가 고장을 일으킬 것을 대비해, 전기 없이 작동 가능한 수

소 제거 설비도 거의 완비됐다. 5년 동안 모든 부서의 직원들이 밤낮을 가리지 않고 빠른 설치를 위해 일했다. 그러나 이 때문에 감원이 조금 더 일찍 시작됐다.

기술력이 좋아지고 비싼 장비가 들어올수록 인건비를 줄여야 했다. 설치부 담당 기술자인 그는 이제 운전은 물론 점검부 일도 겸해야 했다. 팀장은 그에게 몇 개월만 참으면, 인원을 보충해줄 거라 장담했지만 혼자 작업한 지 3년이 넘었다. 불만이야 컸지만 어쩔 수 없었다. 짤리지 않은 게 어디냐 감사해야 할 판이 됐다. 어느 정도 일이 능숙해진 지금에 와서는 '달인' 소릴 들을 정도가 됐다. 비록 힘들지만 꽤 보람되다고 여겼다.

밸브 바로 위 설치된 두꺼운 철판 위엔 작업자의 사번과 설치 연도가 적혀 있었다. 작업자는 2711, 3070/1101, 4024/389, 89였고 2010년 4월에 설치된 것이다. 기공부, 설치부, 통신부의 순서로 작업자의 사번이 적힌 것이다. 1101은 그의 사번이었고 4024는 까마득한 후배의 사번이었다. 후배는 이 일을 마치고 회사를 그만뒀다. 당시 후배는 결혼을 한 직후였는데, 고되고 힘든 것도 있지만 너무 위험해서 더 이상 이 일을 하고 싶지 않다고 했다. 이제 자신의 목숨은 늙고 병든 부모와 아이를 가진 아내의 목숨줄이기도 하다고 했다.

그는 4024의 말이 전혀 이해되지 않았다. 원칙만 제대로 지키면 전혀 위험한 일은 아니었다. 세상 어떤 일이든 어느 정도 목숨을 내놓고 해야 했다. 그가 이 일을 하기 전에 거쳤던 일들, 그러니까 지하철 스크린도어 작업이나 하수관 청소도 그랬다. 원칙을 지키지 않으면 모두 위험했고 그동안 그에게 주어졌던 일은 대개 그런 일들이었다.

*

내비게이션에 경고음이 울렸다. 휴대폰으로도 연신 문자메시지가 들어왔다.

[경로 이탈, 본사 연락 바람]

올 것이 왔다. 그는 곧바로 통신팀 조 부장에게 전화를 걸었다.

"조 부장님, 지금 본사에 계시죠?"

"뭔데?"

조 부장은 퉁명스러운 목소리로 대꾸했다.

"정말 죄송하지만 부탁 하나 좀 드릴까 하고요. 공구 가방을 두고 온 걸 지금 알아서 다시 가려고 하는데 경보가 자꾸 울리네요."

당황한듯 말을 질질 끌며 그가 말했다.

"공구 가방?"

그는 공구 가방을 들고 다니지 않는다. 그건 주로 통신부가 갖고 다녔다. 그의 부서가 필요한 도구나 장치들 가운데 가방에 들어갈 만한 것은 위도경도 측정기 정도였는데 다른 것과 마찬가지로 박스에 넣어 차에 싣고 다녔다. 그러나 낙하산에 불과한 조 부장이 알리 없었다.

"잠깐 꺼주시겠어요? 경보음이 계속 울려 시끄러워 죽겠네요."

"새끼야, 정신 좀 차리고 다녀."

조 부장은 웃음을 터트렸다. 이런 연락은 실무자가 아닌 부장급에게 해선 안 되는 일이었다. 간단한 일이기도 했으나 트집 잡히면 얼마든지 문제가 될 수 있었다. 연말 감사 때 재수 없이 걸릴 수 있으나 조 부장은 몇 개월 뒤엔 퇴직할 사람이었고 고작 양주 몇 병으로 쌓은 신뢰건만 그를 의심치 않았다.

또 다른 외주업체이기도 한 출동팀이 호출되는 상황이 회사로선 더 골치 아픈 일이기도 했다. 경로 이탈이 생길 경우엔 미리 통신팀에 연락해 바뀐 경로를 신고해야 했다. 만약 잊을 경우엔 잠시 꺼달라는 연락을 하기도 하지만 그는 이제껏 그런 부탁을 한 적이 한 번도 없었다.

전화를 끊고 얼마 뒤, 내비게이션의 경보음이 멈췄다. 휴대폰도 조용해졌다. 모든 차량의 위치 정보는 실시간 본사로 전송됐다. 행여 관리 물질이 외부로 반출될 경우나 불의의 사고가 일어났을 때를 대비해 신속하게 처리하기 위한 조치였고 이 모든 것 역시 그가 작업한 결과물이었다.

그는 오늘 설치할 드럼도 점검할 현장도 없다. 월말 서류 작업이 그의 할 일이었다. 드럼을 옮겨 넣는 특수차량을 몰고 나가는 것 자체가 규정에 어긋났다.

그는 고지식하다는 말을 들을 만큼 회사 규정을 잘 지키는 사람이었다. 진공관을 옮기거나 설치할 때면 과연 기능이 제대로 될까 싶은 낡은 안전복도 반드시 챙겨 입었다. 블랙박스 때문에 곤란을 겪은 일도 없었다. 노후한 차량의 노후한 배터리 때문에 시동을 끄고 난 후엔 블랙박스를 꺼야 했다. 안 그러면 시동이 꺼지는 경우가 종종 발생했다. 수리를 요청했지만 계속 미뤄졌다. 별수 없이 시동을 끌 때마다 블랙박스 전원도 껐는데 이후 블랙박스 영상이 없다는 이유로 연말 자료 제출에 곤란을 겪는 직원도 많았다. 그는 사소한 실수도 하고 싶지 않아 차가 운행되는 동안 자동 충전되는 배터리를 사비로 구입해 블랙박스에 따로 연결해 썼다. 그만큼 철두철미했다.

방방곡곡 있는 설치장소를 내비게이션에 데이터베이스화하여 옮겨 넣은 것도 그가 한 일이었다. 이전까지만 해도 일일이 지도에 설치 장소를 표기했고 그걸 또 같은 지도책을 구매해 옮겨 적어 상부에 제출하거나 후임에게 전달했다.

"위치를 입력시켜놓으면 다음부턴 찾기 쉽잖아요."

그의 말에 아무도 대꾸하지 않았다. 그걸 모르지 않았다. 이미 지도에 있는 걸 일일이 차를 몰고 나갈 때마다 확인하여 내비게이션에 입력해야 하는데, 누구도 그럴 여력이 없었다. 그런데 그가 나선 것이다. 그는 꾸준히 그 일을 했다. 누가 시킨 것도 아니었다.

3년 만에 그의 부서에서 맡고 있는, 전국에 흩어져 있는 설치 장소의 약 80퍼센트 이상을 데이터베이스화시킨 것이다. 그에 대한 대가는 '우수 사원'이었고 결국 사택에서 지낼 수 있게 됐다. 하지만 이로써 회사에서 친했던 동료들을 잃게 됐다. 그것은 GPS와 연동된 내비게이션 이동 경로의 감시체계가 정밀하고 완벽하게 이루어진 것을 뜻했다. 길이 막혔다는 핑계로 대충 시간을 때우다 들어올 수도 없었고 밥 한 끼 먹으러 경로가 아닌 식당으로 이동할 때마다 일일이 보고해야 한다는 걸 뜻했다. 그럼에도 그는 자신이 일궈낸 성과에 만족했다. 그것은 곧 그의 자부심을 단단히 하는 데 한몫했다.

진공관으로 된 저장드럼을 묻는 곳은 대개 산의 깊숙한 곳, 임야의 구석진 곳, 맹지에 다름없는 국유지였다. 장소마다 다르긴 했지만 10개에서 많게는 60개가 넘는 저장드럼이 묻혀 있었기에 작업을 할 때면 충격이 가지 않도록 조심스럽게 작업해야 했다. 그는 펜스를 치고 선발대가 미처 하지 못한 간단한 토목공사도 다시 했다. 체인블록을 연결하는 것도, 저장드럼에 충격을 주지 않도록 정밀하게 조종관을 운전하여 집어넣는 것도 쉽지 않은 일이었다. 진공관의 크기는 다 달랐지만 대부분 직경 1미터에 높이는 3미터 이상이었다. 땅에 끌리거나 부딪히지 않고 곧장 땅속에 만들어놓은 틀 안에 넣는 것은 웬만한 경력자 서넛이 붙어도 어려운 일이었으나 그는 이 모든 일을 혼자 했다. 저장드럼 안에는 재생에너지로 쓰일 원자재 물질이 들어 있었다. 물론 어느 정도 경력 이상이 되면 이를 믿는 사람은 없었다. 재생은커녕 완전한 폐기도 불가능한, 그저 유독하고 위험한 물질이 들어 있는 것이 분명했다.

세상에는 폐기물이 아주 많았다. 그 가운덴 정부가 직접 관리하는 폐기물도 있었다. 그것이 무엇인지 정확히 알 수 없었고 알아서도 안 됐다. 다만 그의 회사가 산림청 소속인 이유는, 자유롭게 산을 다니며 작업하기 위한 일종의 설정에 불과했다. 주인 있는 산이 있기 마련이라 적합한 곳이 나오더라도 사유지에 저장드럼을 막무가내로 묻을 수 없었다. 이때마다 지진 관측 시설을 설치한다는 이유로 작업이 진행됐다. 물론 저장드럼의 다중방호 시스템 안엔 지진 관측 센서가 있긴 했다.

어쨌든 이 일을 하고 있는 그도, 그와 같은 일을 하는 비슷한 연차의 다른 작업자도, 진공관 안의 물질이 어쩌면 핵폐기물이나 재처리 물질일지도 모른다고, 아니 어쩌면 그보다 더 위험한 것일지도 모른다고 막연히 생각할 뿐, 그것이 무엇인지는 아무도 몰랐다.

*

처음 미애가 암에 걸렸다는 소식을 전해 왔을 때 그는 '왜?'라고 묻고 말았다. 그곳은 공기 좋고 물 좋은 청정지역인 데다가 동생이 술, 담배를 하는 것도 아니었기 때문이었다. 그렇게 물어놓고서, 대부분의 암 환자가 무슨 특별한 이유가 있어서 암에 걸리는 건 아니라는 생각이 새삼 들었다. 하지만 매제는 이유를 알고 있는 것 같았다.

"이게 다 비료 공장 때문이에요, 비료 공장."

매제는 이를 갈 듯 말했다.

비료 공장이라. 땅을 샀을 때도 그것은 알고 있었다. 하지만 공장은 마을에서 1킬로미터 정도 떨어져 있는 데다가 비료라면 어차피 곡식이 잘 자라도록 하는 데 쓰는 것이니 딱히 유해할 것 같지 않았다.

그러나 그게 아니었다. 그곳은 청산가리보다 독성이 높다는 리신이 들어 있는 피마자 박을 주원료로 사용하고 있었다. 벙커씨유를 연소한 고열의 배출가스를 직접 공급해서 비료를 건조하고 있었다. 공장에서 팀장으로 일하다 그만둔 직원의 증언에 의하면, 대기오염 방지를 위해 설치한 세정탑의 폐수를 처리하지 않고 재사용해서 원료에 섞어 쓰기도 했다는 것이다. 그렇게 10년째 공장을 가동해왔던 것이고, 그 바람에 주민 다섯 명이 간암, 폐암, 췌장암, 담낭암 등으로 죽었고 세 명이 병에 걸렸다고 했다. 투병 중인 사람 가운데 동생 미애가 속했으며 그로부터 얼마 뒤 매제가 췌장암에 걸렸다.

누구나 죽을 수 있고 암에 걸려 죽는 일은 흔한 세상이 됐다. 그래도 고작 48가구 80여 명의 주민 가운데 8명이나 되는 숫자가 비슷한 시기에 암에 걸렸다는 것(그 뒤로 또 숫자가 늘어 10명이 됐다)은 이상한 일이었다.

더 이상한 것은, 비료 공장에 대해 보건환경연구원이 수질 검사를 벌였음에도 수은이나 중금속이 검출되지 않았다는 것이다. 대기와 토양 검사도 진행됐으나 이 역시 '이상 없음'으로 나왔다고 했다.

매제의 말은 달랐다. 5년 전 귀농했을 당시부터 가끔 코를 찌르는 악취가 있었고 비가 온 다음 날이면 하천에 물고기가 떼를 지어 죽어 있는 것도 여러 번 봤다고 했다. 이에 대해 민원을 제기했고 매제를 비롯한 젊은 사람들을 주축으로 주민들의 건강진단서와 환경오염측정 기록지를 제출했지만, 그때마다 환경부는 '이상 없음' 결과지를 내밀 뿐이었다. 검사 때마다 대기오염 방지 시설에 불법으로 공기 조절 장치를 설치해서 배출가스 농도를 조정하는 것이 분명하다고 했으나 정황일 뿐이다. 관리 감독하는 이들이 밝혀내 증거가 되도록 해야 했으나, 밝혀내지도 알아내지도 못했다.

디구나 비료 공장은 나서서 환경검사를 받겠다고 했다. 모든 준수사항을 다 지켰다고 했다. 하지만 그렇지 않았다. 그들은 불법적으로 폐수를 방류했으며 그에 대한 정황도 있었다. 제대로 된 정밀 역학 조사만 됐어도 정황들은 명백한 증거가 될 수 있었을 것이다. 대기오염 방지 시설에 불법으로 공기 조절 장치를 설치해서 배출가스 농도를 조정한 것이 분명한데도, 집수조에서 페놀이 기준치의 4.2배가 검출됐음에도 증거로 인정되지 않았다. 몇 차례의 검사가 진행되고 재판이 있었으나 아무것도 밝혀진 게 없었다.

매제의 목소리도 많이 변해 있었다. 강의를 쉬지 않고 했던 때도 그의 목소리는 남자 목소리라 하기에 지나치게 나긋나긋하다 할 정도로 맑았는데 이젠 갈라지고 탁하게 들렸다.

그로부터 얼마 뒤, 매제 역시 암에 걸렸다는 걸 동생으로부터 듣게 된 그가 전화를 했다. 매일 잠도 못 자고 '진상규명'을 위해 뛰어다닌다는 소식을 듣고 염려가 됐다.

"좀 쉬엄쉬엄해. 길게 갈 싸움 같은데 몸도 생각해야지. 몸도 성치 않은데."

"쉬엄쉬엄이라뇨, 형님. 시간이, 시간이 없어요. 그럴 시간이 없다고요."

그는 숨을 한 번 몰아쉬더니 말을 이었다.

"형님, 있잖아요. 병에 걸린 닭들도 땅에 묻힐 땐 소리를 지르고 퍼덕거리고 온갖 힘을 다해요. 그 작은 부리에 피가 나는지도 모르고 사정없이 쫀다고요. 부리가 꺾이고 피가 흘러도 필사적이라고요. 그런데 사람이잖아요. 사람이 죽었고 또 죽어가잖아요. 그런데 어떻게 가만히 있어요. 가만히 있을 순 없잖아요."

그는 잠시 입을 다물었다. 그의 생각은 달랐다. 이미 동생도 매제도 병에 걸렸다. 어떻게든 병이 낫는 방법을 찾으며 지내기를 바랐다. 억울한 일이었지만 그걸 밝혀낸다고 해서 병이 낫는 게 아니었다. 그리고 설마, 진짜 비료 공장 때문에 그렇게 많은 사람들이 죽게 된 거라면 밝혀지지 않을 리 없었다. 설마, 설마. 그때까지만 해도 그는 그렇게 생각했다. 매제는 당장 내일 죽을 사람처럼 열심히

했지만 2심마저 지고 말았다.

그리고 사고가 있기 전날, 그는 전화 한 통을 받았다. 낯선 번호라 받을까 말까 했는데 매제였다. 공중전화로 건 거라고 했다.

"형님, 비료 공장 때문만은 아닌 게 확실해요. 또 다른 게 있었어요. 진짜 원인 말이요, 진짜 영향을 준. 이건 전적으로 형님 도움이 필요해요. 하, 하지만 조심해야 해요, 조심."

술에 취한 듯한 목소리로 횡설수설했지만 매제의 목소리엔 무언가를 경계하는 듯한 긴장감이 느껴졌다.

*

그는 가끔 과거의 일을 떠올리기도 했지만 상념에 잠기거나 후회하는 짓은 하지 않았다. 되도록 과거의 일은 기억하지 않으려 애썼다. 그는 또 미래를 내다보는 눈도 없었다. 앞날에 대한 걱정이나 불안을 심각하게 느끼는 스타일도 아니었다. 그에게 중요한 건 오늘이었다. 지금 닥친 일을 어떡하든 해치우자는 생각뿐이었다. 하루하루가 벅차고 힘들었기에 그렇기도 했지만 그러는 편이 마음이 놓이기도 했다.

그가 미래에 대해 생각이란 걸 한 것은, 그나마 땅을 산 이후였다. 퇴직 이후 동생네 부부와 함께 농사 지으며 사는 모습을 그려내는 정도가 그가 짜내듯 생각해낸 미래의 수준이었다.

그러나 꿈은 달랐다. 꿈을 자주 꿔서 아침에 일어나면 개운치 못한 것인지, 숙면을 취하지 못하기 때문에 자주 꿈을 꾸는 것인지 알 수 없으나, 그는 꿈을 자주 꿨다. 그의 꿈은 지루하고 뻔한 그의 일상과는 달랐다. 늘 음모가 도사렸다. 괴물이 숨어 있는 깊숙한 지하 계단을 불안한 마음으로 걸어 내려가는가 하면, 정체를 알 수 없는 사내들에게 쫓기기도 했다. 공사가 덜 끝난 커다란 건물 안에 갇혀 출구를 찾아 헤매기도 하고, 철사 줄에 꽁꽁 묶여 피투성이가 된 새끼 고양이를 구하기 위해 애쓰는 꿈을 꾸기도 했다. 이런 꿈들이 의미하는 바가 무엇인지 알 수 없으나, 꿈속의 자신은 현실의 자신과 다른 존재인 것만은 확실했다.

그는 이 순간이 마치 꿈만 같았다. 회사에 입사한 지 15년이 지난 지금까지 그는 자신의 일에서 멀어진 적이 없었다. 퇴근하여 쉬고 잠을 자는 건 순전히 내일 출근을 위한 준비 행위였고 주말은 월요일 출근을 위한 준비 기간일 뿐이었다. 주말이나 휴가에도 회사에서 자동적으로 들어오는 상황 메시지를 확인했으며 업무상 문의를 위해 걸려오는 모든 전화들은 다 받고 대꾸해주면서도 짜증 내지 않았다.

그러나 그는 꿈처럼 음모에 휩싸인 낯선 세계에 떨어져 있었다. 일을 위해서가 아닌 다른 목적으로 그의 직업이 이용되고 있었다. 막연했던 계획을 하나씩 실행하고 있는데도 불구하고 회사에선 아무 연락이 오지 않았다. 평온했다. 누런 개가 그의 차에 치인 것을 제외하곤.

　개가 뛰어들었다. 탄탄한 근육을 가진 개가, 인간으로 치자면 열
다섯 살쯤 됐을 법한, 강아지라 하기엔 충분히 자랐지만, 아직은 털
이 억세지 않고 부드러운 개가, 그의 트럭으로 뛰어들었다. 포장되
지 않은 길이라 이렇다 할 충격조차 느끼지 못했다. 그는 급브레이
크를 밟았다. 실상은 아무 소리도 듣지 못했지만 누런 개가 내지른
단말마의 비명을 들은 것만 같다. 그는 차에서 내렸다. 개는 뒤집힌
채 바퀴 사이로 끼여 들어간 상태였고 아직 숨이 끊어지지 않아 혀
를 쑥 뺀 채 헐떡이고 있었다.

　그는 간신히 개를 밖으로 끌어냈다. 누런 개의 까만 두 눈은 그
를 바라보고 있었다. 턱 아래 일부와 배 아래쪽, 그리고 다리 한쪽
이 으깨어져 있었다. 내장의 일부가 튀어나온 채 개는 숨을 몰아쉬
고 있었다. 뜨거운 피가 흐르고 있었지만 그 개만은 자신에게 일어
난 일을 믿을 수 없다는 듯 두 눈을 끔벅이며 그를 가만히 올려다
봤다. 움직이지 않는 자신의 몸이 이상한 듯 고개를 한 번 가로젓
더니 이윽고 온몸을 심하게 떨었다. 그는 피에 축축하게 젖어 들어
가는 개의 두개골을 가만히 감싸 쥐었다. 그는 또다시 큼큼, 헛기침
을 했다.

　곧이어 개는 혀를 길게 뺀 채로, 마치 사람처럼 끙 하고 신음 소
리를 크게 내더니 숨을 거뒀다. 까만 두 눈을 뜬 채. 그는 피로 물든

개를 내려다보며 한참을 멍하니 있었다.

그는 그런 개의 두 눈을 본 적이 있었다. 이번이 처음이 아니었다.

"우리가 키우는 거예요?"

아버지는 고개를 끄덕였다. 그는 너무 기뻐 아버지를 끌어안았
다. 흰 개는 그리 크지 않았으나 어린 그가 안고 가기엔 너무 컸다.
자세가 불편했던지 개가 몸을 버둥거렸다. 개의 날카로운 발톱에
팔이 긁혔다. 할 수 없이 아버지가 붙들었던 노끈을 손에 쥐었다.
개의 목이 졸리지 않도록 조심해서 천천히 걸었다. 사실 어린 그도
알고 있었다. 개는 클 대로 다 큰 성견이었으며 분명 어느 집에서
키우고 있던 개가 분명해 보인다는 것을. 적의라곤 없는, 누구에게
나 꼬리를 흔드는, 어쩌면 좀 멍청한 개라는 것도.

그 개는 도망쳤어야 했다. 끈이 단단히 묶여 있는 것도 아니었다.
가는 길에 두어 번 풀리기도 했다. 끈이 짧아 그의 손바닥에서 미
끄러져 놓치기도 했다. 여러 번 기회가 있었다. 그러나 개는 꼬리를
흔들며 그와 아버지의 속도대로 따라 걸었다. 누구도 그들이 훔친
개를 끌고 간다고 보지 않았다. 사이좋은 부자가 개를 산책시키는
것쯤으로 여겼을 것이다. 개는 까만 두 눈으로 순하게 그를 올려다
봤다. 아버지가 한마디 했다.

"무는 개를 돌아본다고 하잖니. 사람이든 개든 순해 빠져선 안
돼. 결국엔 지가 물리게 되거든."

이틀 뒤, 종이박스로 만들어놓은 개집이 비어 있는 것을 발견했다. 개는 이미 아버지에게 잡아먹힌 뒤였다.

그는 고개를 저었다. 마음을 다잡아야 했다. 개를 땅에 묻어주고 싶었지만 시간이 부족했다. 늙은이가 집에서 나오기 전에 도착하려면 서둘러야 했다. 그는 차 뒷좌석에 싣고 다니는 얇은 부직포로 된 작업용 매트를 꺼내 개를 둘둘 말아 들어 올렸다. 회색 매트는 검붉게 젖어 들었다. 그는 차 뒷좌석을 정리하고 그 위에 누런 개를 올려놓았다.

다시 시동을 걸고 액셀을 밟았다. 물어야 한다. 순해빠져선 죽는다. 절대 귀 기울이고 싶지 않던, 너절하기 짝이 없던 아버지 말이 자꾸 떠오르는 것이 그는 몹시 불쾌했다.

*

도로에서 봤던 트럭이, 그의 회사에서 쓰이는 특수차량과 동일하다는 것을 알아채지 못했다면, 매제가 남긴 마지막 통화의 의미 역시 해독하지 못했을 것이다. 그러면 그 역시 비료 공장이나 파헤쳤을 것이다. 길고 지루한 과정을 거쳐 마침내 위법성을 입증해냈다면(그것 역시 쉽지 않은 일일 테지만), 그것으로 할 일을 다 마쳤다고 생각했을 것이다. 억울한 죽음의 원인을 마침내 밝혀내고 죗값을 받게 했으니 조금이나마 위로가 됐다는, 어쭙잖은 자기 위안이나 했을 것이다.

그 차는 산림청이 아닌 환경부 마크가 붙어 있었다. 환경부에서 실제 사용하는 로고의 디자인과 색깔이 달랐지만 웬만한 눈썰미가 아니고서는 구분해낼 수 없었다. 차량의 색깔은 회색이었다. 뒤에 씌운 덮개의 크기나 체인블록의 생김새가 똑같았다. 만약 다른 때 보았다면 그 차를 보고도 전혀 눈치채지 못했을 것이다. 진공관을 집어넣는 일에만 그 특수차량이 쓰이지 않는다는 건 그도 상식적으로 알고 있었다.

그는 그 차를 보자마자 온몸에 전기가 통하는 것만 같았다. 경로 이탈 메시지가 뜨든 말든 안간힘을 내어 그 차를 쫓았지만 고속도로 인터체인지에서 놓치고 말았다. 이면도로에 차를 세우고 깜박이는 내비게이션을 바라봤다. 다른 지점으로 관리 구역이 넘어간 20 퍼센트를 제외하곤 그의 회사에서 담당하는 지역의 모든 구역을 내비게이션에 옮겨 저장했다.

동생에게 땅을 사준 곳은 엄연히 그의 회사가 관리하는 지역 내에 있었다. 그래야 저장드럼이 묻혀 있지 않은 곳을 선택할 수 있기에 일부러 관할 지역 가운데 토지를 선택했다. 그러나 조직의 끄트머리에 있는 그가 알 수 있는 것엔 한계가 있었다. 당연한 일이다. 그런 간단한 문제를 이제야 깨달은 자신이 너무 한심했다.

144

"큰 이익을 위해선 작은 희생 정도는 감수해야 한다."

아버지가 강조했던 말이다. 작은 희생은 뭘까. 당시엔 그가 굴욕을 당하고 누명을 쓰고 욕설을 듣고 매를 맞는 것이었다. 그로서는 더없이 큰 희생이었으나 세상의 시선으로 봤을 땐, 긴 인생으로 봤을 땐, 티끌같이 작은 희생이라는 게 아버지의 생각이었다.

아버지는 술을 마시지 않았고 말끔하게 면도도 했다. 멀쩡해 보였다. 가장 깨끗한 옷을 꺼내 입었다. 부유해 보이지는 않았지만 가난해 보이지도 않았다. 그러곤 그에겐 꼭 한 계절 이전의 옷이나 크기가 줄어든 옷을 꺼내 입혔다. 머리를 마구 헝클었다. 운동화도 구겨 신게 했다.

아버지는 초콜릿이나 과자, 음료수 따위를 눈치껏 챙기라고 했다. 걸리지 않도록 조심하라고는 했지만 그건 그냥 하는 소리였다. 그가 주인의 눈치를 보며 물건을 훔치는 동안 아버지도 양주나 (꽤 값나가는) 면도기 따위를 옷 안으로 숨겼다. 뭔가 낌새가 이상하다고 느껴지면 아버지는 큰 소리로 외쳤다.

"사장님. 저기 저 쥐새끼 같은 놈 좀 보십시오. 물건을 막 주머니에 집어넣네요."

주인은 어린 좀도둑을 잡기 위해 달려갔고, 그사이 아버지는 대담하게 캐시통 안에 있는 지폐를 챙겼다. 대개는 적당히 타일러 어린 그를 보내줬지만 파출소로 끌고 가려는 이도 있었다. 그럴 때면 아버지는 "따끔하게 혼을 내야 한다"고 거들기도 했고, 어쩔 땐 "어허, 너무하시네. 내가 대신 내주겠소"라며 얼마 안 되는 과자값을 내주는 선량한 어른 역할을 하기도 했다.

파출소로 끌려가 어머니가 대신 불려올 때도 있었는데, 그럴 때면 그의 마음은 더없이 무거워졌다. 그러나 아버지는 멀쩡하게 집으로 돌아와 주머니와 품에서 술이며 담배며 고작 지폐 몇 장을 꺼내며 시시덕거렸다. 어차피 싸구려일 뿐인 양주를 대단한 것인 양 홀짝홀짝 마시며 술에 취해 방바닥에 드러누워 잠이나 퍼 잤다. 차라리 곯아떨어진 편이 그로선 다행이었다.

한 번 간 슈퍼마켓이나 편의점은 두 번 다시 가지 않았다. 낯선 동네, 낯선 가게에서 그는 죽기보다 싫은 작은 희생을 치렀다. 고작 술 몇 병, 지폐 한두 장을 위해, 그 하찮은 것을 위해, 그는 미끼로 던져졌다. 쓴 교훈이었으나 그건 아버지가 남긴 유산이었고 비일비재하게 일어나는 현실에 대한 조언이기도 했다.

이튿날 그는 회사에 월차를 내고 휴가도 냈다. 그리고 비료 공장, 그러니까 동생의 동네 주변을 샅샅이 돌아다녔다. 휴가 이틀을 남기고 마침내 그곳을 찾아냈다. 거기엔 47개의 저장드럼이 묻혀 있었다. 이미 50년 전 설치됐던 것이었다. 문제가 발생하지 않은 경우엔 설치 연도에 새겨진 사번으로 끝이 났다. 철판을 가득 메워 새겨진 숫자들은 안전장치가 이후 얼마나 빈번하게 추가됐는지 알려줬는데 딱 10년 전부터 급격히 늘었다는 것도 알 수 있었다. 그는 숫자들을 헤아리면서, 실은 저장드럼이 안전하다고 생각했던 적이 단한 번도 없었다는 것을 깨달았다. 교육 기간 중에 들었던 온갖 말들이 실은 다 거짓이었다는 것도, 이를 애써 외면해왔다는 것도.

새롭게 알게 된 것은, 저장드럼이 묻혀 있는 지역마다 근처엔 반드시 공장이 있다는 것이었다. 비료 공장이거나 시멘트 공장이거나 염색 공장이거나 철근 공장이거나. 그렇다. 그곳에 허가를 내준 데는 다 이유가 있는 법이었다.

"큰 죄를 덮기 위해선 작은 죄를 곁에 둬라."

아버지는 어린 그를 가르쳤다. 인정하고 싶지 않지만 세상사는 그렇게 돌아갔다. 돈 있고 권력 있는 자의 죄를 덮기 위해 별거 아닌 이들의, 별거 아닌 죄가 필요했다. 그러기 위해 자극적인 연예인 스캔들이 터지고, 꼬리나 깃털에도 못 미치는 이들의 작은 죄가 요란하게 주목받았다. 그래야 실세는 안전한 곳에서 웃을 수 있었다. 아버지가 어린 그를 이용해왔듯이. 그는 알고 있었다. 그런데 왜 깨닫지 못했던 것일까. 통신보안팀 차량으로 보이는 차 한 대가 올라오는 소리에 그는 그곳을 황급히 떴다.

그는 자신의 가슴을 주먹으로 세게 쳤다. 운전을 하고 가면서는 머리를 핸들에 쿵쿵 박았다. 아프지 않았다. 어떻게 해도 아프지 않을 것 같았다.

숨이 가빠 말하기 힘든 상황이었는데 동생의 발음은 유난히 또렷했다. 흰자위는 누렇고 초점 없던 동생의 눈빛이 형형해 보였다.

"상처를 받는 것도 알았어. 표정이 자꾸 일그러지고 있었는데 난 왜 그런지 자꾸 더 독하게 말하고 있더라. 이런 애는 상처 좀 받아도 괜찮다고, 따끔하게 정신 차리려면 더 심하게 말해도 괜찮을 거라고."

피딱지가 들러붙은 허옇게 말라버린 입술에 마른침을 묻혀가며 동생이 말했다. 동생의 독한 말 때문에 아이는 결심을 굳힌 것일 수도 있다. 하지만 끝까지 책임을 물어야 했던 상대는 무자비한 폭력을 가한 동급생들이었다. 그중 가장 악랄하다 할 수 있던 몇 아이의 부모 가운덴 검사 출신 변호사도 있었고 고위 경찰직도 있었다. 학원 원장에 대한 여론 재판이 한창일 때 피해 학생 부모는 가해 학생에 대한 경찰 조사와 처벌을 주장했다. 그럼에도 그 목소리는 효력을 발휘하지 못했다. 일개 학원 원장이었던 동생의 폭언 문제만이 화제되는 동안 정작 중요한 교내 폭력 사건은 흐지부지되고 말았다.

작은 죄가 큰 죄를 덮는다.

그는 이것도 알았다. 작은 죄 때문에 큰 죄가 드러나기도 한다는 것을.

그가 아버지에게 늘 순종적이고 고분고분했던 것만은 아니다. 더이상 미끼로 던져지기 싫었던 그는 큰 목소리로 "저 아저씨가 물건을 훔쳐요!"라고 외쳤다. 하필 그는 너무 긴장한 나머지 서둘렀다. 아버지는 아직 술병을 품에 넣지도 캐시통에서 지폐를 챙기지도 않았다. 집으로 돌아온 그는 아버지에게 죽지 않을 만큼 맞았다. 아니, 어머니가 필사적으로 말리지 않았다면 죽었을지도 몰랐다. 어쨌든 그 뒤로 희생을 강요당하는 도둑질은 하지 않아도 됐다.

'멈추기 위해선 소리를 질러야 한다. 적절한 타이밍에 아주 큰 목소리로.'

아버지의 하찮은 조언이 아니었다. 오로지 그의 경험에서 나온 교훈이었다.

너무 서둘러서도 안 되고, 너무 늦어서도 안 됐다. 적당한 타이밍에 제대로 된 방향을 가리켜야 했으며 누구도 듣지 못한 사람이 없을 정도로 큰 목소리로 말해야 한다.

동생 미애가 죽었다. 그에겐 언제나 열 살 어린이 같았던 동생이었다. 나이를 먹어도, 거침없이 사회생활을 하며 승승장구하던 때에도, 많은 실패를 거치고서 애써 미소 지으며 여유를 부린다 한들, 그에겐 언제나 품에 안겨 눈물 흘리던 작고 연약한 아이일 뿐이었다. 간신히 참아내며 살아왔던 것을 그는 잘 알고 있었다. 그런 아이가 마지막 순간에 이르러선 학생의 죽음이 모두 자기 탓인 양 말했다. 절대 그렇지 않다고 말해도 소용없었다. 자신이 암에 걸린 이유가 차라리 인과응보라 여기는 게 편하다면, 그래서 학생의 죽음에 대한 죄의식에서 벗어날 수 있다면, 어쩌면 그게 더 나을지 모른다고 그는 생각했다. 하지만 시간이 지날수록 그의 생각이 틀렸다는 걸 깨달았다. 감당하지 않아도 될 죄를 뒤집어쓰고 죽었는데 과연 동생이 편안했을까. 어떻게 그런 미련한 생각을 했던 것인지. 어리석기 짝이 없는 스스로에 대한 원망이 두고두고 그를 괴롭혔다. 그는 숨을 쉬기 힘들었다. 주먹으로 가슴을 쾅쾅 두드려야 비로소 숨을 쉴 수 있었다. 아침에 일어나면 베개는 언제나 흠뻑 젖어 있었다. 땀이 흘렀기 때문인데 그는 눈물 때문이라고 생각했다.

얼마 후 매제도 동생을 따라 세상을 떴다. 암 때문은 아니었다. 평소에도 술을 잘 마시지 않던, 병에 걸린 뒤론 철저한 금주를 했던 매제가 취한 채 농로 옆을 걸어 집으로 돌아가다가 뺑소니차에 치여 죽은 것이다. 그것도 하필 의문의 통화를 남겼던 그날 밤. 매제는 술 마신 사람처럼 횡설수설했다.

"형님, 형님, 잘 들으세요. 공장 근처에 이상한 걸 매설해놓았더라고요. 비료 공장 문제기도 하지만 영향은 미미했던 거예요. 그러니 조사를 해도 안 나왔던 거고요. 근데 조, 조심해야 해요. 도청이나 감시 같은 거 있잖아요. 누구도 믿어선 안 돼요. 다, 다 한통속이에요. 내일 만나요, 내일. 형님, 제가 갈게요. 만나서 얘기해야 해요."

그러곤 전화가 툭 끊겼다. 이튿날 그는 매제의 사고 소식을 들었다. 물론 그때까지만 해도 매제의 전화 내용이 '그것' 때문이라고는 생각하지 못했다.

*

그는 동생 집에 갈 엄두가 나지 않았다. 하필 비료 공장이 있는 곳에 터를 잡게 한 것은 그의 탓이었다. 돈을 빌려주고 알아서 하라고 했다면 그런 곳만은 피할 수 있었을지 몰랐다. 분명 그랬을 것이다.

군이 그는 자신이 알아보겠다고 했다. 아버지 말대로 그는 일을 그르치게 하는 쓸데없는 놈, 재수 없는 새끼가 맞았다. 그런 생각이 들 때마다 그는 주먹으로 자신의 허벅지를, 가슴을, 머리를 내려쳤다. 미지근한 고통이 남아 있는 상태가 되면 비로소 숨쉬기가 편해졌다.

그가 직접 땅을 알아보려던 이유는 하나였다. 저장드럼이 없는 곳을 선별하기 위해서였다. 그에겐 그것이 중요했다. 진공관 안에 있는 '그것'이 위험하다는 생각과 비례하여 '그것'이 아주 안전하게 보관되어 있다는, 이상하고도 확고한 믿음을 갖고 있는 그로서도, '그것'이 묻힌 땅 주변을 일구는 것만은 피해야 한다고 생각했다.

물론 그의 회사가 전 지역을 관할하는 것은 아니다. 다른 지역에서 다른 회사가 관리한다면 그것이 어디에 묻혀 있을지 알 수 없었다. 차라리 자신의 회사 관할 지역 가운데 저장드럼이 없는 곳을 선택하는 것이 가장 안전하다고 판단한 것이다. 그리고 나름의 경험을 살려, 앞으로도 저장드럼이 묻힐 만한 곳, 그러니까 산의 깊숙한 곳, 임야의 구석진 곳, 맹지에 다름없는 국유지 근처는 피했다.

이미 오랫동안 농사로 땅을 부쳐먹는 마을이 형성되어 있는, 이른바 물 좋고 산 좋은 곳이라 해서 굳이 1킬로미터나 떨어져 있는 비료 공장에 대해서도 당시엔 전혀 신경 쓰지 않았다.

재판을 도왔다는 환경단체 간사라는 여자로부터 집 정리는 됐지만 마무리는 해주셔야 될 것 같다는 연락을 받고 가지 않을 수 없었다. 앞마당에 차를 주차하고 보니 낯선 승합차 한 대가 세워져 있는 게 보였다. 앞치마를 입은 키 큰 여자와 사내 두 명이 상자를 실어 나르고 있었다.

"전화드렸던 김진숙 간사입니다."

차에서 내린 그에게 여자는 성큼 다가와 손을 내밀었다. 동생 장례식에서 봤던 기억이 났다. 170센티미터에 가까운 키에 어깨는 넓었고 목소리도 컸다. 나이는 쉰쯤 되어 보였다. 짧은 커트머리에 흰머리가 희끗했고 이목구비가 크고 뚜렷했다. 태도 하나하나 확신에 차 있는 듯 보였다. 동생네 곁에서 유일하게 끝까지 남아 도움을 준 사람이기도 했다.

"궁금해하실까 봐 사진을 찍어놨어요. 워낙 꼼꼼하시다 보니 이미 짐 분류를 다 해놓고 메모도 써놨더라고요. 쓰레기는 다 처리했고요. 지금 싣는 건 옷가지예요. 기증할 만한 건 따로 저렇게 상자에 담아놓으셨더라고요."

그녀는 자신의 휴대폰 사진을 그에게 보여줬다. 이삿짐처럼 방한쪽 구석에 상자 몇 개가 쌓여 있었다. 방엔 얇은 이불이 펴져 있었고 작은 상 위엔 약봉지와 물컵이 놓여 있었다. 생활을 전시한 것같았고 생활한 흔적은 보이지 않았다. 잠깐 눈만 붙이고 가는 여관방 같기도 했다.

진숙의 말을 들으며 그는 동생의 집 안으로 들어가 찬찬히 둘러봤다. 집이 딸린 농지였다. 노부부가 살았다던 집은 큰 방 한 개에, 작은 방이 두 개였고 부엌과 화장실이 있었다. 황토집이 유행하던 시절 지은 건데 연식에 비해선 꽤 튼튼해 보였다. 보일러를 새것으로 들여놓으면서 관도 싹 바꾸고 샤시와 문도 새로 달았다. 그가 퇴직을 하면 집을 다시 짓자고 했다. 그런 말을 나누던 때가 있었다. 꿈 같은 이야기라고 그는 생각했다.

"죄송합니다. 좀 더 일찍 왔어야 했는데."

이미 짐을 다 들어내고 청소까지 말끔히 한 집을 둘러보니, 진숙에게 미안해졌다.

"아닙니다. 효광 씨가 제게 부탁했어요. 형님 집이기도 하니까 꼭 좀 정리를 해달라고. 하지만 사진을 보면 아시겠지만 제가 한 게 없어요. 언제든 떠날 사람처럼 그렇게 살았던 모양이더라고요. 마음이 좀 그랬어요."

여자의 표정이 쓸쓸하게 내려앉았다.

"자주 형님 이야길 했어요. 진짜 아버지 같은 분이라고 그러셨는데."

마음 한구석 애써 버티고 있던 감정의 둑이 허물어져버리는 것만 같아 그는 아랫입술을 살짝 깨물었다. 매제는 미애와 그를 만나고서야 헤어지지 않을 진짜 가족을 만난 것 같다고도 했다.

"이렇게 황망하게 떠나시다니 저도 믿기지 않아요."

그녀는 동생네가 얼마나 열정적으로 이 일에 매달렸는지 잠시 이야기했다. 함께 온 사내 둘이 계속 주변을 오가며 눈치를 주자 진숙은 자신의 손목시계를 봤다.

"언제, 다시 인사드리겠습니다. 저희는 뒤에 일정이 또 있어서요."

진숙은 그에게 명함을 주고 승합차에 올랐다. 그들을 배웅하고 냉기가 도는 방 안으로 들어갔다. 날은 이미 어두워져 있었다. 방에 불을 켜고 사진 속 이불이 펴져 있었던 자리에 다리를 뻗고 앉았다. 낮은 베개가 놓여 있던 자리에 반듯하게 누워 천장에 달린 전등을 가만히 올려다봤다.

그는 뭐라도 더 해주고 싶었다. 처음 이곳으로 이사 온 날, 조명이라도 새것으로 달아주려 시내에 있는 전파상에 갔다. 오래되고 작은 시골 전파상이라 그런지 마땅한 것이 보이지 않았다. 그래도 그곳에선 최신식이라 하는 LED 등을 하나 사서 달아줬다. 5년이

지났으니 당연한 거겠지만 너무 지저분하고 값싸고 촌스러워 보였
다. 우윳빛 유리 전등갓을 천장에 밀착해서 끼워넣는 방식이었다.
벌어진 틈으로 죽은 날벌레와 먼지가 시커멓게 들러붙어 있는지 얼
룩덜룩 변색돼 있었다.

그는 자리에서 일어나 발꿈치를 들고 갓을 제대로 끼우려 손을
뻗었다. 다시 고정시키려 갓을 잡았지만 너무 힘없이 바깥으로 떨
어져 하마터면 발등을 찧을 뻔했다. 그는 잠시 눈을 감았다 떴다.
그리고 보고야 말았다. 그것은 그도 익히 알고 있는 거였다. 자동
충전배터리였다. 그의 차 블랙박스에 연결해두는 기종과 비슷한 거
였다. 차의 엔진이 켜졌을 때 자동으로 배터리가 충전되고 시동을
끈 이후엔 완충된 배터리로 소모되기 때문에 차의 배터리가 소모돼
시동이 안 켜지는 일은 없을 거라 했다. 모든 차에 달 것을 건의했
지만 비용 문제로 자꾸 미뤄지는 바람에 그의 차만 사비로 달았다.
그때 점원 말이 이런 식으로 몰래카메라 배터리도 많이 단다고 했
다. 물론 그것에 도청 장치가 달려 있었다, 고 확정 짓긴 힘들다. 그
가 발견한 건 단순한 배터리일 뿐이다. 그런 식으로 생긴 배터리에
달릴 만한 것은 몰래카메라나 도청 장치라고, 불투명한 전등갓에
있으니 아마도 도청 장치일거라고 말하는 것도 추측이긴 했지만 충
분히 의심할 만한 정황이었다.

마지막 남긴 매제의 전화 통화 내용이 술 취한 사람이 내뱉은 횡
설수설만은 아닌 것 같다는 생각이 그제야 들었다. 도청이니 감시

니 하는 말도 괜한 피해망상에서 나온 말은 아닌 듯 싶었고 그의 죽음 또한 단순한 교통사고 때문은 아닐지 몰랐다.

*

이미 다 끝난 재판의 담당 변호사를 만나러 간 것은, 어쩌면 그의 추측을 진지하게 들어줄지도 모른다고 생각했기 때문이었다. 그는 유명한 변호사였다. 한때 화제가 됐던 K시멘트 공장 기숙사에서 벌어진 집단 성폭행 사건을 무료로 변론해 승소한 인권변호사였다고 하니 그의 추측과 허황될 수 있는 하소연도 귀 기울여 들어주리라 생각했다. 꼬집어 무언가를 요청하려던 건 아니었다. 정작 그도 무엇을 요청해야 하는지 잘 몰랐다.

고 변호사 사무실이 있다는 빌딩 앞에 서서 그는 들어가지 않고 김 간사가 보내준 문자 속 주소를 몇 번이나 확인했다. 인권변호사라 해서 그는 당연히 외진 지역의 낡은 건물에 있으리라 생각했다. 하지만 고 변호사 사무실은 S시의 시내 중심가에 위치해 있으며 빌딩 역시 지은 지 얼마 안 되어 보이는, 인근에서 가장 세련된 건물이었고 층수도 높았다.

회전문을 열고 안으로 들어갔다. 정면에 있는 안내데스크 옆에 서 있는 제복 입은 사내와 눈이 마주치자 그는 자신도 모르게 얼른 시선을 돌렸다. 용무가 있어 온 것인데도 불구하고 뭔가를 훔치러

들어온 사람마냥 위축됐다.

사무실이 있다는 10층에서 내리고서도 그는 여전히 당황했다. 거기엔 고재연 변호사뿐 아니라 다른 변호사 사무실이 같이 있었다. 대기실엔 열 명 정도 되는 사람들이 번호판을 뚫어지게 바라보며 앉아 있었다. 데스크에 앉아 있는 직원에게 신분증을 보여주고 상담서를 작성한 후 번호표를 하나 받아 들었다. 30분쯤 지났을까, 직원이 그를 호명했다.

"지금 들어가시면 됩니다. 근데 시간이 얼마 없어요, 곧 재판이 있으셔서요."

그는 고개를 끄덕이고 고재연 변호사 팻말이 달린 문을 열고 안으로 들어갔다. 고 변호사는 고개를 들지도 않은 채 서류 뭉치를 들여다보고 있었다. 눈이 마주치기를 서서 기다렸다가 할 수 없이 그가 소파에 앉자 변호사는 그제야 자리에서 일어나 그의 맞은편에 앉으며 말했다.

"유감입니다. 강효광 씨가 돌아가셨다는 소식을 너무 늦게 듣는 바람에 빈소에도 찾아뵙지 못했습니다."

표정은 지쳐보일 뿐, 전혀 유감으로 보이진 않았다.

"전 그저 감사의 인사를 전하려고."

그렇게 말해놓고 보니 음료수 하나 준비해 오지 않은 것이 떠올라 얼굴이 달아올랐다.

"저야 제 할 일을 한 거뿐인데요, 뭘. 다만 사고만 당하지 않으셨더라면 좋았을 텐데. 다시 한 번 위로의 말씀 드립니다."

그러곤 고 변호사는 손에 든 만년필 뚜껑을 꼈다 뺐다 하며 그의 얼굴을 물끄러미 쳐다봤다.

"실례지만 강효광 씨하곤 어떤 사이? 상담 예약서엔 그냥 친인척으로만 표기돼 있어서."

"효광이가 제 매젭니다."

"아, 매제라."

그는 조금 거슬렸다. 반말을 섞어 쓰는 것이 마음에 들지 않았지만 어쩌면 변호사 세계에선 흔히 이러는 것일 수도 있었다.

"실은 좀 이상하다는 생각이 들어 상의 좀 드릴까 해서 왔습니다."

고 변호사가 그의 뒤쪽 벽에 걸린 시계를 올려다보는 모습을 보니, 그는 조급한 마음이 들어 두서없이 말을 꺼냈다.

"혹시 단순한 뺑소니 사고가 아닐 수도 있겠다 싶어서요. 그러니까 누군가 고의로 사고를 낸 게 아닌가 싶어서."

그의 말이 끝나기도 전에 고 변호사는 한숨을 내쉬며 혀를 쯔쯧 찼다.

"아, 그래요. 그래. 충분히 그렇게 생각하실 수 있어요. 유가족 입장에선 뭐든 원인을 찾고 싶을 테니까. 그런 생각을 하게 된 특별한 이유라도 있나요?"

"실은 매제의 사고가 있던 날 밤, 연락이 왔는데 좀 이상했거든요. 뭔가 다른 게 있는 것 같다고도 하고."

"뭔가 다른 거라. 뭔데요, 그게?"

"그거야 모르죠. 만나서 이야기하겠다고 했는데 사고를 당하는 바람에."

전등갓 뒤에서 발견된 배터리 이야길 하려고 했으나 고 변호사가 말을 끊었다.

"형님은 법정 드라마 같은 걸 좋아하나 보다. 그렇지만 안타깝게도 법에 대해선 전혀 모르고. 그렇죠?"

고 변호사는 소파에 몸을 깊숙이 기대앉으며 말을 이었다.

"법이란 게 그리 어려운 게 아닌데. 시간 나면 공부 좀 해봐요. 드라마 보고 영화 보고 그럴 시간에만 공부해도 알 거야. 이번 재판이 얼마나 승산 없는 게임이었는지. 일부 승소였어요, 일부 승소. 진 거나 다름없어. 비료의 재료로 쓴 연초박을 실외에 무단으로 보관했다는 거 때문에 받은 과태료뿐이거든. 이유가 뭘 거 같아? 결정적 증거가 없었단 말이야, 결정적 증거. 법은 증거 갖고 하는 게임인데 증거 없이 어떻게 이겨? 암에 걸린 사람이 많아졌다? 그거 증거가 안 돼. 우리 아파트 단지만 해도 죽은 사람들 보면 원인이 뭘 거 같아. 다 암이래. 그렇다고 누굴 고소하지 않거든. 그런데 그 동네 알잖아. 노인네들만 잔뜩 있어. 강 선생이나 형님 동생분도 그렇고, 서울서 엄청 스트레스 받으며 몸 고생 맘 고생 하다 시골로 내려온 거라며. 이미 병을 갖고 온 것일 수도 있잖아. 그건 우연이지, 우연. 증거기 될 수 없다고. 그런데 그 말 한마디 갖고 뭐가 이상하다고 지금 여길 온 거야? 뭐가 억울해?"

오랫동안 동생네를 도와 재판을 진행했던 변호사지 검사가 아니다. 화가 난 사람처럼 쏟아내는 고 변호사의 입을 바라보며 그는 몸이 떨렸다.

"아니, 전 그냥 이야기나 좀 나누고 싶어서요. 혹시나 해서요, 혹시나."

그가 떨리는 목소리로 두 손을 저으며 말하자 그제야 고 변호사의 얼굴도 누그러졌다.

"다 이해합니다. 재판에 이겨도 변호사한테 화풀이하는 사람 있어요. 성에 안 찬다 이거지. 오죽하겠어. 사랑하는 동생과 매제를 그렇게 떠나보냈으니 누구라도 원망하고 싶겠지. 하지만 어쩌겠어. 다 끝난 일인데. 알고 보니 그쪽 공장도 딱하더라고. 사장이 한때 대통령 표창도 받고 그랬더라고. 매출도 상당했던 모양이고. 그런데 이게 언론에 알려지면서 피해가 이만저만이 아니래."

그는 머리가 저릿저릿하고 발끝으로 피가 몰리는 것 같았다. 고 변호사는 자리에서 일어나더니 웅크리고 앉아 있던 그의 등짝을 아무 의미도 없이 손바닥으로 철썩 내리치곤 큰 소리로 웃었다. 그는 아무 말도 하지 못했다. 심한 굴욕감을 느끼며 벌게진 얼굴로 자리에서 일어섰다. 그는 문을 열고 나가는 변호사의 뒤통수에 대고 인사까지 꾸벅했다.

*

"재판도 얼마 남지 않은 때 갑자기 효광 씨가 변호사를 교체하려
했어요. 이유요? 좀 더 유능한 분으로 바꾸겠다는 거였죠. 물론 누
구도 원치 않았어요. 그래서 마을 사람들이 효광 씨를 더 의심했던
건지도 몰라요. 비료 공장과 뭔가 뒷거래를 하고 재판을 망치게 하
려는 건지도 모른다고 수군대기도 했죠. 그땐 동생분 내외의 과거
가 알려진 이후기도 해서."

김 간사의 말에 그는 알 것 같았다. 매제가 끝까지 혼자 고군분투
할 수밖에 없었던 이유를.

"고 변호사님과 연락을 하신 건가요?"

김 간사는 고개를 저었다.

"아뇨. 그분 진짜 유명하신 분이에요. 통화가 쉽게 연결되는 분도
아니고. 인터넷으로 검색만 해보셔도 아실 거예요. 수임료가 장난
아니거든요. 아주 가끔 사정이 딱한 분들 위해 변호를 맡아주시는
경우가 있는데 이번에 그렇게 해주신 거예요. 재판은 졌지만 그래
도 공장에서 일정 부분 병원비를 챙겨 주었던 건, 고 변호사님이 애
써준 결과라 모두들 감사하게 생각하고 있어요."

끝까지 강 서방 편에 섰다던 김 간사에 대한 의구심이 생긴 건 그
녀의 그다음 질문 때문이었다.

"참, 효광 씨가 사고 당하기 전날 했다는 전화요, 무슨 말을 하신

거죠?"

"실은 저도 무슨 소린지 도통 알 수 없었어요. 혹시나 싶어 고 변호사님을 찾아뵌 건데. 술김에 아무 소리나 내뱉은 거 같아요. 고 변호사님 말씀처럼 억울했겠죠, 뭐. 그냥 좀 잘 추슬렀다면 좋았을 텐데."

그는 아무렇지도 않다는 듯 말했지만, 사고 전날 매제가 전화했다는 말은 고 변호사 외에 누구에게도 하지 않았다는 것을 떠올리고 있었다.

누구도 믿어선 안 된다고, 그는 생각했다. 매제처럼 끝나선 안 됐다. 결론적으로 매제의 계획은 어리석었다. 강 서방은 폭탄을 안고 뛰어드는 IS처럼 자신의 낡은 트럭을 끌고 비료 공장을 향해 진입했다. 물론 실패했다. 애꿎은 공장 경비만 전치 8주의 부상을 입어야 했다. 그로 인해 그의 신상만 까발려졌다. 매제는 학벌을 속인 사기꾼에 불과했다. 동생은 어린 학생의 죽음에 일말의 동정심도 내비치지 않던, 자살에 이르게 한 파렴치한이었다. 마침내 진실에 가까이 다가섰을 땐 그를 도울 사람도 그의 말을 믿을 사람도 주변엔 남아 있지 않았고 뭔가를 실행하기도 전에 죽게 된 것이다.

그라고 딱히 다르지 않았다. 아니 부족했다. 많이 배우고 똑똑했던 동생 내외가 이 정도니 그는 애써봤자였다. 더구나 그는 모르는 게 너무 많았다. 누구의 도움을 어떻게 받아야 하는지, 어디로 가서 어떤 방법으로 억울함을 호소해야 하는지도 몰랐다.

그도 나름대로의 반격을 준비했다. 이제는 폐기되고 없어진 지도책을 다시 만들었다. 지도책을 새로 구입해 내비게이션의 장소를 일일이 옮겨 적었다. 인근에 있는 공장도 표시했다. 연관 관계를 입증할 만한 증거는 없었다. 고 변호사 말대로 증거는 중요했지만 그 역시 시간이 없었다. 회사에서 지정해준 의료기관에서 그는 단순한 위궤양을 진단받고 대장 용종도 그 자리에서 처치받았다. 추후 검사에도 '이상 없음'으로 나왔지만 서울의 큰 병원에서 다시 받은 검사에서 (다른 동료들과 마찬가지로) 이미 암세포가 상당 수준 진행된 것을 알게 됐다. 지금이라도 적극적인 치료를 받으면 된다고 긍정적으로 이야기해주었지만 그는 알고 있었다. 매제와 마찬가지로 시간이 없다는 것을. 그리고 그가 낌새를 눈치챘다는 것이 알려지면 매제처럼 처리될지도 모른다는 불안감도 엄습해 왔다.

그가 아무리 합리적인 주장을 한다 해도, 단순한 우연의 일치로 치부될 것이 명백했다. 실체도 확인하기 힘든 그의 회사가 얽힌 문제이니만큼 음모론 따위로 폄하될 것이 분명했다.

그는 회사 간부들도 잘 몰랐다. 사장의 이름 정도야 알았지만 그것이 실명이라는 확신도 없었다. 얼굴도 몰랐으며 실제 마주한 적도 없었다. 그가 알고 있는 가장 윗사람은 부장 정도였으나 그에게 회사의 체계와 구조를 알려줄 만한 직급은 아니었다. 하지만 부장이 낙하산일 경우엔 이야기가 달라졌다.

조 부장이 별안간 통신보안팀 경력직으로 들어왔을 때, 말 없고 순했던 김 차장은 며칠 동안 술을 마셨다. 조 부장은 이 회사를 다니던 사람이 아니었고 통신보안 관련 경력도 전무했다. 회사 간부의 친인척이란 소문이 있었는데, 그의 나이는 이미 쉰여덟이었다. 1년 7개월만 다니면 퇴직을 해야 했다. 부장급 이상 간부가 받는 퇴직 연금을 받기 위해 갑자기 밀고 들어온 거라는 건 누구라도 알 수 있었다.

원래 통신보안팀 부장직은 할 일이 많은 자리였다. 현장 일을 잘 파악해야 했고 유난히 많은 서류가 빠짐없이 구비될 수 있도록 신경 써야 했다.

그러나 조 부장은 할 줄 아는 게 없으니 앉아서 인터넷 서핑이나 휴대폰 게임을 하거나 꾸벅꾸벅 조는 게 일이었다. 통신보안 관련 고장 신고 전화받는 것을 간신히 하는 정도였지만 그마저 순순히 한 적은 없었다. 자기를 무시한다고 생각하는 직원에게 과하게 일을 몰았다. 본인 일을 대신 처리해줘도 감사해하기는커녕 행여 자신을 골탕 먹이려는 게 아닌지 눈을 부라리기도 했다.

조 부장이 들어오고 난 뒤, 통신보안팀은 물론 다른 부서도 일이 많아졌다. 그가 해야 할 일을 다른 부서 차장들이 나눠서 해야 했다. 사람들은 조 부장이 정년을 채우고 어서 빨리 퇴직하기만을 기다렸다.

부서 내에 조 부장을 따르는 직원은 없었다. 그러나 그는 조 부장에게 고급 양주를 선물했다. 다른 건 몰라도 회식만은 끝까지 남는 조 부장과 함께 여자가 나오는 룸살롱에도 몇 번 갔고 그가 값을 지불했다.

술이 들어가자 조 부장은 자신의 신상에 대해 떠벌렸다. 조 부장은 놀랍게도 사장의 친인척이 아닌, 오랜 운전기사라고 했다. 퇴직금 주는 게 아까웠던 사장이 한자리 내준 거라 했지만, 그가 알고 있는 어떤 정보에 대한 입막음용이라는 것을 알 수 있었다. 수다스럽긴 하지만 중요한 정보에 대해선 발설하지 않았다. 그는 쉴 새 없이 자신의 검지로 한쪽 눈을 누르며 우스꽝스러운 표정으로 '쉿, 이건 비밀이야'라고 했으나 다 쓸모없는 내용뿐이었다. 사장의 세컨드가 누구인지, 어떤 주사가 있는지 같은 것들. 그리고 조 부장이 생각하기엔 쓸데없지만, 그가 가장 알고자 했던, 사장의 사는 곳과 본인 건강을 끔찍이 생각하기에 운전기사가 감기에 걸리면 절대 운전대를 맡기지 않는다는 사실도 알아냈다.

그 뒤부터는 전혀 어렵지 않았다. 그는 성과가 없을 게 분명해 보이는 일에도 최선을 다하는 사람이었다. 끔찍하게 지루하고 가끔은 주체할 수 없을 정도로 초조해질 수 있는 일에 대해서도 누구보다 잘 견뎌내는 사람이었다. 심부름센터의 도움을 받기도 했지만 그는 시간이 날 때마다 사장의 집 앞에서 하염없이 기다렸고 그의 뒤를 조심스럽게 쫓았다. 조 부장 후임으로 들어온 운전사의 뒤를 캐고 스케줄을 파악하는 것도 예상보다 훨씬 더 잘 해냈다.

그렇게 그는 손가락으로 가리킬 '대상'을 알아냈다. 적합한 타이밍만 잘 잡으면 됐다.

*

디데이 아침, 그는 우체국에 들러 지도책과 '그것'이 묻혀 있는 곳을 찍은 사진 그리고 편지를 동봉한 상자를 언론사와 방송사로 보냈다. 성향도 다르고 매체도 다른 여러 기자들에게 예약문자도 남겼다. 기대가 있었던 건 아니었다. 매제도 했던 일이지만 소용없었다. 많이 배우고 똑똑한 매제는 결국 차를 몰고 공장을 향해 돌진했다. 어리석었지만 지나고 보니 그러지 않았다면 어느 누구도 주목하지 않았을 거란 생각도 들었다. 그 역시 마찬가지였다. 일단 소리를 질러야 했다. 그러지 않으면 사고사가 됐든 병사가 됐든 '그들'이 할 수 있는 가장 편한 방법으로 사라질 수밖에 없을 거라고 생각했다.

현재 회사에서 하고 있는 일이 무엇인지, 그 가운데 얼마나 많은 사람들이 죽거나 아팠는지에 대해 명확히 밝혀내기란 쉽지 않았다. 회사가 지정해주는 병원에서 건강검진을 받을 때면 건강하던 직원들이 왜 퇴사 후엔 알 수 없는 병에 걸리는지 그 우연에 대해 밝혀내는 것도.

어디까지나 추측이고, 우연으로 치부될 수 있는 동생과 마을 사람들의 죽음, 매제의 갑작스러운 사고사에 대해서 쓰는 건 더 어려웠다. 감정이 격해져서 갑자기 이야기 방향이 엉뚱하게 튀기도 했고 슬픔에 빠져 더 이상 진척시키기 힘들기도 했다.

복잡한 생각을 욱여넣듯 글을 썼다. 몇 번이고 다시 읽고 고치고 또 고쳤다. 그렇게 완성된 편지를 여러 장 출력하여 지도책 사이에 끼웠다. 예상했던 후련함보다는 걱정과 자괴감이 몰려왔다.

'너 따위가 뭘 하겠어.'

우체국에서 나오자마자 드는 생각이었다.

'누군가 시키는 대로만 살아왔던 네가 해봤자 뭘 하겠냐고. 쓸모없는 새끼, 하찮은 놈, 아무것도 아닌 주제에.'

그는 그렇게 자신에게 말하고 있었다. 아버지가 어린 그에게 늘 했던 말이었다. 그러고 나니 꿈 같았던 현실에서 비로소 눈을 뜨는 기분이었다. 그는 아무것도 아닌 자신과 아무것도 아닌 자신의 여동생, 그리고 아무것도 아닌 매제의 억울한 죽음을 맞이하고는, 고작 지도책이나 보내고 아무도 이해 못 할 글을 써서 보냈다. 그건 아무것도 아닌 자들에게나 억울하고 큰 문제이지 세상에서 봤을 때는 그저 아무것도 아닌 죽음일 뿐이다. 고작 지도책 따위, 편지 따위, 두 눈을 크게 뜨고 밝혀 볼 사람이 있을까. 아니, 그 상자를 뜯어 보기라도 할까.

그는 아무것도 아닌, 자신의 하찮은 처지에 화가 났다. 배움이 좀 더 길었다면, 조금 더 돈이 많았다면, 아니 자신이 그러지 못하더라도 그런 사람을 알기라도 했다면 부탁이라도 할 수 있었을 텐데. 그랬다면 달라졌을까.

그는 자신의 두 손을, 두 팔을 내려다봤다. 팔의 근육은 점점 더 메말라가고 있었다. 가늘어진 근육만큼이나 마음은 무력해졌다.

'사람이 죽었고 또 죽어가잖아요. 그런데 어떻게 가만히 있어요. 가만히 있을 순 없잖아요.'

수화기를 통해 울려 퍼지던 강 서방의 잔뜩 쉰 목소리가 귀에 맴돌 때면 그는 자신이 죽기 직전의 닭이 되어버린 것만 같았다. 땅에 묻히면서 소리를 지르고 퍼덕거리다가, 부리가 꺾이고 피가 흘러도 필사적인 닭.

'순해빠져선 지가 물리고 만다.'

야비했던 아버지의 목소리가 떠오를 때면, 얼마든지 기회가 있었음에도 무기력하게 따라왔던 개가 된 것 같기도 했다. 적의라곤 없고 누구에게나 꼬리를 흔드는, 여러 번 기회가 있었음에도 죽음을 향해 따라왔던 멍청한 개.

닭이 됐든, 개가 됐든 결말은 같았다. 그래도 그는 선택했다. 부리나 발톱이 빠지고 꺾이더라도, 그들을 가리키며 소리라도 지르겠노라고.

우체국에서 받은 수신자의 주소와 요금이 적힌 영수증을 구겨 주머니에 넣으며 다시 한 번 주먹을 쥐었다. 자신은 운이 좋은 사람이니, 이번에도 '운 좋게' 마무리될 수 있을 거라고. 그가 믿을 건 지식도 아니고 돈도 아니고 사람도 아니었다. 운뿐이고 그렇게 생각하자 차츰 긍정적인 기분이 들었다.

물론 그의 삶의 이력을 살펴보자면 운 좋은 사람은 아니었다. 그 럼에도 그동안 운이 참 좋았다고 그는 철썩같이 믿고 있는 것이다.

*

그는 어느 정도 거리를 두고 늙은이가 탄 차의 뒤를 쫓았다. 방향 으로 보건대, 비료 공장을 향하는 것이 분명해 보였다. 비료 공장은 정부지원 시범 사업장으로 지정됐다. 조촐하지만 의미 있는 행사가 열린다는 정보도 입수했다. 운전대를 잡았어야 할 기사가 노모의 갑작스러운 병환 소식에 급히 고향으로 내려갈 수 있었던 건 그가 넉넉히 값을 치른 심부름센터의 성과였다.

강 서방의 차량 돌진 사건 이후 비료 공장의 경비는 철저해졌다. 축하 행사도 근로자가 출근하지 않는 토요일 오후, 몇몇 관련 인사 를 모시고 치러진다고 했다.

국도로 접어들자마자 그는 차선을 변경하여 속도를 냈다. 그리고 늙은이가 탄 검정색 랜드로버를 간신히 앞질렀다. 랜드로버가 경적 을 울리고 다시 차선을 바꾸려고 할 때 그도 핸들을 꺾고 브레이크 를 밟았다. 안전벨트를 단단하게 맸음에도 가슴에 충격이 전해졌 다. 그는 비상등을 켰다. 차 문을 열고 내려 뒤에 정차한 랜드로버 를 향해 다가갔다. 늙은이는 나오지도 않았다. 차창을 조금 내린 채 인상을 찌푸리고 그를 아래위로 훑어볼 뿐이었다. 버젓이 자기 회사 소유의 차량이라는 것을 알고 있음에도 늙은이는 전혀 모르는 것처럼 굴었다.

"지금 내가 바빠서 그러니까, 당신 연락처나 줘."

늙은이는 창 너머로 내민 손을 까닥일 뿐이었다. 그는 아무 말도 하지 않았다. 그저 물끄러미 늙은이를 바라보며 서 있었다. 비키라고 욕을 하며 소리를 질러도 버틴 채 꿈쩍하지 않았다.

"내가 누군지 몰라서 이러는 모양인데 자네 이름이 뭔가?"

마침내 늙은이는 인상을 찌푸리며 차에서 내렸다. 몸피는 마른 편이고 키도 작아 보였지만 말끔하게 양복을 차려입고 머리카락 한 올 흘러내리지 않을 정도로 깔끔하게 빗어 넘긴 헤어스타일 때문인지, 늙은이는 고압적으로 느껴졌다. 그래 봐야 힘없는 늙은이일 뿐이었다. 제압 끝에 그의 작업용 특수트럭으로 늙은이를 태우는 건 어렵지 않았다.

"나 이제 여든이라고. 심장이 나빠서 약 없이는 내일 죽을지 모레 죽을지 모를 그런 늙은이야. 죽을 날 얼마 안 남은 내가 무슨 욕심이 있겠나. 아프지만 않으면 감사하고, 험하게 죽지만 않으면 감사한 그런 사람일세. 돈도 필요 없어. 자식들한테 물려줄 생각도 없었거든. 다 기부하고 죽을 생각이었네. 그러니 그 돈 자네한테 다 줄 수도 있어. 경찰에 신고할까 봐? 내가 왜 그런 짓을 하겠나. 우리 회사가 외부로 알려져서 좋을 게 없잖나."

170

늙은이는 보조석에 앉아 자신의 옆구리에 칼을 바짝 댄 그를 감히 쳐다보지도 못한 채 끊임없이 말을 했다.

"자네, 돈이 목적이 아니라면 혹 회사에서 무슨 억울한 일이라도 당한 건가. 어느 부서의 누구지? 이름이 뭔가? 내가 보기보다 아주 융통성 있는 사람이라고. 말해보게. 자네 억울한 거 다 풀어줄 테니. 오늘 이랬던 것도 다 이해하네. 얼마나 억울하면 이랬겠나."

"날 본 적 있어?"

그가 처음으로 입을 열었다. 늙은이는 흘깃 그의 얼굴을 쳐다봤다. 잠시 생각에 잠기는 듯 하더니 고개를 저었다.

"그런데 내가 왜 당신네 회사 사람이라고 생각하지?"

"그, 그거야. 이 차가 우리 회사 차니까, 그리고 자네가 입은 그 옷도."

늙은이가 더듬거리며 말했다.

"아니. 이 차는 훔친 거고, 이 옷은……."

그는 고갯짓을 했다. 차 뒷좌석엔 얇은 부직포 매트에 둘둘 말린 것이 있었다. 자세히 보면 사람이라기엔 지나치게 크기가 작았지만, 그 상황이라면 누구라도 진짜 죽은 사람으로 보았을 것이다. 매트가 붉게 적셔 있는 것을 보고 늙은이는 흠칫 놀란 표정을 지었다. 늙은이는 잠시 입을 다물고 짓무른 두 눈을 천천히 끔벅였다.

"그럼 왜? 저한테 왜 이러시는 겁니까. 이유라도 알아야죠. 왜 이러시는 겁니까?"

늙은이의 말은 더욱 공손해졌다.

"사람이 죽었어."

"네? 사람이 죽다니요? 무슨 오해가 있으신 거 같은데 말씀해주십시오. 제가 잘못했다면 어떻게든 보상은 해드리겠습니다. 정말입니다."

그는 말문이 막혀 웃음이 나올 것만 같았다. 오해라고 생각하는 그가 어떻게, 어떤 보상을 한다는 것일까. 애써 참아왔던 화가 끓어오르는 것 같았지만 그는 침착한 사람이었으므로 몇 번 숨을 들이마시고 내쉬었다. 그리고 한참 뒤에 낮은 목소리로 한마디 했다.

"입 닥쳐."

그러나 늙은이는 말을 멈추지 않았다.

"죄송합니다, 죄송합니다. 저 때문에 누군가 목숨을 잃으신 거라면……."

"앞으로 한 마디라도 더 지껄이면 다른 쪽 다리도 성치 못할 거야."

그제야 늙은이는 말을 멈췄다. 늙은이의 목젖이 아래위로 꿀렁이며 침을 삼키는 소리가 들렸다. 듬성듬성한 머리카락 사이로 보이는 두피엔 땀이 맺혀 흐르고 있었다. 늙은이는 그렇게 운전을 하다가 방귀를 뀌었고 트럭 안으로 천천히 냄새가 고였다.

"죄, 죄송합니다."

그러곤 늙은이는 자신이 말을 했다는 사실에 깜짝 놀라 그의 눈

172

치를 살폈다. 그는 큼큼큼, 헛기침을 할 뿐이었다. 덜컹거리는 차 소음과 함께 무섭도록 팽팽한 침묵이 이어졌다.

*

행사가 시작된 지 정확히 30분 뒤다. 지금이 적당한 타이밍이라고 그는 생각했다. 다행히 행사장 문도 활짝 열려 있었다. 그곳은 포장된 비료 부대를 트랙터에 싣는 창고로 쓰는 곳이라 했다. 이번 행사를 위해 그곳을 말끔하게 치운 것은 물론이고 비용을 들여 낡은 벽과 바닥 공사를 한 까닭에 뷔페용 테이블과 의자가 마련된 행사장은 깔끔해 보였다.

그는 천천히 행사장을 향해 차를 몰았다. 행사장 앞에는 미니스커트를 입은 젊은 여자들이 손을 앞으로 모으고 입구에 서 있었다. 얼마나 대단한 인사들이 오는지, 행사장으로 들어가는 입구엔 레드카펫이 깔려 있었다. 한때 그의 동생에 대한 악의적 기사들만 줄기차게 써대던 신문사 기자들도 여럿 보였는데 그들도 그가 전송한 예약문자를 곧 받을 터였다.

그는 경적을 울리며 행사장 입구를 향해 돌진했다. 덕분에 여자들은 급히 바깥으로 몸을 피할 수 있었으나 안에 설치해놓은 테이블과 의자에 앉아 있던 몇 명의 사람들은 비명도 지르지 못하고 그대로 쓰러졌다. 보조석에 앉아 있던 늙은이는 '어어어, 어어'라며 제대로 큰 소리도 내지 못했다.

"내려."

그는 늙은이를 돌아보며 말했다. 늙은이는 침을 꿀꺽 삼키고 손등으로 이마 위로 흘러내린 머리카락을 쓸어 올리며 보조석 차문을 열고 내렸다. 늙은이가 차에서 휘청거리며 내리곤 바닥에 주저앉았다. 그때까지도 사람들은 무슨 상황이 벌어졌는지 파악하지 못하는 것처럼 보였다. 그는 핸들을 꺾어 행사장 문이 완전히 가로막히도록 차를 세웠다. 그것까지 계산했던 건 아니지만 차는 입구를 맞춤하게 가로막았다. 그제야 사람들은 뭔가 일이 이상하게 전개되어가고 있다고 여기는 것 같았다.

그는 곧 운전석에서 내려 차의 뒷덮개를 열었다. 그제야 모습도 위용에 찬 은색 진공관이 모습을 드러냈다. 그는 신속하게 진공관에 블록체인을 연결하고 다시 차에 올라탔다.

눈치 빠른 몇 명은 조심스럽게 뒷걸음치며 비상구 쪽을 향했다. 그는 차 문을 활짝 열고 그들을 향해 큰 소리로 말했다. 배에 힘을 주고 있는 힘껏 소리를 쳤다.

"움직이지 마. 한사람이라도 움직이면 이 블록을 끊어버릴 거야."

그는 핸들 밑에 설치된 조종관을 잡아당겨 조작했다. 체인블록에 매달린 진공관이 공중에서 위태롭게 흔들렸다.

"움직이지 마세요. 멈추라고."

늙은이가 가까스로 몸을 일으키고 외쳤다. 그러자 비상구 쪽으로 가던 사람들은 걸음을 멈췄고 미처 거기까지 뛰어가지 못한 사람들도 머뭇거렸다.

"끌어내. 저 미친 새끼 끌어내라고."

연단 위에 서 있던 사내가 그의 트럭을 가리키며 소리를 질렀다. 사내의 얼굴은 낯이 익었다. 정치에 관심 없고 뉴스도 챙겨 보지 않은 그도 익히 알고 있던 정치인이었다. 건장한 남자 서너 명이 연단에서 내려와 그를 향해 걸어왔다. 그는 진공관을 더 위로 들어 올렸다.

"그러지 마세요. 다 죽는다고."

늙은이가 허벅지를 짚은 채 바닥에 주저앉으며 울부짖었다.

"저게 뭔데 그래?"

정치인 옆에 서 있던, 키가 크고 젊은 양복쟁이 하나가 늙은이를 향해 물었다.

"뭐겠어요? '그것'이잖아요. 이건 우리 회사 차라고요."

늙은이의 말에 양복쟁이들의 표정이 굳었다. 심상찮은 분위기를 느끼고 그를 향해 다가오던 사내들도, 비상구 쪽을 향해 도망치려던 사람들도, 우두커니 선 채 조종관을 잡고 있는 그와 불길하기 짝이 없어 보이는 진공관을 쳐다봤다.

"안전합니다. 저기에서 떨어뜨린다고 해서 깨지거나 하는 게 아닙니다. 그거 보관하려고 얼마나 견고하게 만든 건데요. 상관없습니다.”

늙은 정치인은 젊은 양복쟁이에게 호기롭게 말했지만 선뜻 나서는 사람은 없었다.

15년 넘게 일한 그도 무엇인지 잘 모르는 것, 진공관 안에 담긴 ‘그것’의 존재를 그들은 누구보다도 잘 아는 눈치였다. 그것이 순간 심사를 뒤틀리게 했다.

“그래, 뭔데, 저게 뭔데?”

그가 소리쳤다. 그러자 아무도 대답하지 않았다. 늙은이는 안절부절못하며 그와 연단 위의 양복쟁이를 번갈아 바라볼 뿐이었다.

“말해.”

그는 늙은이를 가리켰다. 늙은이는 자신 없는 모습으로 자신을 손가락으로 가리켰다. 그는 고개를 끄떡였다.

“그, 그건…….”

그가 말을 하려고 하자 연단 위에 있던, 또 다른 양복 입은 사내와 정치인이 성난 표정으로 그를 노려봤다. 그들 가운데 누군가 “안 돼”라고 했다.

“그건 그러니까. 모릅니다. 저도 그건…….”

늙은이가 눈치를 살피며 말했다.

그때 그는 굉음을 들었다. 행사장 입구를 막았던 그의 특수차량을 밀어붙이며 차 한 대가 돌진해 들어온 것이다. 차문을 열어놓은 바람에 그는 그대로 내동댕이쳐지듯 바닥으로 떨어졌다. 간당간당하게 매달려 있던 은색 저장드럼도 바닥으로 힘없이 툭 하고 떨어졌고 바닥을 데굴데굴 굴렀다. 그 바람에 균형을 잃은 차체가 바닥에 떨어진 그의 몸을 덮쳤다.

입과 코를 소매와 손으로 막은 사람들은 비상구 쪽을 향해 달려갔고, 진공관은 그들을 쫓듯 빠르게 구르며 애써 꾸며놓은 화단과 의자를 쓰러뜨렸다.

바닥에 깔린 그는 은색 진공관 아래로 진득한 액체가 흘러나오는 것을 바라봤다. 그는 눈을 아주 천천히 끔벅였다. 아주 짧은 시간 동안 자신이 살아왔던 시간들을 떠올렸다. 아버지가 죽었던 그날도 떠올랐다.

어머니는 아버지가 먹다가 반쯤 남긴 양주병에 무언가를 집어넣고 있었다. 그것은 푸른 색깔의 가루였다.

"뭐야, 그거."

잠에서 깬 어린 그는 두 눈을 손등으로 비비며 어머니에게 물었다.

"아, 이건, 이건……."

그를 본 어머니는 하얗게 질려 있었다. 몹시 당황한 듯 어머니의 볼과 아버지에게 맞아 피딱지가 진 아랫입술이 심하게 떨렸다.

"이, 이건, 아무것도 아니야. 아무리 그래도 이러면 안 되는데."

그런 어머니를 보니, 그는 그것이 무엇인지 정확히 알 수는 없으나 또 한편으론 분명히 알 것도 같았다.

"엄마. 난 궁금하지 않아. 잘 거야. 너무 졸려."

그리고 그는 다시 잠자리에 들었다. 편안했다. 꿈 한 번 꾸지 않았다.

다음 날 아침 평소보다 훨씬 늦게 일어났다. 아버지는 죽어 있었다. 때늦은 추위가 다시 한 번 찾아온 어느 봄날, 술을 먹은 아버지는 하필 한데서 잠이 들었고 그러다 심장마비로 죽었다. 동사 같다는 것이 응급요원의 말이었다.

사실 그는 지금도 알 수 없다. 어머니가 양주병에 넣은 '그것' 때문에 아버지가 죽은 것인지, 아니면 정말 심장마비로 죽은 것인지. 어떤 이유든 상관없다. 다만 아버지가 그의 인생에서 완전히 사라졌다는 사실이 중요했다.

마지막으로 그가 그렸던 시뮬레이션은, 진공관에 최대한 큰 충격을 줄 수 있도록 연단을 향해 돌진하는 것이었다. 그렇게 하면 사람들의 눈과 코에서 피가 흐르고 온몸이 흐물흐물해진 채 쓰러질 것만 같았다. 하지만 그건 꿈에서나 있는 일인 모양이었다. 지금 당장은 아무 변화도 없었다. 두통이 오지도 않았고 눈이 침침해지지도 않았다. 그가 숨을 쉬기 힘든 것은, 차 밑에 깔려 있기 때문이지 '그것'이 새는 진공관 때문은 아니었다.

그의 허리는 특수트럭 바퀴 바로 위에 있는 펜더 아래에 깔렸다. 두 다리는 머드가드와 바퀴 사이로 끼여 들어간 채 옴짝달싹할 수 없었다. 열어놓았던 차체 문이 찌그러지면서 땅바닥에 깔린 그의 오른쪽 볼을 찌른 바람에 눈에선 피가 흘러내리고 있었지만 그는 그것이 눈물이라고 생각하고 있었다. 왼팔은 뒤로 꺾이면서 이미 부러져 있었고 바깥을 향해 뻗은 오른쪽 팔과 손만은 멀쩡했다. 그는 오른손을 휘휘 내저었다. 열심히 휘젓다 보면 트럭 바깥으로 나갈 수 있다는 듯 쉬지 않고 손을 내저었다. 그럴수록 어깨가 내려앉아 심장에 압력이 가해지면서 숨쉬기가 힘들어졌다.

그러면서 아직은 멀쩡한 한쪽 눈으로 사람들이 달려나가고 소리를 지르는 모습을 바라봤다. 그들은 마치 춤을 추는 것만 같았다. 갑자기 웃고 싶었지만 이상하게 웃음소리가 나오지 않았다.

기자 몇 명이 사진기를 들고 다가와 그런 그의 모습을 찍어댔다. 번쩍이는 플래시 불빛에 그는 순하게 한쪽 눈을 껌벅였다.

기자들을 향해 말을 하고 싶었다. 벙긋벙긋 입을 벌렸지만 목구멍에선 말 대신 피가 물컹물컹 튀어나왔고 자꾸 기침이 튀어나왔다. 헐떡거리다가 잠시 숨을 몰아쉬며 크게 입을 벌렸다 다물었다. 그 모습이 어쩐지 미소를 짓고 있는 것처럼 보이기도 했다.

문득 그는 왜 오랜 시간 동안 진공관 속에 담겨 있던 '그것'이 무엇인지 궁금해하지 않았는지, 그런 자신이 너무 이상하다는 생각이 들었다. 물론 그건 지금도 마찬가지였다. 그것보다는, 짧지 않은 시간 동안 머릿속으로 그려왔던 계획들이 완벽하게 실행되지 못했다는 것이 아쉬웠다. 그 옛날처럼 그는 너무 서둘렀다. 타이밍이 맞지 않았다. 그래도 어느 정도까지는 성공적이었다고 그는 긍정적으로 생각하려 애썼다. 다만 누런 개를 묻어주지 못했다는 것은 너무 아쉬웠다. 물론 그건 계획 밖의 일이었으므로 어쩔 수 없었다. 그 정도는 예외로 둬야 했다. 분명한 것은, 이 또한 운이 따라주었기 때문에 가능한 일이라는 것이었다.

삿갓조개

1.

　도수관을 울리는 소리는 더욱 커졌다. 동료들이 내린 최후의 선택이었다. 어쩔 수 없는 일이라고 이(李)가 말했다.

　그는 손에 들고 있는 가위를 내려다보았다. 쇠통으로 되어 있는 양쪽 손잡이를 두 손으로 맞잡아 옆으로 당겼다가 붙였다. 허공을 가르며 교차하는 두 개의 날은 듬직했다. 지치지도 주눅 들지도 않았다. 그의 몸에 난 쥐젖마저 완벽하게 없애주었다. 그는 더 이상 몸을 긁지 않아도 됐다.

　그는 도수관 벽면을 손바닥으로 짚으며 천천히 걸어 올라갔다. 꺼끌꺼끌한 삿갓조개들이 있어 다행이었다. 그것들을 잡고 올라가니 의지도 됐다. 안내 표지판처럼 든든했다. 머리 위에서 비추는 쟁반만 한 빛이 도수관 입구임을 알게 했다.

누군가, 무언가를 외치는 말소리가 또다시 들렸다. 급박한 어투였지만 무슨 내용인지는 알 수 없었다. 음성의 내용은 그의 귀에 들어오지 않았다. 그는 머리를 한쪽 어깨로 기웃하게 기울인 다음 주먹으로 머리통을 내리쳤다. 귓불을 잡아당기기도 하고 새끼손가락을 넣어 후비기도 했다. 머리를 흔들고 도수관 안에서 폴짝폴짝 뛰기도 했다. 하지만 물먹은 듯 웅웅거리는 소리가 머리통을 삼켜버린 것만 같았다. 몸의 균형을 잡을 수도 없었다. 걷다가 주저앉기를 반복했다.

오랜 작업을 끝내고 식사를 하러 갈 때마다 그는 이렇게 컨테이너 박스까지 걸어갔다. 그때의 갈지자걸음은 기분을 좋게 했다. 점심시간은 단순히 밥만 먹는 시간이 아니었다. 유일한 휴식 시간이었다. 온몸을 햇볕에 말릴 수 있는 기회였으며 마음껏 산소를 들이마실 수 있는 시간이기도 했다.

산소가 부족한 그는 지금 눈도 침침하게 느껴졌다. 물론 어두운 도수관 안이라 확인할 도리는 없지만. 그는 산소통을 잃어버렸다. 최루탄이 터졌을 때 그만 산소통 묶음을 놓치고 말았다. 바보 같은 짓이었다. 작업을 하지 않을 거면서 가위를 들고 다니는 건 괜한 체력 소모만 될 뿐이었다. 차라리 가위를 떨어트렸어야 했다. 아니다. 언제 또 진압대가 나타나 그를 가격할지 몰랐다. 가위라도 있어야 방어할 수 있었다. 진압대는 조금도 사정을 봐주지 않았다. 그들 손엔 쇠로 된 봉이 있었다. 부상을 당했든 탈진을 했든 기아에 허덕이든 때리고 찌르고 짓밟은 뒤 끌어냈다.

시간이 지날수록, 걸음을 디딜수록, 가위는 무거워졌다. 팔이라도 떼어놓고 싶었다. 목도 몹시 말랐다. 수통을 건네줬던 이(李)가 딱 하루만 더 참으라고 했다. 그때까지만 해도 그 수통이 마지막이 되리라곤 생각하지 못했다. 물을 좀 더 아껴 먹었어야 했다. 그는 꼭 뒤늦은 후회를 했다. 시급 900원 인상도 너무 큰 욕심인 듯 싶었다. 사소한 것이라도 원하는 무언가가 성취된 적이 없는 그였다. 다른 인생을 살아본 적 없으니 비교할 생(生)도 없었다. '그래야 해서'가 아니라 '그래야 하는' 줄 알고 살아왔다. '그렇게 살아왔듯' 침묵하고 운명을 탓해야 했다. 그는 마른침을 삼켰다. 아무리 걸어 올라가도 쟁반만 한 빛은 가까워질 기미가 보이지 않았다. 10미터 간격마다 달려 있는 송풍관 입구 판을 이미 열 개나 넘게 지나왔다. 혹시 반대편 저수조 방향으로 걸은 건 아닌가 싶어 자꾸 뒤를 돌아봤다. 서두르지 않았다. 아니 서두를 수도 없었다. 몸이, 다리가, 천근만근이었다. 이렇게 한 발 한 발 내딛고 올라가는 게 기적이었다.

하지만 그건 그의 생각일 뿐이었다. 도수관 바깥에 있는 진압대는 그가 끝까지 투쟁을 하고 있다고 여겼다. 아니, 그렇게 믿어야 했다. 도수관 속으로 기어들어 가 있는 그들 때문에 하루 50만 명이 사용할 수 있는 25만 4000킬로와트의 전기를 며칠째 생산할 수 없었다. 더구나 그들은 삿갓조개를 제거하는 날카로운 도구로 진압대를 사정없이 찌르며 저항했다. 최루탄을 쏘아대도 소용없었다. 도수관은 길고 복잡했다. 송풍관과 터널을 이용해서 도수관 이곳저곳을 쥐새끼처럼 돌아다니는 그들을 위협할 방법은 없었다.

고작 시급 900원을 인상하라고 시작한 그들의 파업이었다. 손실액은 그들이 죽을 때까지 평생 무급으로 일해도 도저히 갚을 수 없는 금액이었다.

2.

그는 삿갓조개를 긁어내는 일을 했다. 그의 손엔 가위 같은 도구가 들려 있었다. 가위는 아니었다. 두 개의 날이 교차되는 형태였지만 가위와 달리 바깥쪽 날도 날카롭게 서 있었다. 손잡이 부분엔 고리 대신 굵직하고 긴 쇠통이 달려 있었다. 이것은 조개더미를 깨트릴 때 유용했다. 익숙하게 깨트리고 긁어내고 잘라냈다.

조개를 다 긁어내진 않았다. 적당히 띄엄띄엄, 도수관 속에 말줄임표를 만들어놓 듯 몇 개의, 몇 무더기의 삿갓조개는 그대로 뒀다. 그러지 않으면 도수관 하나를 끝내는 건 불가능했다.

고무장화를 신은 발목 아래로 미처 빼내지 못한 바닷물이 찰싹찰싹 부딪쳤다. 도수관 안은 꽤 넓었다. 중앙의 가장 높은 부분의 높이는 4미터, 폭은 17미터, 마치 거대한 호스를 납작하게 누른 것 같은 길쭉한 모양을 하고 있었다. 타원형이 에너지 효율에 어떤 영향을 미치는지 그는 알지 못했다. 그가 알고 있는 것은 옆으로 갈수록 좁아지는 도수관에 몸을 한껏 구부려 덩굴손이 질긴 넝쿨식물처럼 붙어 있는 삿갓조개 더미를 부수고 제거하는 일이 결코 쉽지 않다는 것과 이러한 도수관이 발전소에 모두 365개 있다는 사실뿐이었다.

그는 잠수복처럼 생긴 특수 작업복을 입어야 했다. 그것이 도수관에서 일하는 노동자들이 지켜야 할 매뉴얼 제1조항이었다.

하지만 그것은 매뉴얼의 사정일 뿐, 그런 작업복을 입고 삿갓조개 제거 작업을 한다는 건 현실적으로 불가능했다. 도수관 안은 덥고 산소도 희박했다. 그 옷은 입은 채 서 있기만 해도 땀이 비 오듯 쏟아졌다. 도수관의 기울기에 따라 다양한 자세를 취하는 것도, 특수 작업복을 입고는 불가능한 일이었다.

대신, 일하는 그의 곁에 세워놓은 아주 작은 산소통 하나가 비상식량처럼 있을 뿐이었다. 무릎 아래까지 오는 고무장화를 신고 보안경을 썼을 뿐, 그의 복장은 도시 대부분의 비정규직과 다르지 않았다. 짙은 쑥색의 바지와 스포츠 칼라가 달린 셔츠를 입고 있었다. 고무줄이 달린 헤드랜턴을 이마에 두르고 있다는 것도 다르다면 달랐다.

끊임없이 들리는 물소리와 해저에 살고 있는 미지의 생명체가 내는 소리 같은 것이 가끔 도수관 외벽을 두드렸다. 도수관 안엔 거친 숨소리와 작업 소음이 울려 퍼졌다. 그가 숨을 헉헉거릴 때마다 도수관 안의 산소는 기세 좋게 줄어들었다.

　작업하는 동안, 도수관 안 물을 빼고 양쪽에서부터 중간 지점을 향해 두 명의 관리인이 일을 했다. 도수관 아래쪽은 저수조이고 위쪽은 해수면을 향한 배수구였다. 한 주마다 돌아가면서 방향을 바꿨다. 저수조 방향은 A조, 배수구 방향은 B조였다. A조가 됐든 B조가 됐든 일은 고됐다. A조는 해저터널을 통해 도수관으로 들어가야 했고 B조는 송풍관이나 배수구 입구로 들어갔다. A조는 오갈 때 많은 시간이 소요된다는 단점이 있지만 상대적으로 삿갓조개가 붙은 양은 B조에 비해 적었다. 근속 기간이 2년 차인 그는 들어온 지 몇 주 안 된 신참과 한 조가 됐다. 조는 고참과 신참을 한데 묶지만 그렇다고 도수관 안에서 두 사람이 만나는 일은 거의 없었다. 단지 작업하는 소리로 상대의 존재를 느낄 뿐이었다. 작업 소음과 숨소리는 누구의 것인지 구분이 가지 않았다. 소리는 도수관을 따라 증폭돼 서로의 고막을 찔렀다. 두 관리인은 일하는 동안 절대 이야기를 나누지 않았다. 노동 강도가 너무 심해 말하는 것이 힘들기도 했지만, 그것은 일종의 배려요 불문율이었다. 또 다른 소음을 상대에게 안겨주지 않기 위해서였다.

　처음 일을 시작한 몇 달 동안 그는 세상에서 가장 두렵고 고통스러우며 질긴 것이 숨소리라는 걸 깨달았다. 들숨과 날숨이 두려웠다. 도수관 안의 산소가 모조리 잡아먹히는 것 같았다. 호흡이, 존재가, 죽음에 이르게 하는 것 같았다. 산소통을 연신 빨아대도 심장은 조여 왔고 두통은 심해졌다. 머릿속에서 맥박이 뛰는 것 같았고 곧장 쓰러질 것만 같았다. 점심을 먹기 위해 처음 도수관 바깥으로 기어 나왔을 때를 그는 기억한다. 나오자마자 마른 토악질을 해댔다. 머리는 깨질 듯 아팠고 기압 차이로 아무 소리도 들리지 않았다. 코피도 났다. 눈 뜰 수 없을 정도로 햇빛은 따갑고 눈부셨다.

하지만 몸은 곧 적응했다. 누가 가르쳐주지 않아도 호흡법을 터득했다. 한 번 들이마시고 세 번에 걸쳐 조금씩 숨을 쪼개 내쉬었다. 가장 적응하기 힘들었던 건 '소리'였다. 나왔을 때 들리는 풀벌레 소리도, 이름을 알 수 없는 새가 나뭇가지에 앉아 지저귀는 소리도, 잎과 잎이 부딪치는 소리도, 바람 소리도, 그의 귓바퀴를 통과하는 순간, 꾸루룩 꾸루룩, 텅 더텅터텅 텅텅, 위윙윙 위잉 하는 소리가 되어 들려왔다. 소리는 그의 속을 더욱 울렁거리게 만들었고 토악질을 올라오게 했다. 그가 할 수 있는 건 풀밭에 사지를 활짝 펴고 눕는 게 다였다. 그러면서 코로, 귀로, 눈으로, 아니 피부에 있는 모공을 열어 놓고 산소를 받아들였다. 그는 눈을 꾹 감고 가슴을 부풀렸다.

쉬는 시간을 대하는 태도로 관리인의 근속 기간을 가늠할 수 있었다. 풀밭에 누워 있는 이는 1년 미만, 멍하니 앉아 있는 이는 2년 미만, 만성적인 두통을 견뎌내기 위해 독한 담배를 피우고 있는 이는 2년 이상이다. 3년 이상 근속자는 많지 않았다.

도시 노동자 대부분이 그렇듯 A구역 발전소 역시 태반은 비정규직 노동자였다. 더구나 감원이나 감봉에 대한 소문은 늘 흉흉하게 돌았다. 예방주사라도 맞듯 발전소는 정기적으로 노동자를 잘랐고 임금을 깎았다.

1년이 넘어서자 그는 산소통 한 개로 일주일을 버틸 수 있었다. 이명 현상도 조금 나아졌다. (꿈속에선 이명 현상이 여전했다) 그는 매주 두 개씩 나눠 주는 산소통 가운데 한 개를 쓰지 않았다. 조금 머리가 멍해지는 것만 참고(뇌세포가 아주 조금 파괴될 뿐이라고 했다) 사용하지 않은 산소통을 개인 사물함에 보관해뒀다가 팔았다. 한 달에 한 번 발전소로 찾아와 은밀히 사 가는 이가 있었다. 쥐새끼처럼 생긴 사내였다. M자형 탈모가 진행 중인 이마는 기름걸레질을 한 것처럼 반질거렸다. 눈은 답답할 정도로 작았지만 검은 눈동자는 징그러울 정도로 크고 새까맸다. 얇은 입술은 늘 웃고 있는 것 같았고 코는 가늘고 좁았다. 그는 등산복 차림에 커다란 배낭을 메고 왔다. 얼핏 보면 발전소 뒤에 있는 야트막한 산을 오르는 등산객 같았다. 그는 은밀한 거래자처럼 낮은 목소리로 말했고 음흉하게 웃었다. 그가 네 통이나 다섯 통의 산소통을 내밀면 사내는 8만 원이나 10만 원을 내줬다. 그에겐 뇌세포를 조금 상하게 할지라도 꼭 받아야 할 돈이었다. 풍문에 의하면 이 사내는 월초가 되면 말쑥한 양복을 입고 산소통을 가득 실은 커다란 트럭을 운전하고 나타나 발전소로 되판다고 했다. 물론 쥐처럼 생긴 사내가 양복 입은 모습을 그는 물론이고 다른 관리인도 본 적 없었다.

도수관 관리인들은 발전소의 수치인 양 통행하는 문도 달랐다. 발전소에서 일하는 다른 노동자들과 마주칠 일은 전혀 없었다. 식당도 따로 썼다.

그가 발전소에 일하면서 유일하게 좋아하는 시간은 식사 시간이었다. 도수관에서 나와 술 취한 듯 비틀거리는 걸음으로 풀밭을 지나고 작은 다리를 건너면 식당으로 쓰는 컨테이너 박스가 나타났다. 안은 여름엔 덥고 겨울엔 추웠다.

그래서 관리인들은 여름이면 식판에 음식을 담아서 컨테이너 앞 풀밭이나 모래 위 그늘진 자리면 아무 데나 앉았다. 세 개의 메뉴가 번갈아 올랐다. 큼직한 돈가스와 볶음밥, 그리고 비빔밥이었다. 볶음밥은 김치와 햄, 불고기, 해물 볶음밥이 일주일 단위로 바뀌었고 비빔밥은 국과 함께 나왔다.

그는 돈가스를 가장 좋아했다. 돈가스는 주로 기사식당에서나 파는 아주 큼직한 것이었다. 식당 여자는 커다란 가위로 두 토막을 내줬다. 한 토막으로 올려놓기엔 식판이 너무 작았다. 그는 두 토막을 낸 돈가스를 손에 들고 뜯어 먹었다.

식당 여자는 말이 서툴고 뚱뚱한 이국 사람이었다. '더 줘요'라는 말과 '됐다'는 말만 알아들을 뿐이었고 웃지도 않고 인상을 찌푸리지도 않았다. 관리인들은 아주 가끔 식사를 하다 농담을 나눴는데 그때마다 등장하는 건 식당 여자였다. 재첩국이 나올 때 유난히 많이 담아주는 건, 그녀가 섹스를 하고 싶다는 암호라고 했다. 그래서 관리인들은 그녀가 재첩국을 뜰 때마다 늘 '더 줘요'라고 말했고 국을 떠 와서는 누구의 조개가 더 많이 들어갔는지 젓가락으로 헤집어가며 시시덕거렸다.

그는 한 번도 더 달라는 말을 하지 않았고 재첩국을 내주는 식당 여자를 증오했다. 삿갓조개를 긁어내는 일을 하면서 그는 절대 조개를 먹지 않았다. 그는 조개만 봐도 지긋지긋했다. 아무리 긁어내고 잘라내도 개체를 이루며 다닥다닥 붙어 있는 그것들의 존재 자체가 끔찍하고 소름 끼쳤다. 하지만 한편으론 끈질긴 삿갓조개로 인해 자신의 일자리가 잘리지 않고 유지된다는 사실에 안도했다. 누구나 쉽게 일하기 힘들다는 것도 그가 갖는 자부심이었다. 호흡법을 익히기 전까지, 그리고 삿갓조개를 긁어내는 가위를 능숙하게 다루는 기술을 지니기 전까진, 이 일을 지속하긴 어려웠다.

가위라 부르는 이 기구는 A구역 발전소에서만 쓰이는 특수 제조된 긁개였고, 용도는 칼에 더 가까웠지만 관리인들은 가위라 불렀다. 삿갓조개를 긁어내고 부수고 잘라내기엔 효과적이었지만 잘못 다뤘다간 다치기 십상이었다.

그가 갖고 있는 가위는 세 명의 관리인을 죽인 가위기도 했다.

한 명은 천장에 붙어 있는 삿갓조개를 긁어내다가 가위를 놓쳤는데 그게 하필 한쪽 눈을 찔렀다. 보상금도 탈 수 없었다. 천장 작업을 할 시엔 반드시 보안경을 써야 한다는 것이 관리인 작업 매뉴얼 제3조항이었고, 제12조항엔 안전 규칙을 지키지 않은 사고 발생 시 회사는 어떠한 책임도 지지 않는다는 확고한 문구가 들어 있었다. 물론 눈이 찔렸다고 그가 죽은 건 아니었다. 다만 시력을 잃은 그는 매뉴얼의 조항대로 보상을 받지 못한 채 다음 날 잘리고 말았다. 그로 인해 그는 더 가난해졌고 아내는 도망갔다. 낙담한 그는 스스로 목숨을 끊었으니 따지고 보면 가위가 그를 죽인 셈이었다.

또 한 명은 그 가위에 배가 찔려 죽었다. 그이는 3년 차 되는 시점에 돌연 발전소에서 잘렸다. 경영난으로 인한 인원 감축이 명목이었다. 하지만 더 싼 임금의 신입 관리인을 모집한다는 걸 알게 된 그는 앙심을 품고 작업반장을 가위로 위협했다. 작업반장은 관리인 인사권자가 아니었다. 다만 발전소 내의 다른 시설도 직책도 알지 못하고 보지 못한 그이가 아는 유일한 정규직이었다. 따라서 작업반장을 위협하는 것은 그이가 할 수 있는 최대한의 반항이자 모반이었다. 작업반장은 커다란 덩치에 비해 몸이 매우 날렵한 사람이었다. 한때 레슬링 선수였다고도 했다. 날렵하게 몸을 피해 그이의 다리를 꺾었다. 이 과정에서 가위가 그이의 배를 찌르고 말았다. 가위는 너무 날카롭고 컸기에 그이는 그 자리에서 숨지고 말았다.

그리고 마지막으로 그 가위에 죽은 사람은 이유를 알 수 없었다. 그는 안전모와 보안경까지 착용했다. 다른 관리인들은 웬만해서 입지 않는, 우레탄으로 만든 앞치마까지 둘렀다. 산소통도 완비하고 작업을 했다. 점심시간이 돼도 나오지 않자, A조 동료가 들어가봤다. 가위가 그이의 목에 찔려 있었고 그이는 죽어 있었다. 자살인지 사고사인지 알 수 없었다.

세 명을 죽인 가위는 그에게 갔다. 하지만 그는 자신이 쓰고 있는 가위에 이러한 피의 역사가 있다는 걸 전혀 모르고 있었다. 가위에 찔려 관리인이 죽었다는 이야기를 듣긴 했지만 그 가위가 지금 자신의 손에 들려 있는 가위란 생각은 전혀 하지 못했다.

아니다. 그는 눈치채고 있었다. 그는 가위를 들고 작업을 할 때면 어쩐지 너무 잘 드는 가위가 두려웠다.

"가위를 잘못 놀리다가 사람이 죽었다고도 하던데……."

그는 작업을 하면서 종종 자기도 모르게 혼잣말을 했다. 그러고는 섹스에 대한 공상을 이어갔다. 그는 작업을 하면서, 또 점심시간에 밥을 먹고 난 뒤 담배를 피우는 대신 혼자만의 공상에 빠졌다. 그것은 두통을 이기는 유일한 방법이자 혼자만 즐기는 별식과 같은 거였다.

최근 그의 공상 속에 나오는 주인공은 여가수 A였다. 그녀는 그를 리드했다. 장소는 도수관 안, 풀밭 위, 컨테이너 식당, 가끔 화장실이 되기도 했다. 지금 그가 살고 있는 추레한 월세방이 되기도 했다. 그렇다고 그의 공상이 어떤 스토리를 갖고 이어지는 것도, 큰 의미를 지닌 것도 아니었다. 그저 현실적인 문제나 과거의 후회를 잊게 하는 수단에 가까웠다.

그러다 그는 몸을 긁었다. 그땐 다시 현실의 그로 돌아갔다. 도수관에서 일하면서 그의 온몸엔 쥐젖이 생겨나기 시작했다. 처음에는 물사마귀나 티눈 같은 거라 생각했다. 어떤 건 검은색을 띠었고 어떤 건 붉은색이나 갈색을 띠었다. 한두 개씩 생겨난 작은 돌기들은 번져갔다. 약국에 간 그는 그것의 이름이 쥐젖이란 걸 알게 됐다. 연고를 발라선 없어지지 않을 거라고 했다. 레이저 시술을 받아야 하는데 하나 제거하는 데 적어도 만 원은 들 거라고 했다. 개수를 셀 필요도 없었다. 수가 너무 많았고 고작 이런 걸 없애는데 그 많은 돈을 쓸 수 없었다. 그는 병원에 갈 일이 많았다. 무릎은 걸을 때마다 욱신거렸다. 이가 안 좋아 가끔은 끔찍한 치통에 시달리기도 했다. 가위를 집은 손엔 굳은살이 잡혔고 손목이 시큰거려 숟가락 들기도 힘들 때가 많았다. 시도 때도 없이 두통에 시달렸고 가끔 심각한 가슴 통증을 느끼기도 했다. 숨을 쉴 수 없을 정도로 괴로워 이대로 죽는 게 아닐까 싶기도 했다. 그래도 그는 병원에 가지 않았다. 돈이 없었다. 월세를 내고 빚을 갚고 최소한의 식비와 교통비만을 써도 한 달 치 월급은 늘 빠듯하여 월말엔 현금 서비스로 생활하기도 했다.

"없앨 필요 없어요, 가렵지만 않으면 돼요."

그가 말했다. 약사는 고개를 갸웃거렸다. 쥐젖은 원래 가렵거나 통증이 있는 건 아니라고 했다.

"피부과에 한번 가보세요."

약사는 연고를 하나 줬다. 하지만 그건 바르나 마나였다. 쥐젖은 배에서, 가슴으로 번져갔고 사타구니로 목으로 허벅지로 번져갔다. 쥐젖은 그의 몸이 매우 넓다는 걸 증명이라도 하듯 계속해서 생겨났다.

그는 작업반장의 호루라기 소리에 엉덩이를 털고 일어났다. 땀이 마르면서 한기가 돌았지만 도수관 안으로 들어가면 언제 그랬냐는 듯 땀이 날 것이 분명했다. 그의 쑥색 작업복 겨드랑이와 목 주변엔 땀으로 허옇게 소금기가 배어났다. 바닷물이 닿은 밑단보다 더 진한 소금기였다.

3.

하루도 쉬지 않고 한 달 동안 매일 10시간씩 꼬박 일해도 그의 손엔 200만 원이 채 떨어지지 않았다. 알 수 없는 온갖 내역으로 돈은 조금씩 깎인 채 급여가 나왔다. 이제 산소통을 따로 구입하게 되면 여기서도 더 깎일 판이었다. 그나마 1년 미만 관리인은 한 주에 산소통 두 개를 구입해야 하니 20만 원이 넘게 깎이는 거였다. 급여 5만원 인상에 작업반장은 생색을 냈다. 그나마도 자신이 우겨서 편의를 봐준 거라고 했다.

누군가 말도 안 된다고 했다. 다른 꿍꿍이가 있는 거냐고도 물었다. 작업반장에게서 나오는 대답은 간단했다. 발전소가 워낙 어려워졌기 때문에 어쩔 수 없다는 않는 소릴 했고 정작 하고 싶었을 이 말도 잊지 않았다.

"100만 원만 준대도 일 시켜달라는 사람은 많아."

작업반장은 농담처럼 진담처럼 웃으며 말했다.

그는 이해할 수 없었다. 호흡법을 익히지 않은 신출내기를, 도수관 내벽을 손상시키지 않도록 가위를 놀리지 못할 게 분명한 신참을, 삿갓조개의 최초 발생 지점을 명확히 파악해 제거할 만한 안목이 없는 그들을, 단지 적은 월급을 주고 시킬 수 있다는 이유만으로, 기존 관리인들의 월급을 함부로 깎고 일자리를 자르고 또 뽑으면 그만이라 여기는 걸 이해할 수 없었다.

만일 '그'가 발전소의 경영인이라면 절대 그러지 않을 거라 생각했지만, 그것은 그의 공상일 뿐이었다.

'생존을 위한 어쩔 수 없는 선택'에 그를 비롯한 관리인들은 모두 동참했다. 하루나 이틀만 견디면 될 거라는 이(主)의 지침에 그들은 각자 준비해 온 비상식량을 갖고 들어가기로 했다.

컨테이너 박스 앞을 지날 때 식당 여자가 끝이 새까맣게 탄 돈가스 한 덩이를 그에게만 건네줬다. 관리인들은 휘파람을 불었다. 잠시 잠깐의 활력이었다. 이제부터 식당 여자가 끝이 탄 돈가스를 한 덩이 더 주는 건, 그와 사랑을 하고 싶다는 암호라는 농담이 돌 차

례였다.

비장한 얼굴로 도수관 하나에 관리인 한 명이 들어갔다. 그들은 이번 달에 모아뒀다가 팔지 않은 산소통 두 개와 만일의 사태를 대비한 가위를 손에 들었다.

그는 처음으로 혼자 도수관 안에 들어갔다. 작업하려는 목적 없이 도수관에 들어간 건 처음이라 그는 긴장했다. 상대 관리인의 호흡 없이 혼자만의 호흡 소리를 듣는 것도 처음이었다. 도수관 안에선, 몸의 팔처럼 자연스러웠던 가위가 낯설게 느껴졌다. 도수관 외벽을 울리는 물소리와 정체 모를 소리보다 그의 호흡이 더 무시무시하게 느껴졌다. 그는 자신의 존재가 너무 무서워 몸이 부르르 떨렸다.

행동을 시작한 지 한 시간도 지나지 않아, 도수관을 쟁쟁쟁 울리는 커다란 소리가 들려왔다. 불법 파업을 중지하라는 내용이었지만 그 뒤는 더 이상 알아들을 수가 없었다. 귀를 막아도 소용없었다. 금세 그의 고막은 무뎌지고 말았다.

진압대가 들이닥친 건 열 시간도 지나지 않았을 때였다. 진압대는 잠수복처럼 생긴 진압복을 입고 있었다. 고무장화를 신고 보안경을 쓴 것은 도수관에서 일하는 관리인들과 다르지 않았다. 다만 그들 손에는 가위 대신 무쇠로 된 진압봉이 들려 있었다. 최루탄으로부터 호흡을 보호해줄 마스크를 쓰고 있다는 점도 다르다면 달랐다.

도수관 양쪽에서 열 명의 진압대원들이 중간 지점을 향해 달려 들어왔다. 그래봤자 도수관 안 경로에 훤한 관리인들을 잡아내기란 쉽지 않았다. 진압대원이 아는 거라곤, 365개의 도수관이 있고 그 관 안에 숨어 있는 관리인들을 모두 잡아내지 않으면 전기 생산을 할 수 없다는 것뿐이었다.

진압대는 망설임 없이 최루탄을 터트리기로 했다. 산소가 희박한 도수관 안에서 최루탄을 터트렸다간 누군가 죽을 수 있다는 것도 알고 있었지만 '비용을 위한 어쩔 수 없는 선택'이었다. 거칠게 저항하는 그들을, 정신을 잃고 실신해 있는 그들을, 송풍관으로 내빼려는 그들을, 익숙하게 내려치고 잡아내고 끌어냈다. 하지만 서른 명의 관리인 모두를 다 끌어내진 못했다. 도수관을 연결하는 송풍관과 배수구와 저수조로 내빼는 관리인들을 다 잡아내기란 불가능한 일이었다.

진압대의 진압이 계속되는 동안, 그는 이(李)를 두 번 만났다. 처음 만났을 때 이(李)는 피를 흘리고 있었다. 하지만 이(李)는 걱정 말라며 도리어 그를 위로했다.

"의사가 들어오기로 했소. 설마 우릴 죽이기까지 하겠소?"

이(李)는 말했다.

그는 이(李)의 말이 너무도 비현실적으로 느껴졌다. 그에게 있어 의사는 정규직만큼이나 낯선 존재였다. 마지막으로 의사를 만난 게, 병원을 간 게, 언제였는지 그는 기억도 나지 않았다. 설마 우릴 죽이기까지 하겠냐는 이(李)의 말이, 그래서 설마로 다가오지 않았다.

"기자들도 들어올 거요, 우리의 억울한 사연을 보도해줄 거요."

이(李)는 그렇게 말했지만 현실은 달랐다. 의사는 들어오지 않았고(아니, 들어왔지만 진압대에게 곧바로 끌려 나갔다) 기자는 그들을 더 억울하게 만들 기사를 내보냈다.

4.

A구역 발전소는 리아스식해안을 끼고 세워졌다. 발전소는 정권의 아이콘이기도 했다. 또 다른 아이콘인 댐, 공장, 아파트 역시 계속해서 지어지고 세워졌다.

A구역 발전소는 크기 면에서 다른 모든 발전소를 압도했다. 바닷물을 저장하는 저수조의 크기만 축구장 열두 개의 넓이보다 더 컸다. 조석 간만의 차로 들어오고 나가는 물은 도수관을 통해 저수조에 채워졌다가 다시 바다로 나갔다. 그때 저수조와 도수관을 연결하는 지점에 설치된 발전용 수차가 바닷물을 스크루처럼 회전시키면서 전기를 생산해냈다.

물론 삿갓조개를 제거하는 그로서는 발전의 원리도, 또 거대한 발전소의 규모도 잘 알 수 없었다. 그가 아는 것이라곤 365개의 도수관 안을 제대로 청소하지 않으면 전기 생산량이 현저히 줄어든다는 것뿐이었다.

따지고 보면 도수관의 수력을 저해하는 것은 삿갓조개뿐만이 아니었다. 플라스틱, 비닐, 스티로폼, 나무토막, 어망이나 그물, 각종 부유 물질들도 골치였다. 하지만 이것은 오물 제어장치로 걸러낼 수 있었다. 도수관에 큰 피해를 입히는 건 생명이 있는 것들이었다. 삿갓조개가 가장 골치였다. 그것들은 도수관 외벽을 보란 듯 에워싸며 서식했다. 삿갓조개는 도수관을 부식시켰으며 수압을 낮췄다. 사실 도수관 내벽엔 (전문가의 반대에도 불구하고) 몇십 억의 예산을 들여 특수 코팅을 했다. 삿갓조개의 서식을 막기 위해 고안된 것으로, 긴밀한 우호관계에 놓여 있으며 이를 대가로 모종의 거래를 한 A국에서 모든 시공과 설비를 담당한 것이었다. 한 치의 오차가 허용될 리 없었다.

하지만 특수 코팅은 두 달이 지나자 전혀 쓸모없는 것이 됐다. 그것은 이미 국내 전문가들도 예견한 일이었다. 삿갓조개는 금세 변종과 변이를 거쳤고 도수관은 다시 삿갓조개의 훌륭한 서식처로 둔갑했다. 삿갓조개가 파괴해놓은 도수관 틈새엔 투구조개와 고둥, 산호가 살았다. 동죽, 민챙이도 있었고 이것들을 잡아먹는 우렁이도 붙었다. 하지만 이 모든 것들은 이름과 모양만 다를 뿐 삿갓조개와 한패였다. 제거해야 하는 존재, 없어져야 하는 것일 뿐이었다.

결국 발전소는 직원을 고용해야 했다. 시설 관리인. 그를 포함한 서른 명의 직책이기도 했지만 외부에선 도수관을 청소하는 사람들이란 걸 잘 몰랐고 알려져서도 안 됐다. 몇십 억 원의 비용이 수포로 돌아갔다는 것이 알려져선 안 됐다. 그래서 그들은 그저 '관리인'으로 불렸고 그들의 하는 일이 밖으로 상세히 알려진 건 아니었다.

서른 명의 시설 관리인이 365개의 도수관을 관리하기란 쉽지 않았다. 아무리 노련한 관리인일지라도 몇 시간이고 도수관 안에서 일할 수는 없었다. 작업은 밀물이 오기 전 열 시간여 동안 진행됐다. 그동안 작업이 진행되는 15개의 도수관은 철저하게 차단된 상태였기에 익사할 염려는 없었지만 질식할 경우의 수는 고려하지 않을 수 없었다. 300미터 길이의 도수관 안 산소량은 희박했다. 사실 그들 노동 규칙 매뉴얼엔 45분 노동에 15분 휴식이 기본이었다. 하지만 그렇게 일해서는 하루 열 시간 작업 시간을 도저히 채워나갈 수 없었다.

5.

관리인의 모든 활동은 촬영되고 있었다. 식사를 마치고 풀밭에 누워 휴식을 취하고 있는 모습, 흰 바위 뒤로 몰려 앉아 담배를 피우는 모습, 그리고 쥐새끼같이 생긴 사내에게 산소통을 파는 모습까지. 영상으로 기록된 그들의 모습은 부도덕하고 파렴치해 보였으며 그것은 사실이 되어 보도됐다.

시급 900원 인상을 위해 파업을 했을 때 어느 누구도 그들 편에 서지 않았다. 한결같이 이기적인 그들을 비난했다. 더구나 그들은 자신의 티끌만 한 이익을 위해 거대 도시의 전력 생산을 마비시키는 짓을 했다. 그들은 도수관을 에워싼 삿갓조개보다 더 끔찍한 존재였다.

서른 명의 관리인은 그동안 불법으로 모아놓은 산소통은 물론이고 식당 컨테이너를 털어 비상식량마저 한 짐 지고 들어갔다. 삿갓조개 긁을 때 쓰는 도구는 그들이 만든 흉기로 알려졌다. 도수관을 점령한 그들 때문에 발전소는 전기 생산을 중단해야 했다. 그들을 제외한 그들은 그것이 중요했다. 삿갓조개를 긁어내듯 도수관 안에 기어들어 간 그들을 긁어내야 했다.

6.

도수관에서 작업을 하다가 그는 종종 몸을 긁기 위해 가위를 바닥에 내려놓아야 했다. 가려움은 배에서부터 시작됐다. 그것은 배꼽 아래 사타구니와 허벅지까지 발작적인 가려움증을 전했다.

쥐젖, 때문이었다.

전날 밤 정성스레 쥐젖을 잘라놓은 부분은 그래도 덜 가려웠다. 하지만 쥐젖 하나를 자를 때마다 그는 발끝, 머리끝까지 찌릿하게 전해지는 날카로운 고통을 견뎌야 했다. 그는 아픔을 감내해가며 손톱깎이로 쥐젖을 하나씩 잘라냈다. 그렇게 자른 자리마다 딱지가 생겼다. 덧나서 고름이 잡히기도 했다. 딱지는 아물면서 그 부분의 살색을 조금 더 검게 변색시켰다. 잘라낸 부분에 쥐젖은 사라졌고 가려움도 없어졌다. 그에겐 그게 중요했다.

하지만 또 다른 쥐젖이 생겨났다. 쥐젖과 쥐젖이 났던 자리를 비켜서 살을 뚫고 자랐다. 흡사 삿갓조개처럼 그의 몸 구석구석을 너무 잘 안다는 듯 돋아나고 번식했다.

덕분에 그의 작업량은 현저하게 줄어들었다. 맞은편 B조 관리인의 작업 소리가 도수관을 울렸다.

텅 텅 텅 부수는 소리, 끼익 끼익 잘라내는 소리, 끄득 끄득 긁어내는 소리가 들려왔다. 평소 맞은편 소리가 이렇게 크게 들린 적은 없었다. 그는 쉼 없이 일했고, 한 조가 돼서 작업하는 관리인보다 중간 지점에 늘 먼저 다다랐다. 그는 한 조로 배정받은 관리인에겐 전혀 관심이 없었다. 어차피 조는 중요치 않았다. 그가 배정받은 것은 도수관의 절반이고 이 일을 마치면 또 다른 도수관으로 이동하면 됐다. 시간을 지키고 작업량을 완수하면 그만이었다. 그런데 문득 맞은편 관리인의 작업 소리를 듣자니 고통이 느껴졌다. 자신의 고통 위에 상대 관리인의 고통이 더해지는 고통이었다. 가파른 숨소리가 더해져서 가슴이 답답했다. 문득, 상대 관리인을 위로하고 싶었다. 아니다. 그는 자신을 위로하고 싶었다.

"힘들지이이?"

그는 안부를 묻고 말았다. 그런 짓은 한 번도 한 적이 없었다. 도수관 안에선, 그가 누구든 말을 꺼내지 않는다. 하루만, 아니 단 한 시간만 일해도 안다. 어떤 말이든 소리든, 어떤 내용을 담고 있든, 본인에게도 같은 조의 상대 관리인에게도 위로가 되지 못한다는 것을. 소음의 한 종류일 뿐이었다.

하지만 그는 말을 했다. 그의 목소리가 도수관 안을 기괴하게 울리며 도수관 양쪽으로 왕왕거리며 전달됐다. 혹시라도 전할 말이 있으면 도수관을 두드렸지 말은 하지 않았다.

그는 곧 후회했다. 목소리가 맞은편 동료에게 전달될 땐 분명 고막을 찌르듯 증폭되어 정작 내용은 전달되지 않을 것이 분명했다. 공백을 두고 B조 관리인은 대답 대신 그저 도수관을 탕탕, 두 번 쳤을 뿐이다.

점심을 먹으러 나가면 B조 관리인은 화를 낼 것이다. 아니, 아예 그를 본체만체할지도 몰랐다. 그러고 보니 그는 B조 관리인이 누구였는지 기억나지 않았다. 그는 그동안 점심시간에도 다른 관리인들과 이야기를 섞은 적이 거의 없었다.

식당 여자에 대한 음담패설 대신 파업에 대한 이야기가 돌았을 때도 그는 침묵했다. 그래 봐야 헛수고라고 생각했다. 그래도 이렇게 있어선 안 된다고도 생각했다. 그는 어떠한 의견도 내지 않았고 운명이라면 받아들일 생각이었다.

그는 도수관 안에서 일하는 자신이 현실적으로 느껴지지 않았다. 파업에 대한 이야기를 나눈다는 건, 부당한 조건에서 일하는 초라한 자신을 인정하는 것 같아 싫었다. 여가수 A와의 공상 속 자신이 오히려 현실 같았다. 하지만 그는 현실과 공상이 오가는 생활에 제대로 집중할 수 없었다. 텔레비전마저 보지 못했다. 무엇 하나 끝까지 제대로 보는 프로그램이 없었다. 리모컨을 이리저리 돌리다가 잠이 들었다. 생각도 길게 이어지지 않았다. 이 생각을 하다 보면 저 생각으로 또 이 생각으로 옮겨지다가 멍, 해왔다. 도수관 안을 울리는 소리처럼 그저 지잉지잉 위윙윙거릴 뿐이었다.

그는 작업을 하기 위해 다시 가위를 들었다. 그러나 격렬한 가려움이 그의 온몸을 훑었다. 더 이상 참을 수 없었다. 윗옷을 벗었다. 헤드랜턴을 기울여 자신의 배를 비추어 봤다. 쥐젖은 흉측하게 온몸에 돋아나 있었다. 손톱으로 벅벅 긁었다. 아무리 긁어도 가려움은 사라지지 않았다. 쥐젖이 다닥다닥 붙어 있었다. 손톱깎이로 후벼 파거나 잘라낸 부분엔 딱지가 져 있어서 그의 몸은 쥐젖과 딱지와 벌건 손톱자국에 에워싸인 살덩어리에 지나지 않았다. 관리인의 손길이 전혀 닿지 않은, 그래서 폐쇄를 결정해야 할 만큼 삿갓조개의 피해가 심각한 도수관의 내벽 같기도 했다.

그는 바닥에 내려놓은 커다란 가위를 한동안 쳐다봤다. 왜 그동안 이렇게 훌륭한 생각이 떠오르지 않았는지 우둔한 머리를 탓했다.

그러고 보니 그는 요즘 별식 같았던 공상도 제대로 하지 못했다. 가려움 때문이었다.

그는 오직, 쥐젖에 대한 생각만 했다. 어떻게든 쥐젖들을 없애고만 싶었다. 긁어내고 잘라내고 후벼 파는 건 그가 가장 잘하는 일이었다. 자부심도 있었고 작업 노하우도 있었다.

바닥에 놓은 가위를 들었다. 자연스럽게 가위의 바깥 날로 쥐젖을 긁어냈다. 따가웠지만 가려움은 사라졌다. 처음부터 이렇게 할걸, 그는 잠시 후회했다.

처음에 그는 자신의 배 부분부터 작업했다. 빗으로 머리를 빗듯 자연스러웠다. 손에 힘을 뺐다. 도수관에 붙은 삿갓조개를 제거할 때도 그는 손에 힘을 싣는 것에 매우 주의를 기울였다. 도수관의 내벽을 손상시켜선 안 됐다. 힘의 강약을 조절하는 것도 2년 차 이상이 돼야 가능한 일이었다.

그는 숙련된 관리인답게, 작업량을 살폈다. 오늘은, '배' 부분만 하기로 했다. 배를 어디로 나눌 것인가가 관건이다. 그는 일단 배꼽 위와 갈비뼈가 시작되는 지점까지를 배로 정했다. 전체 부분으로 봤을 때 크게 차지하지는 않지만 그것은 핵심 작업이기도 했다. 쥐젖이 시작된 곳이기 때문이다.

삿갓조개도 마찬가지였다. 알에서 깨어난 유생이 떠다니다가 적당한 부착 지점에 안착하면 최초의 장소를 중심으로 석회질을 내어 번져가기 시작했다. 최초의 장소는 다른 곳보다 훨씬 작업이 힘들었지만 그만큼 보람도 있었다. 그는 삿갓조개를 긁듯 자신의 배에 난 쥐젖을 정성스럽게 긁어냈다. 손톱깎이로 잘라내는 것보다 아픔은 훨씬 덜했다. 예리한 작업용 가위가 맘에 들었다.

그리고 그가 좋아하는, 가장 기다리던 점심시간이 왔다. 그는 도수관 밖으로 나가야 했는데, 어쩐 일인지 배가 고프지 않았고 도수관 밖으로 나가고 싶지도 않았고, 이때쯤이면 적당히 산소 부족 현상이 일어나야 했지만 전혀 심장이 조여 오지도 않았다.

오랜만에, 그는 도수관 안이 편안하게 느껴졌다.

7.

지금 그는 도수관 안이 편안하지 않았다. 며칠째 이 안에 있었는지조차 가늠이 안 됐다. 헤드랜턴 불빛이 차츰 약해지더니 배터리가 아예 나가버렸다. 그나마도 그때가 언제부터인지 알지 못했다. 배가 고팠다. 가위로 삿갓조개를 파서 깨트린 뒤 입에 털어 넣었다. 물큰한 조갯살의 짜고 비린 맛이 입안 가득 퍼졌다. 가위를 버리지 않은 것은 잘했다, 싶었다. 목마름은 해소되지 않았다. 그는 해초를 씹다가 욕지기가 올라와 뱉어냈다. 투구조개와 고둥도 입에 넣었다. 동죽, 민챙이와 그것들을 잡아먹는 우렁이도. 이름과 모양만 다를 뿐 사실 그것들은 삿갓조개와 맛도 비슷했다. 모조리 입안에 쑤셔 넣었다가 우물우물 씹었다 뱉어냈다. 이제 그것들은 제거하는 존재, 없애야 하는 존재가 아니라 먹어 치우는 것들이 돼버렸다.

사실 먹을 수 있는 종류와 그렇지 않은 것을 구별할 수 있는 이는 이(李)였다. 그는 연차가 높기 때문에, 그런 것을 잘 알았다. 이번 파업을 주도한 이도 역시 이(李)였다. 이(李)의 옷 색깔은 달랐다. 도수관 관리인 가운데 가장 연차가 높았기 때문인데, 다른 옷을 지급받은 것이 아니라 옷 색깔이 빠졌기 때문에 자연스럽게 달라진 것이었다. 옷 색깔이 진할수록 신참이었고 흐릿해질수록 고참이었다. 옷은 너무 질겨서 절대 헤지거나 찢어지지 않았다. 그저 색이 바랄 뿐이었다.

파업이 있기 전날, 이(李)는 흰 바위 앞으로 모이라고 낮게 속삭였다. 그는 고개를 끄덕였다. 흰 바위는 작업반장의 눈을 피하기 적합한 곳이라 담배를 피우는 관리인들이 주로 이용하는 곳이었다. 만들다 버려진 도수관이 놓여 있어 언뜻 보기엔 막혀 있는 것 같았다. 모래는 깊숙이 파여 물이 고여 있었다. 고무장화를 신지 않고는 그곳을 지나가기 힘들었기에 반짝거리는 구두를 신고 있는 작업반장이 오는 걸 꺼리는 건 당연했다. 더구나 작업반장은 관리인과 함께 컨테이너에서 밥을 먹지 않았다. 그는 정규직이기에 당당히 발전소 안으로 들어가서 식사를 했다. 작업반장은 관리인들보다 30분

일찍 식사를 한 뒤, 관리인들이 식사를 마치기 10분 전에 와서 어슬렁거리다 칼같이 호루라기를 불며 점심시간이 끝났음을 알렸다. 작업반장의 옷 색깔 역시 달랐다. 그는 주황색 옷을 입었다. 정규직을 뜻하는 색이었다.

그날의 메뉴는 볶음밥이었다. 조갯살이 들어 있었다. 오징어도 있었지만 숫자를 헤아릴 수 있을 정도로 거의 보이지 않았다. 그는 젓가락으로 헤집어 밥만 먹었다. 관리인 대부분이 조개를 잘 먹지 않는다는 걸 알면서도 굳이 조갯살을 넣어 음식을 만드는 저의가 궁금했다. 그는 또 식당 여자를 저주했다.

서른 명의 관리인들은 식판을 들고 흰 바위로 향했다. 일렬로 쑥색 옷을 입고 이동하는 모습은, 흡사 게 같았다. 옆으로 움직이지 않고 앞으로 걸어간다는 것이 다르다면 다를 뿐이었다.

흰 바위를 중심으로 관리인들은 둥그렇게 앉았고 그들 가운데 가장 연차가 높은, 이(㈜)가 바위 위에 우뚝 섰다. 벌써 식사를 다 한 듯 그의 옆엔 빈 식판이 놓여 있었다.

"내일부터 행동에 옮기기로 했소."

행동은 간단했다. 도수관 하나에 한 사람씩 들어가서 하루나 이틀쯤만 버티면 됐다. 요구 조건 역시 간단했다.

시급 900원 인상.

쥐새끼 사내가 밀고한 것인지도 모른다고 했다. 작업반장이 눈치를 챘을 수도 있었다. 하지만 그렇다고 해도 문제될 것이 없다고 생각했다. 그들은 자신의 뇌세포를 조금씩 희생시키면서 산소통을 팔았을 뿐이다. 어차피 한 주에 두 통씩 쓰라고 지급되던 것 아닌가.

그런데 발전소에서는, 산소통을 되파는 행위가 빈번히 일어난다면서 앞으로 필요량에 따라 산소통을 직접 구입하라는 지침이 내려왔다. 산소통 하나의 구입가는 2만 5000원이고 한 달에 네 개에서여덟 개는 사야 했다. 월급은 고작 5만 원 올랐으니 오히려 깎인 셈이었다.

분개한 그들은 산소통을 구입하게 하려면, 시급 900원을 더 올려달라는 요구 조건을 내걸었다. 산소통 구입가를 생각하면 시급 인상이라 말하기도 어려웠다. 하지만 그것은 받아들여지지 않았다. 결국 뇌세포를 모조리 파괴하든, 아니면 산소통을 구입하든, 선택해야 했다.

타앙타앙 탕탕탕.

위험하다는 신호다, 어서 도수관을 빠져나가라는 암호다.

송풍관 입구 판을 19개까지 셌으니 190미터를 지난 셈이다. 도무지 이해되지 않았다. 지척까지 이르러야 했지만 쟁반만 한 입구의빛은 도무지 가까워지질 않았다. 그는 잠시 벽에 몸을 기댔다. 채떨어지지 않은 조개더미의 잔해가 나무 밑동처럼 남아 있었다. 그는 발밑에 고인 물을 한쪽 발로 차박차박 밟았다.

바깥 사정이 어떻게 진행되고 있는지 궁금했다. 그가 이(李)를 통해 들은 마지막 소식은 좋지 않았다. 이(李)는 부족한 산소 때문에 말을 뚝뚝 끊으며 겨우 이어나갔다.

"어떤 기자, 새끼가, 들어와서 우리가, 생수통에, 흐르는, 물로 최루탄에, 상한 눈을, 씻는 걸, 찍었어. 그러곤, 지금, 도수관 안엔, 물이 부족하지 않다고, 보도를, 한 모양이야, 흥청망청, 세수까지 할, 수, 있다고, 산소도, 식량도, 풍부, 하다고 하면서, 말이야."

점심시간에 찍힌 영상으로 인해, 관리인들은 작업 시간에 일은 않고 도수관을 몰래 빠져나가 몰상식한 휴식을 즐기는 것처럼 보도됐다. 풀밭에 누워서, 담배를 피우며. 도수관 안에 띄엄띄엄 어쩔 수 없이 남겨둬야 했던 삿갓조개는 태업의 결정적인 증거가 됐다고 했다.

송풍관을 통해 터진 최루탄은 그를 비롯한 그들의 행동을 일시에 무너뜨렸다. 호흡도 힘든 곳에 최루탄을 터트린 것은, 그들을 죽게 내버려두는 짓이었다. 몇 명은 항복하며 밖으로 나갔고 몇 명은 밖으로 나가지 못한 채 도수관 안을 헤맸다. 몇 명은 포기할 수 없다며 도수관 아래까지 깊이깊이 내려가 행동했다. 갖고 있는 산소통은 얼마 되지 않았다.

하지만 그들은 몇 개월 동안 이날을 위해 산소통을 꾸준히 빼돌렸기 때문에, 몇 년이고 도수관 안에서 버틸 수 있을 거라 보도했다.

그때까지도 그는 알지 못했다. 뭔가 드라마틱한 역전극이 펼쳐져 시급 1200원까지 인상될지도 모른다고 믿었다. 고작 900원 인상을 위해 오랜 기간 비용 손실을 감수하고 싶지 않은 건 발전소도, 그도 마찬가지였으니까.

하지만 공상일 뿐이었다. 그에겐 차라리 여가수 A와의 섹스에 대한 공상이 훨씬 더 현실감 있는 생각이었다.

8.

도수관 관리인으로 새로 들어온 그는 발전소에서 지급해준 가위를 손에 들었다.

가위는 철커덕철커덕 둔한 소리를 냈지만 날은 몹시 날카로웠다. 그는 가위에 대한 역사를 알지 못했다. 사실 그 가위는 네 명을 죽인 가위였다.

마지막 한 명의 죽음은 엽기적이었다. 그는 가위로 자신의 살갗을 마구 긁어 자해를 했다. 파업을 주도한 이라고도 했다. 온몸은 피딱지와 고름으로 덮여 있었다. 가윗날로 긁힌 피부는 원래 피부색을, 아니 피부였다는 것을 알지 못할 정도로 끔찍하게 벗겨져 있었다. 그의 입안엔 삿갓조개 껍데기가 잔뜩 들어 있었다. 진압대와 수색대가 들어가 아무리 찾아도 보이지 않던 그는 시체가 되어 예비 저수조에서 발견됐다. 텅 빈 저수조 안에서 그는 완벽한 알몸이 있다. 그는 자신의 온몸을 가위로 긁은 채 죽어 있었다. 시체를 저수조에서 떼어내려 할 때 애를 먹었다고 했다. 그새 등에 자리 잡은 삿갓조개가 그와 저수조 바닥을 결박하듯 묶어놓고 있었다. 할수 없이 그의 손에 꼭 쥐여 있던 그 '가위'로 등을 긁어내고 잘라내서 시체를 꺼낼 수 있었다. 하마터면 시체를 처리하지 못할 뻔했다. 그렇다면 도수관 하나가 통째로 막혀버려 크나큰 손해를 입을 수도 있었다. 도수관 하나가 파괴되는 가격은 그가 먹지 않고 자지 않고 쉬지 않고 평생 일을 해도 갚을 수 없는 금액이었다.

그는 그 가위에 그런 역사가 있다는 걸 알지 못했다.

아니다.

그는 알고 있을지도 몰랐다. 그는 가위를 들고 작업을 할 때면 어쩐지 너무 잘 드는 가위가 두려웠다. 그래서 종종 자기도 모르게 혼잣말을 했다.

"가위를 잘못 놀려 사람이 죽었다고도 하던데."

사마리아 여인들

산에 올라가면서도 미자 언니는 내내 들떠 있었다. 콧노래를 부르고 실없이 웃었다. 아니라고는 했지만 송 영감과 온천 갈 생각뿐이리라. 어떤 옷을 입어야 할지, 머리를 해야 할지 말아야 할지, 며칠째 그 소리였다. 송 영감의 허름한 지갑이 걸렸던 언니는 하나 사주고 싶다고도 했다. 그런 그녀에게 어제 내가 시장에서 그를 봤던 이야기는 할 수 없었다.

어제 행사장을 찾았다. 미자 언니 없이 혼자 가긴 오랜만이라 긴장도 됐다. 마트 외부 주차장엔 두어 달에 한 번꼴로 나이키나 아디다스 같은 스포츠 의류를 정상가의 60퍼센트에서 90퍼센트 정도 세일해서 팔았다. 기념일이 많은 5월이라 이번 행사엔 백화점 이월 상품도 있었다. 입구부터 사람들로 북적였다. 정상가로는 엄두도 못 낼 물건들을 손에 넣고자 하는, 결코 부유하다 할 수 없는 사람들이 대부분이었다. 난 그들보다 훨씬 더 가난했다. 돈이 없어 가끔 굶기도 한다는 걸 내 차림새만으론 알 수 없을 것이다.

일단 행사장을 훑어보며 물건들을 선별했다. 내다 팔 물건은 다음에 미자 언니와 함께 와서 해결할 생각이었다. 손자가 여름에 입으면 좋을 나이키 반바지와 티셔츠, 그리고 송 영감을 위해, 아니 그에게 선물하고 싶어 하는 미자 언니를 위해, 가죽 반지갑만 슬쩍할 생각이었다.

80호 나이키 운동복은 사람들이 신발을 신어보느라 정신없이 복잡한 운동화 할인 매장 구석에 슬쩍 떨어뜨려 놓았다. 잠시 다른 곳을 둘러보다가 운동화를 신는 척하면서 가방에 집어넣었다. 이럴 때 미자 언니와 함께였다면 옷 몇 벌은 더 집어넣을 수 있었을 것이다. 가죽 반지갑은 조금 더 어려웠다. 소매 넓은 겉옷을 입고 갔지만 쉽지 않았다. 야외 할인 매장은 CCTV가 없는 만큼 손님으로 가장하여 지키는 이를 한둘씩 배치해놓곤 해서 조심해야 했다. 진열대에서 지갑과 가방을 판매하는 직원이 한 손님이 원하는 색상의 가방을 찾느라 뒤쪽 상자 더미를 뒤지고 있을 때 재빠르게 가방에 밀어 넣었다. 다행히 매끄럽게 잘 들어갔다.

문득 팔 물건까지 확보할까 했으나 그만두기로 했다. 돌아보면 이런 욕심 때문이었다. 미리 계획한 것만 손대면 특별히 재수없을 때를 제외하곤 걸릴 확률은 적었다. 절도든 뭐든 기술이 늘수록 조심성은 줄어들었다.

미자 언니를 처음 만난 건 2년 전, 입주 준비 중인 아울렛 건물 1층 로비에서 연 행사장에서였다. 그곳 역시 백화점이나 일반 매장에 비해 경비가 허술했던 데다가 브랜드급 여성복 할인 행사를 했었다. 당시 내 가방엔 실크 블라우스 석 장과 스카프 다섯 장이 들어 있었다. 그때 난 욕심을 부렸다. 블라우스를 한 장 더 챙겨 넣으면 치수도 안 빠질 듯했다.

그때였다. 한 여자가 소리를 버럭 지르더니 직원에게 삿대질하며 쌍욕을 퍼부었다. 60대 후반쯤 되어 보였는데 화장이 짙었고 유행한 지 20년은 되어 보이는 요란한 옷을 입고 있었다. 여자는 왜소한 남자 직원의 멱살을 잡고 있던 참이라 몸집도 거대해 보였다. 찾아 달라는 사이즈를 왜 안 가져다주냐, 무시하는 거냐, 소리를 지르며 전형적인 진상 짓을 하고 있었다. 그녀 때문에 내가 매장 직원의 의심 어린 눈초리에서 벗어난 거라곤 생각도 못 했다.

버스 정류장 앞에 서 있는데, 누군가 어깨를 툭 쳤다. 매장에서 본 그녀라는 것을 처음엔 알아차리지 못했다. 밖에서 보니 왜소해 보였고 더 늙어 보였기 때문이다. 그녀는 내게 소주나 한잔 사라고 했다.

"내 덕에 걸리지 않았잖아."

당당하게 말했다. 그녀가 미자 언니다.

미자 언니는 한눈에도 가난이 물컹물컹 느껴졌다. 한때 평범한 가정주부였고 중소기업이나마 간부를 맡았던 남편을 둔 덕에 겉만

말짱한 나와는 달랐다. 아무리 짙은 화장을 해도, 아니 그것 때문에 몸으로 먹고살아온 것 같아 보였고, 그건 사실이기도 했다.

자연스레 우리 둘은 파트너가 됐다. 그녀는 나처럼 물건을 훔치진 않았다. 한 번도 남의 물건에 손댄 적 없다고 했다. 대신 그녀는 몸을 팔았다. 난 훔친 물건을 내다 팔았다. 우리는 각자의 작업을 할 때 서로의 망을 봐주는 것으로 역할 분담을 소화해냈다.

행사장이 열린 마트 건너편은 재래시장이었다. 차도 하나를 두고 대형마트와 재래시장이 마주한 이곳은 지하철역까지 들어서면서 더욱 복잡해졌다. 상인들의 보상 문제가 협의 안 돼 재래시장은 개발에서 제외됐으나 건너편 쇼핑몰로 시장 손님들을 죄 빼앗겼다. 나이 많은 동네 주민들, 오랜 단골들을 대상으로 명맥을 초라하게 이어갔다. 다만 먹자골목은 텔레비전 프로그램에 소개되곤 하는 맛집이 있어, 지방에서 굳이 찾아오는 손님도 꽤 됐다. 또 가까운 곳에 산이 있어 들르는 등산객들과 콜라텍을 찾는 중노년들도 단골이었다.

배가 고파 팥죽이나 한 그릇 먹고 갈 요량이었다. 난 시장의 먹자골목으로 들어섰다. 팥죽 가게는 골목 초입에 있었다. 작은 그릇은 3000원, 큰 그릇은 5000원이었으나 양의 차이는 서너 배가 넘었다. 난 돈이 없어 3000원짜리를 시켜야 했다. 주인 여자는 커다란 솥 안에 부글부글 끓고 있는 팥죽을 플라스틱 그릇에 떠 주었다.

오랫동안 끓였는지 탄내가 났다. 내가 거의 다 먹어가자 주인 여자는 한 국자를 더 떠서는 "조금 더 드실래요?"라며 인심 좋게 그릇을 채워주었다.

그때 송 영감을 발견했다. 팥죽 가게 건너편 게딱지처럼 붙어 있는 선술집에서였다. 가게마다 비슷한 연배의 남녀들이 엉덩이를 붙이고 앉아 있어 얼핏 못 보고 지나칠 수도 있었다. 여옥의 톤 높은 목소리 때문이었다. 여옥은 특유의 과장된 목소리로 웃음을 흘리며 송 영감의 어깨를 주먹으로 콩콩 내리치고 있었다. 다른 가게에 앉은 사람들도 흘끗흘끗 쳐다볼 정도로 그녀의 행동도 목소리도 눈꼴셨다.

난 팥죽값을 내고는 천천히 그들 곁을 지나쳐가며 노려봤다. 눈이라도 마주치면 한마디 할 생각이었다. 이미 둘은 취해 있었고 서로의 얼굴을 들여다보며 떠드느라 주변은 전혀 신경 쓰지 못하고 있었다. 여옥의 짙은 화장은 땀에 번져 번들거렸고 송 영감은 소년같이 웃고 있었다. 저 표정 때문이다. 미자 언니는 송 영감을 천하의 샌님으로 알고 있다. 송 영감이 흘깃 고개를 들어 내 쪽을 쳐다봤지만 정말 날 본 건지는 알 수 없었다. 미자 언니와 올 땐 어묵 안주가 고작이었건만 젓가락도 대지 않은 녹두전이며 이가 안 좋아 못 먹는다던 오돌뼈가 둘의 술잔 사이에 놓여 있었다. 여옥은 많아 봐야 50대로 보였다. 성형수술 때문이었다. 표정은 조금 사나워 보였으나 사내들에겐 그게 더 매력적으로 보이는 듯했다. 어쨌든 젊고 예뻐 보이는 건 부인할 수 없는 사실이었다. 솜씨도 좋은지 머리도 제가 만지는데 미용실에서 고데를 하고 나온 듯 언제나 완벽하게 부풀려져 있어 얼핏 귀티마저 났다. 미자 언니 얼굴이 떠올랐다. 기미에 검버섯까지 핀 주름 많은 얼굴, 뽀글뽀글 파마한 머리엔 윤기라곤 전혀 없었다. 여옥의 오른손이 송 영감의 허벅지 위에 있었다. 그는 그녀의 손을 꼭 쥐었다. 언니의 남자를 날름 채 간 여옥보다 양다리를 걸친 송 영감보다 미자 언니에게 더 화가 났다. 산에서 만난 사내 따위를 진지한 상대로 생각하는, 그 미련하고 억지스러운 순진함이 답답했다.

"비 온다는 소린 없었지?"

바위 근처까지 오르자 미자 언니가 말했다. 막걸리와 안주를 담은 가방이 무거운지 다른 쪽 어깨로 빼어 들어 멨다.

"없었던 거 같은데."

난 시무룩하게 대답했다.

"근데 어째 무릎도 아프고……, 인간들 코빼기도 보이지 않는다니."

언니는 숨을 몰아쉬더니 우리가 일하기 위해 자리 잡곤 하는 너럭바위 위에 가방을 내려놓았다.

"올라올 때마다 더 높아지는 거 같아."

나도 땀을 닦고 가방을 내려놓으며 말했다. 내 가방엔 음료수와

성인용품들이 들어 있었다. 가방은 내가 컸지만 술이 담긴 언니 가
방 무게가 더 나갔다. 우린 둘 다 무릎이 성치 못했다. 난 관절염이
있었고 언니는 30대 때 포주의 매를 피해 담을 넘다가 무릎이 부딪
혀 다친 뒤부터는 날이 흐리거나 비 오는 날이면 통증을 호소했다.

"행사장에 가야지?"

"어제 다녀왔어."

난 딴 데를 쳐다보며 심드렁하게 대답했다.

"혼자? 왜?"

언니가 깜짝 놀란 표정으로 되물었다.

"아니, 그냥 뭐. 시장 보다가 다녀왔지."

"에이, 왜 그랬어. 같이 가지."

미자 언니는 숨어서 지켜보는 직원을 잘 골라내 시선을 차단해
주었다. 우리 둘은 잘 맞았다. 그동안 어떻게 혼자 했을까 싶을 정
도였다.

"같이 가지."

미자 언니는 내가 못 알아들었다고 생각했는지 한마디 더 보탰
다. 아쉬운 눈치였다. 필시 지갑 때문이었다. 어떻게 할까 고민하다
가 난 그만 가방에서 지갑을 꺼냈다.

"어?"

언니는 반색하며 받아 들었다. 가격표도 끼워져 있었다. 그건 지
금도 백화점에서 파는 물건이라고 했다. 50퍼센트 세일가인데도

10만 원이 넘었다.

"비싸다."

탄식하듯 말하는 언니 목소리엔 그러나 기쁨이 역력했다.

"자기가 그냥 팔아."

언니는 마음에도 없는 소릴 했다.

"실은 그러려고."

그녀는 내 진담을 농담으로 듣고 피식 웃었다.

"오늘 밤 마산집서 살게. 한잔하자."

"돈도 없잖아."

"벌면 그만이지."

미자 언니는 나와 동업을 하고 난 뒤부터 돈 버는 일에 관한 한 예전처럼 걱정하지 않았다. 그건 나도 마찬가지다. 여전히 하루 벌어 하루 먹는 처지였다. 그래도 마음만은 편했다. 내가 벌리지 않을 땐 미자 언니에게 신세를 졌고 그건 그녀도 마찬가지였다. 굶더라도 누군가 한 사람 곁에 있다는 사실만으로 의지가 됐다. 파리 끓고 냄새 풍긴 다음에야 발견될 일 없으려면 먼저 가는 게 복이라고 우리 둘은 말하곤 했다.

그동안 난 훔친 물건을 산이나 공원에서 노인들에게 팔아먹고 살았다. 월경전 증후군 때문에 시작된 도둑질이었다. 이미 10여 년 전 월경이 끝남과 동시에 호르몬의 도발도 끝이 났지만 이것도 기술이라고 내겐 도둑질만 남았다. 경찰서와 유치장을 들락거리던 나를 경멸하던 남편과도 헤어져야 했고 아들은 전과 있는 어미가 창피한지 이혼한 뒤부턴 찾지도 않았다. 돌이라니까, 크리스마스라고 하니까, 유치원 들어간다니까, 이번이 마지막이다, 라면서 손자의 선물을 택배로 보냈다. 그런데 이번은 진짜 마지막이다. 어린이날 선물만 보내면 더 이상 원치 않는 관심을 나도 끊을 것이다.

모든 걸 잃게 한 도벽이 지금의 날 밥 먹게 했다. 살아갈 수 있게 하는 것이다. 미자 언니도 그랬다. 너무 가난해서 몸을 팔았는데 그러다 보니 더 가난해졌다. 그 때문에 병에 걸렸고 아기는 낳자마자 죽었다. 결국 그녀는 자신을 가난과 불행에 빠트리게 한, 몸 파는 짓으로 지금 밥 먹고 산다. 인생의 덜미가 잡힌 것이 나머지 인생을 살게 한다는 게 미자 언니와 나의 공통점이기도 했다.

그나마 미자 언니가 나보다 나은 점이 있다면 그건 자신을 배신하는 인생에게 그래도 자꾸 뭔가를 건다는 거다. 몇 개월 전 산에서 만난 송 영감을 단골 삼더니 연애 비슷하게 자주 만났다. 송 영감은 자식네들이 버젓이 잘 살아 용돈도 넉넉히 받는 모양이었다. 미자 언니 나이에 그런 단골을 둔다는 것 자체가 흔한 일은 아니었다. 여옥이 낚아챘다고 억울해할 것도 없었다.

물론 언니가 알면 당장 여옥을 찾아가 머리채라도 잡으려 들겠지만 내가 보기엔 송 영감이 더 문제다. 살림을 합치자는 둥 헛소리나 지껄이며 맘 주게 하지나 말 것이지, 물론 언니는 다 농이었다고 했으나 그 말을 전하는 표정은 그렇지 않았다.

한편으론 언니가 부럽기도 했다. 불면증에 시달리며 그나마 깜빡 잠이라도 들라치면 홧병으로 벌떡벌떡 일어나는 나와는 달랐다. 앞으로 남은 건 끝을 알 수 없는 내리막길인데, 발치에 걸리는 것이 돌부리든 뭐든 몸부터 사리는 나와 달리 거침없이 툭툭 차기부터 하는 그녀가 불안했지만 가끔은 대단해 보였다. 그러나 여옥과 붙어 있는 송 영감을 보고 나니 미자 언니 발치에 돌부리 하나 더 얹힌 듯하여 기분이 좋지 않았다.

그걸 알 리 없는 미자 언니는 기분이 좋았다. 이러다 오늘 허탕 치는 거 아니냐며 걱정하면서도, 숨이 차다고 몇 발짝 걷다 주저앉으면서도 콧노래를 멈추지 않았다.

그때 아래서 누군가 올라오는 소리가 들렸다. 빨간 등산조끼를 입고 등산가방을 멘 사내였다. 짙은 색이 들어간 안경을 쓰고 있는 늙은이였다. 미자 언니가 내게 눈짓하며 올라오는 사내 쪽으로 먼저 내려갔다. 난 가방 지퍼를 열어 얼음팩 위에 놓인 박카스 한 병을 꺼내 언니 뒤를 따랐다.

"혼자 왔나 봐요."

미자 언니가 나긋한 목소리로 말을 걸었다. 늙은 사내는 걸음을 멈추고는 비탈 위쪽에 서 있는 우리를 올려봤다. 짙은 색의 색안경 너머로도 그의 못마땅한 눈길이 느껴졌다.

"시원한 음료수나 한 병 하고 가요. 얘기나 하면서, 쉬엄쉬엄."

미자 언니는 '쉬엄쉬엄'이란 말을 할 때 유독 길게 늘어뜨리며 눈

226

웃음을 쳤다. 난 얼른 사내에게 박카스를 건넸고 언니는 스스럼없이 그의 팔짱을 꼈다. 사내는 우리가 쉬었던 바위까지 같이 걸었다. 난 둘의 뒤를 따랐다.

"얼만데?"

사내는 미자 언니와 너럭바위 위에 나란히 앉았고 한 손에 쥔 박카스를 내 쪽으로 향해 들고 흔들었다. 술 냄새가 풍겼다. 이미 한잔 걸치고 올라온 듯했다. 미자 언니는 얼른 술을 권했다.

"한잔하실래요?"

언니는 재빨리 가방 안에서 캔 맥주와 막걸리를 양손으로 꺼내 사내를 향해 내밀었다. 잠시 뜸을 들이더니, 사내는 막걸리를 골랐다. 난 자리를 깔기 위해 먼저 올라갔다. 등산로와는 조금 떨어지고 눈에 잘 띄지 않은 편평한 자리에 돗자리를 깔았다. 종이컵을 꺼내고 플라스틱 접시에 마른안주도 담아낸 뒤 미자 언니를 불렀다.

"조금 모자란다 싶었는데, 마침 잘됐어."

사내는 돗자리에 앉자마자 등산화부터 벗었다. 양말까지 벗어 툭툭 털고 벗은 양말로 발가락 사이를 닦더니 미자 언니와 내 얼굴을 번갈아가며 쳐다봤다. 색안경 너머로도 느껴지는 그의 시선이 어쩐지 불편했다. 난 얼른 눈을 돌렸다.

"나이 좀 잡쉈네, 몇이나 됐어?"

사내가 미자 언니를 바라보며 물었다.

"아우, 그런 건 왜 물어. 예순도 안 된 오라버니보단 적지 싶은데.

그렇지?"

"허, 난 일흔넷이야."

사내는 기분이 좋아졌는지 허허 웃었다.

"등산을 다녀 그렇구나. 어쩌면 이렇게 몸이 좋아? 오라버니 그
것도 잘하겠어. 그러면 이것도 알겠네. 여자란 나이가 들수록 찰지
잖아. 잘해줄게."

미자 언니 말에 사내는 쓰고 있던 모자를 벗었다 썼다. 그는 산
에서 술이나 여자를 사는 것이 익숙한 듯 곧바로 흥정에 들어갔다.
하지만 이내 좀 더 젊어 보이는 내가 아니라 미자 언니가 상대라는
것에 불만을 표했다. 언니가 내게 병이 있다고 적당히 둘러대자 이
번엔 미자 언니 나이에 딴죽을 걸었다.

"내 나이가 어때서? 나랑 하면 스무 살 여자애 셋이랑 하는 거랑
마찬가지라고."

미자 언니가 넉살 좋게 받아쳤지만 사내는 언니가 예순이란 걸
못 믿겠다고 했다. 결국 사내는 막걸리를 사고 언니와 산에서 하는
것을 포함해 5만 원으로 가격을 맞췄다. 산에서 하는 것은 여관비가
빠지기 때문에 좋았으나 감시원들 눈을 피하는 것이 관건이었다.
그때마다 망을 봐주는 게 내 역할이기도 했다.

미자 언니를 유독 싫어하는 산림감시원 이 씨 때문에 골치였다.
병이 옮은 것을 언니 탓으로 돌렸다. 그럴 리 없었다. 콘돔 없이 한
적 없는 언니였다. 지난해 봄, 지능이 모자란 여자애들을 데리고 산

을 훑고 다니던 늙은 작부가 싼 맛에 덤벼드는 노인네들 거시기에 고무도 안 쓰고 하게 하더니 다 작살난 거라고 언니는 항변했으나 소용없었다. 이 씨는 언니에게 술이나 담배를 내라고 하다가 돈을 내라고 하다가 자신의 병이 깊어지자 작대기를 들고 개 쫓듯 쫓았다. 그래도 다른 곳보단 나은 편이었다. 이전에 있던 공원이나 지하철역엔 다른 늙은이들 텃세도 심하거니와 돈을 뜯고 때리는 악랄한 일당들이 진을 치고 있었다. 그래도 이 산은 이 씨를 빼고는 견딜 만한 수준이었다.

사내는 막걸리를 빠른 속도로 비워나갔다. 미자 언니는 땅콩을 까서 그의 입에 하나씩 넣어주었다. 기분이 좋아졌는지 사내는 콧노래를 흥얼대다가 갑자기 쓰고 있던 짙은 색 안경을 벗었다. 그의 안경 너머 눈길이 왜 그리도 불편하게 느껴졌는지 알 거 같았다.

"어때?"

눈이 마주친 사내가 내게 말을 걸었다. 당황스러워하자 미자 언니가 얼른 대답했다.

"눈이 부리부리한 게 좋네."

언니의 반응에 사내는 신이 나는지 혼자 술 한 잔을 쭉 들이켜곤 손등으로 입술을 문질러 닦았다.

"감쪽같지? 이거 가짜 눈이야, 플라스틱 눈알."

언니는 그의 잔과 자신의 잔에 술을 채웠다.

"에이, 난 또 뭐라고. 자, 건배."

슬쩍 그의 오른쪽 눈을 올려다보았다. 한쪽 눈에 비해 조금 더 쑥 들어가고 처져 있었다. 당연하겠지만 동공의 움직임은 전혀 없었다. 그는 일부로 왼쪽 눈알을 굴리며 초점 없는 오른쪽 눈알을 두드러지게 했다. 볼썽사나웠다. 잔의 술을 들이켰다. 곧 언니는 이 사내와 일을 해야 할 것이다.

"이 씨 오는지 보고 있을게."

내가 말하자 언니는 기다렸다는 듯 고개를 끄덕였다.

"요즘 여기 감시가 심해요, 재선충까지 번져서."

"그거랑 우리 연애하는 게 무슨 상관이야."

사내가 웅얼거리는 말투로 반문했다.

"내 말이 그 말이에요. 아유, 우리 오라버니 말씀 한번 잘하시네. 나도 억울해서 말이야. 소나무 병 생긴 것도 우리 탓이라지."

미자 언니가 비죽거렸다. 내가 자리에서 일어서자 사내는 내 바짓단을 슬쩍 잡았다.

"이러면 서운치. 여자 둘 끼고 먹는 맛에 막걸리 두 통이나 산 건데. 아직 술도 남았고."

사내가 말했다. 미자 언니는 조금 더 앉아 있으라며 내게 눈짓을 했다. 난 도로 자리에 앉았다. 사내는 그때부터 말을 늘어놓기 시작했다.

"난 말야, 전쟁 나간 이야기나 하면서 시간 죽이는 늙은이들, 담배 뻑뻑 피우고 바둑이나 두면서 시간 죽이는 할 일 없는 노인네들,

그도 저도 아니면 태극기 붙이고 다니면서 정치꾼 깡패 노릇 하는 쌍판들하곤 다르단 말야. 그래 봐야 나이 먹으면 뒈져야 된다는 소리나 듣지. 몸에서 쉰내나 풍기면서 말이지."

사내는 복지관에서 컴퓨터하는 것을 배워 자신의 인터넷 카페를 만들었는데 회원수가 꽤 된다며 자랑했다. 카페엔 자신이 직접 지은 시도 올려놓았을뿐더러 음악도 꽤 많이 모아놓았다고 했다. 그러면서 휴대폰을 열어 우리 앞에 내밀어 보이더니 굳이 카페 주소를 종이에 써서 내 주머니에 넣었다.

"카페 이름이 '그리움이 머무는 곳'인데 그냥 이름만 쳐도 나와. 정회원 신청하면 돼. 복지관에서 같이 배운 회원들도 있지만 이렇게 오가다 만난 사람들도 다 회원이야. 좋아하는 노래 뭐야? 자료실에 올려놓을 테니까 언제든 들어와서 들으라고."

언니도 그렇고 나도 그렇고 컴퓨터든 인터넷이든 할 일도 없고 관심도 없었으나 사내에겐 대단하다며 칭찬해주었다.

"난 다방 같은 덴 안 가. 스타벅스 아니면 가지도 않는다고. 나이 먹었다고 다 노인네 되는 게 아냐. 젊은 사람 하는 거 겁내지 않아야 늙지 않는다고."

그는 검지를 입안에 넣어 쩝쩝거리며 잇새를 후벼 팠다.

"젊어 보이시는 이유가 있었네."

미자 언니가 손뼉을 쳤다. 사내는 막걸리 두 잔을 연거푸 마시더니 자신은 절대 말하지 않는다던 전쟁 이야기를 시작했다. 그는 월남 참전 용사였다.

"반전 작전 중이었는데 말이지. 일착으로 적을 소탕하고 나서 숨어 있는 적들을 색출했어. 한마디로 숨어 있는 새끼들 찾아 깔아뭉개는 거지. 지뢰 탐지하듯 자근자근 작살내는 거야. 거기 해안가엔 동굴도 많았어. 그래 봤자지, 두더지 새끼처럼 숨어 있어도 결국 배고파 제 발로 기어 나오거나 잡히거나, 둘 중 하나거든. 근데 굶어서 비쩍 곯아빠진 시커먼 새끼 하나가 요만한 칼을 들고 달려드는 거야. 그러니까 나랑 같이 돌던, 저어기 함경도가 고향이라는 동기였는데 놀라서 수류탄을 터트린 거라. 한 주먹도 안 되는 놈이었는데. 파편 조각에 나만 이렇게 한쪽 눈알이 사라진 거지."

등산객들의 발걸음 소리가 제법 크게 들렸다가 사라졌다. 눈길을 돌렸지만 사람들의 모습은 보이지 않았다. 찔레꽃이 흐드러지게 피어 있어서 우리도 그들 눈엔 띄지 않을 터였다. 사내는 왼손으로 모자를 살짝 들어 올리고는 오른쪽 손바닥으로 이마를 문질렀다.

"이렇게 목숨 걸고 싸웠는데. 인터넷 들어가 보면 우릴 양민 학살 용병이라도 되듯 굴더라니까. 애들이고 여자고 빨갱이니까 죽인 거지 그냥 그랬겠어? 내가 그런 글마다 돌아다니면서 댓글 달고 아주 싹 다 욕해줬어. 이러니 늙은이들도 인터넷을 할 줄 알아야 해. 모르면 지들이 욕먹는지도 모른다니까."

사내의 목소리가 높아졌다.

"정말 말도 안 되죠."

232

미자 언니도 분한 듯 목소리를 높이며 비위를 맞췄다.

"아, 그리고 말야. 호랑이 본 적 있어? 동물원 같은 데서 말고?"

미자 언니와 내가 고개를 가로저었다.

"정글에서 시커먼 게 어슬렁거리는 거야. 아. 근데 그게 말야, 호랑이더라고. 그래서 사정거리까지 유인한 다음 크레모아 한 방으로 잡았지."

"베트남에도 호랑이가 사나?"

미자 언니가 믿을 수 없다는 듯 되물었다.

"무식하긴. 베트남은 말야, 열대라서 없는 동물이 없어. 거기 없는 건 지구상에 없다고 보면 돼. 크기는 또 얼마나 큰데. 모기도 말야, 웬만한 새보다 더 커. 이따만 한 게 펄럭펄럭 날갯짓 소리가 들릴 정도라니까."

사내는 자신의 팔뚝을 쑥 내밀어 흔들었다. 난 하품을 겨우 참았다.

"이거 보여줄까?"

사내는 우리 둘의 얼굴을 들여다봤다. 눈치 빠른 미자 언니가 손사래를 쳤다.

"아이고오, 됐어요. 됐어."

"되긴 뭘 돼? 이게 실제로 보면 말야. 재밌어."

그는 왼손을 자신의 오른쪽 눈 위에 올렸다.

"지금 뭐 하시려고요? 싫어요. 안 보여줘도 돼요."

난 소리를 질렀다. 그는 세끼손가락으로 눈꺼풀 위를 치켜올리더니 고개를 약간 숙이는 것과 동시에 플라스틱 눈알을 빼내어 자신의 오른쪽 손바닥 위에 올려놨다. 난 고개를 돌렸다. 미자 언니는 징그럽다고 하면서도 그의 플라스틱 눈알에 대한 품평을 했다.

"생각보다 무지 크네. 아니 이렇게 큰 걸 어찌 그리 쉽게 꺼내?"

그녀는 곧 재밌다는 듯 깔깔댔다.

"진짜 눈알하고 똑같이 생겼어."

계속해서 고개를 돌린 채로 앉아 있자, 사내는 굳이 의안을 내 눈앞으로 들이댔다. 구토가 올라올 것만 같았다. 플라스틱 흰자위엔 실핏줄까지 그려져 있었다.

그때 미자 언니 휴대폰이 울렸다. 송 영감이었다. 언니는 전화를 받기 위해 몸을 돌렸다. 소곤대며 전화를 받았지만 송 영감의 목소리가 다 들렸다. 온천에 갈 수 없다는 전화였다. 송 영감과 여옥이 만난다는 걸 모르는 미자 언니는 단지 약속이 연기되는 것인 줄로만 알았다.

"그럼 언제 볼까요?"

미자 언니의 말에 송 영감은 둘러대지도 않았다. '앞으로 볼 일 없을 거 같다'는 송 영감의 목소리가 선명하게 들렸고 뒤에 또 뭐라고 말하고 있었지만 그건 잘 들리지 않았다. 미자 언니 표정이 싸늘하게 굳어진 것과 동시에 욕이 쏟아져 나왔다.

"야, 이 영감탱이야. 네 거시기엔 무슨 꽃향기라도 나는 줄 알았냐? 콱 뒈져라."

그녀는 전화를 끊었다. 그 모습을 멍하니 바라보던 사내는 플라스틱 눈알을 다시 제 눈에 집어넣었다.

"에이 쌍, 술맛 떨어지게."

사내가 투덜대자 미자 언니는 노래를 불렀다. 언니는 노래를 구성지게 잘 불렀다. 이미자의 〈엘레지의 여왕〉을 부르자 사내는 손바닥으로 자신의 발바닥을 짝짝 치며 박자를 맞췄다. 금세 기분이 좋아진 듯했다. 언니의 노래가 끝나자 사내는 낄낄댔다.

"우리 동네선 개 자지를 엘레지라 했어."

미자 언니도 따라 웃었다.

마지막 잔까지 다 비우고 나자 사내는 두리번거리더니 걱정스럽다는 듯 말했다.

"설마 여기선 아니겠지?"

"여기가 어때?"

"아, 좋지, 좋아."

사내는 성한 왼쪽 눈을 굴리며 웃었다. 오른쪽 눈알은 그저 멍하니 빈 술잔을 내려다볼 뿐이었다.

"조금만 더 안쪽으로 가서 하면 돼요. 걱정 마, 창피당할 일 없어."

미자 언니가 말했다.

난 자리에서 일어섰다. 주머니에 든 호루라기를 목에 걸었다. 누군가 나타나면 짧게 끊어 세 번 불면 됐다. 미자 언니는 사내가 신발을 잘 신을 수 있도록 팔을 붙들어줬다. 사내는 미자 언니에게 귓속말로 뭐라 속삭였고 언니는 슬쩍 인상을 찌푸리며 대꾸했다.

"아, 알았어. 다 준비해놨지. 그것도 다 비용에 포함된 거라니까요."

미자 언니가 사내의 팔을 끌고 조금 더 안쪽으로 데리고 갔다. 그곳엔 폐쇄된 약수터가 하나 있었다.

난 그들이 있는 곳에서 조금 떨어진 밑으로 내려왔다. 등산객들 모습은 보이지 않았다. 평일이라 해도 이렇게 사람이 없진 않았다. 미세먼지 때문에 그런 건가 싶었으나 어제 봤던 일기예보는 기억나지 않았다. 몸이 쑤시는 것과 달리 어쨌든 날씨만은 화창했고 공기도 맑았다. 5월답지 않게 날도 무더웠다. 저만치 아래엔 '재선충 방지를 위해 소나무 이동불가'라 쓰인 플래카드가 바람에 펄럭이고 있었다. 실제 이 산에서 재선충 걸린 소나무를 본 적은 없었다. 소나무들이 재선충에 걸리면 잎이며 가지가 시뻘겋게 말라 죽는다고 했다. 가지를 잘라내거나 나무를 베어버리는 것이 최선의 방책이라 했다. 한번 번지면 그다음부터는 소용없다고 했다. 최근엔 재선충 감시요원까지 나타나 방역 작업을 한다며 산 여기저기 출입을 금지시키고 곳곳마다 노란 줄을 쳤다. 산림감시요원이든 재선충감시요원이든 그들은 산불이나 재선충보다 산에 빌붙어 먹고 사는, 나나 미자 언니 같은 사람들에게 더 관심을 갖는 듯했다. 별일 아닌 것에도 눈치를 주고 타박했으며 저들끼리는 신경전이었다. 어차피 예산은 한정됐으니 누구든 잘려도 잘려나가는 게 수순이라 했다. 그러니 괜한 스트레스를 우리에게 풀고 있는 것이다.

난 자리에 쭈그려 앉았다가 무릎이 아파 다리를 쭉 펴고 바닥에 앉았다. 어제 행사장에서 확보한 물건들은 어쨌든 다 필요 없는 것이 돼버렸다. 지갑도 마찬가지였다. 그건 판다 해도 물건 볼 줄 모르는 늙은이에게 제값 쳐서 못 받을 게 뻔했고 손자 선물은 실상 보내봤자다. 한숨이 나왔다. 마지막으로 만났을 때 아들은 다신 '내 가족들' 앞에 얼씬거리지 말라고 을러대듯 말했다. 마치 지 아비 같았다. 모질게 상처를 주면서 오히려 상처받은 눈빛을 하고 있었다.

새가 지저귀듯 재재거리는 목소리가 들려왔다. 머리카락을 바짝 당겨 묶은 20대 초반쯤 되는 여자아이가 반바지에 분홍색 점퍼를 입고 성큼성큼 걸어오고 있었다. 또래로 보이는 20대 남자아이의 손을 잡고 있었다. 이마에 콧잔등에 목소리에 발걸음에 어깨 위에 젊음과 생동감이 반짝거리고 있었다. 난 그들이 지나갈 수 있도록 다리를 오므렸다. 여자아이는 콧잔등을 찌푸렸다. 둘이 맞잡았던 손을 잠시 놓아야 했다. 그 짧은 시간조차 아쉬운 듯했다. 내게도 저런 때가 있었지, 싶었으나 기억나지 않았다.

얼마 안 있어 미자 언니와 같이 간 사내가 바지를 추스르며 내려왔다. 그가 오자 난 얼른 자리에서 일어섰다. 나를 보자 그는 분하다는 듯 한마디 했다.

"고작 고거 해주고는 그 돈을 다 받아? 쳇, 늙어빠진 할망구 주제에."

그러곤 내 발밑으로 침을 뱉고 내려갔다. 난 미자 언니가 있는 곳으로 갔다. 언니는 일할 때 입는 치마를 입은 채 돗자리 위에 우두커니 앉아 있었다. 벌게진 얼굴에 불만이 가득한 목소리로 투덜댔다.

"미친 새끼."

미자 언니는 나를 올려다보더니 자리에서 일어섰다.

"씻고 올게."

언니는 가방을 들고 뒤쪽 약수터로 걸어갔다. 그곳엔 식수 불가 판정을 받았다는 팻말이 꽂혀 있었다. 등산로에서 벗어난 곳이기에 원체 사람들도 잘 오지 않는 데다가 재선충 방제 작업 때문에 끈이 둘러쳐진 뒤부터는 아주 가끔 감시요원들이나 오갈 뿐 일반인들의 출입은 없었다. 뒤쪽으로는 나무가 제법 울창해 그곳에서 손님을 받았다. 손님을 보내고 난 다음엔 그 약수터에서 언니는 양치를 하고 밑을 닦았다. 찰방찰방 씻는 소리가 들렸다. 그사이 난 언니가 벗어놓은 바지를 개켜놓고 깔아놓은 돗자리를 물티슈로 닦았다.

"한숨 자고 내려가자."

언니가 약수터에서 나를 향해 외쳤다. 난 메고 있던 가방을 다시 돗자리에 내려놓았다. 가방을 베고 반듯하게 누웠다. 곧 언니가 치마를 탁탁 털며 다가왔다. 일을 할 때 언니는 바지를 벗고 폭 넓은 치마 하나만 입었다. 언니는 개켜놓은 자신의 바지를 베고 내 옆에 누웠다. 언니가 입을 벌리고 숨을 새근새근 쉬었다. 술 냄새가 달게 났다. 언니는 치마를 걷어 올렸다. 쪼글쪼글해진 배와 이제는 음모도 거의 다 빠진 아랫도리가 드러났다. 바람이 불었다.

"아, 시원해."

언니가 말했다. 연둣빛 나뭇잎에 반사된 햇빛이 눈꺼풀을 간질였다. 눈을 감았다. 약수가 쫄쫄 떨어지는 소리가 들렸다. 나뭇잎 사이로 쏟아지는 햇살이 기분 좋았다. 우리는 아무 말 없이 누워 있었다. 벌써 잠든 줄 알았던 언니가 한마디 했다.

"이렇게 씻고 난 다음, 바람에 말리다 보면, 나도, 아주, 아주, 깨끗해지는 거 같아."

그녀는 졸린 듯 띄엄띄엄 말했다.

"어제 시장에서 송 영감 봤다며? 왜, 말, 안 했어?"

미자 언니는 아무렇지도 않다는 듯 물었고 난 대답할 말을 찾다가 결국 아무 말도 못 했다.

"나도 이제 칠십이야. 근데, 주책이지. 산에서 만난 노인네, 뭘 믿고."

언니는 졸음이 몰려오는 듯 느릿느릿 말을 했다. 제법 화가 났을 텐데도 별일 아닌 듯 느껴졌다. 그녀의 느른해진 말투 때문인지 나도 갑자기 졸음이 밀려왔다. 바람이 불자, 언니의 치마가 부풀어졌다 내려갔다.

"어, 좋다……. 아무것도 안 입고, 이렇게 치마만 입고, 돌아, 댕겼

으면 좋겠다. 바람을, 하나 가득 품다가, 햇빛 좋을 땐 이렇게, 걷어
올려, 누워, 말리고⋯⋯. 그러면, 깨끗, 해질 거 같아."

"깨끗해져서 뭐 하게?"

내가 물었으나 언니는 아무 말도 없었다. 난 그녀가 잠든 줄 알았
는데 한참이나 지난 뒤에 대답했다.

"그거, 해야지. 사랑하는 사람이랑."

미자 언니는 이렇게 말하더니 힘없이 웃었다. 나도 웃고 싶었지
만 웃음이 나오지 않았다. 졸음이 몰려왔다. 물소리 때문인지 오줌
이 마려우면서도 잠을 참을 수 없었다. 바람 소리가 차츰 작아졌다.

두런대는 사내들의 목소리가 들리지 않았다면 기분 좋은 오수를
즐겼으리라. 미자 언니가 살풋 잠으로 빠져드는 날 흔들어 깨웠다.

"일어나. 놈들이 와."

난 눈을 떴다. 언니는 벌써 바지로 갈아입고 있었다.

"가자. 걸려서 좋을 거 하나 없어."

미자 언니는 목소리를 낮췄다. 그러다 그녀는 아차 싶은 표정을
지었다.

"가방을 약수터에 뒀어."

작업복을 입은 남자 세 명이 약수터 쪽으로 오고 있는 게 먼발치
서 보였다.

"어쩌지?"

내가 묻자 미자 언니가 대답했다.

"할 수 없지. 일단 내려갔다가 나중에 다시 오자."

난 고개를 끄덕였다. 최대한 조심해서 접은 돗자리를 둘둘 말은 치마와 함께 미자 언니가 옆구리에 꼈다.

"누가 가방 집어 가버리면 어쩌지."

미자 언니가 말했다. 난 픗, 웃었다.

"송 영감 준 셈 쳐야지."

미자 언니가 입을 비죽거렸다. 우리는 몸을 굽혀 등산로 쪽으로 살금살금 걸었다.

"어이, 할마씨들."

하필이면 이 씨였다. 산림감시원 이 씨가 우리를 향해 서서, 손에 든 막대기를 빙글빙글 돌리고 있었다.

"저 새낀 우리가 개새낀 줄 아나 보지. 보기만 하면 왜 패려고 난리야."

우뚝 선 미자 언니가 말했다. 산림감시원 이 씨는 우리를 향해 걸어왔다.

"여기서 또 봉지 장사 하셨나 보네? 신고한다니까. 귓구녕에 똥 찼어? 내 말 안 들려?"

우리 둘은 걸음을 빨리했다.

"어이, 멈춰. 멈추라고."

그는 요란스럽게 호루라기까지 불어댔다. 우리 둘은 빠르게 걸어 내려갔다. 무슨 큰 죄라도 진 양 가슴이 벌렁댔다. 경사진 등산로를 내려가다 보니 빨라진 걸음은 어느새 뛰는 것처럼 되고 말았다. 이쯤하면 그만둘 법도 한데 이 씨는 끈덕지게 쫓아왔다. 가뜩이나 시원찮은 무릎이 작살날 게 분명했다. 발가락까지 저릿저릿했고 무릎이 욱신댔다.

"아아. 그만. 그만."

언니도 나도 신음 같은 소리가 나왔다. 그러나 멈출 수 없었다, 아니 멈춰지지 않았다. 이러다간 넘어지거나 구를 게 뻔했다. 그런데도 우리는 용케 넘어지지도 않고 산비탈을 허청거리며 내려가고 있었다. 소나무 이동불가 플래카드 밑까지 지났으나 멈출 수가 없었다. 마침 올라오는 등산객들 서너 명이 비틀거리며 내려오는 우리 둘을 보며 몸을 피했다. 미자 언니는 울먹였다.

"주, 죽을 거 같아."

미자 언니가 말했다. 그 말을 듣자, 갑자기 웃음이 나왔다. 이 씨의 호루라기 소리가 귀밑인 양 날카롭게 들렸다.

"저 새낀, 왜, 자꾸, 호루라기를, 불고, 따라오고, 지랄이야. 우리가 뭘, 잘못했어? 나가지 않을 거야. 아무리, 쫓아내도."

미자 언니가 헐떡거리며 간신히 소리를 내뱉었다. 난 숨이 가쁘고 다리가 후들거렸지만 울음 같은 웃음이 튀어나왔고 의미 없이 흐르는 눈물 역시 멈추지 않았다. 난 목에 걸었던 호루라기를 입에 물고 안간힘을 내 불었다. 삑, 소리가 맥없이 나왔다가 또르르 기어 들어갔다. 크지 않은 소리였지만 올라오던 등산객들은 알아서 옆으로 비켜주었다.

내 호루라기 소리에 미자 언니도 신음 섞인 이상한 웃음소리를 냈다. 심장이 터질 것만 같았다. 곧 굴러떨어질 것만 같았다. 불안과 두려움이 엄습했다. 이제 곧 나무에 부딪혀 머리가 깨지거나 발이 미끄러져 구르다 갈비가 부러질지 모른다, 아니 그 전에 무릎이 꺾여 사정없이 내동댕이쳐질 것이다. 그런데도 우린 울음 같은 웃음도 달음박질도 그리고 눈물도 멈출 수가 없었다. 아무리 애를 써 봐도 도무지 속도를 줄일 수가 없었다.

청소기의 혁명

1.

　믿기 힘들겠지만 판촉사원 길 씨는 원래 연구원이었다. 그것도
홈쇼핑 완판 신화를 이루며 '청소기의 혁명'이라 일컬어지기도 했
던 (일명) '바람개비 청소기'를 개발한 연구원이자, 대기업의 스카우
트 제의도 마다한 채 중소기업에 불과한 시원전자와의 의리를 지켰
던 연구원이었다.

　이제 바람개비 청소기는 중고나라에서나 거래되는 제품이 됐다.
길 씨 역시 시원전자의 처치 곤란 인간으로 전락했다.

　그러니 그가 지금 M마트에서 팔고 있는 바람개비 청소기는 내수
용 재고를 털어내기 위한 것이고 연구원이던 그가 판촉사원으로 이
를 팔고 있다는 것은 자연스러운 해고의 수순일 뿐이었다.

이런 뻔한 사실을 길 씨가 모를 리 없는데도, 사람들은 순진하고 고리타분하며 말귀도 잘 못 알아듣는 그가 분명 모르고 있다고 생각하며 그를 마음껏 헐뜯었다.

그는 하나의 선례가 됐다.

최악의 처세를 하는 사회인으로서의 선례, 몇 번이나 온 기회를 허무하게 놓친 결과로서의 선례, 변화하는 기업 환경에 적응하지 못한 직장인으로서의 선례. 그 가운데서도 그는 요즘 같은 시대, 쓸데없는 것들, 가령 의리니 감성이니 원칙을 고집하면 어떻게 망해 가는지에 대한 선례가 되고 말았다.

마치 (애플의 성공 신화만큼이나 유명한) 디지털카메라를 외면한 코닥이 어떻게 파산했는지에 대해 들먹이는 것처럼 청소기 업체, 아니 가전제품 연구원이라면 누구나 그의 몰락에 대해 아는 척을 했다.

길 씨가 이러한 증례가 되고 있다는 것을 모르는 사람은, 한때 연구원이었으나 지금은 허브 제품을 파는 양 여사와 안마 의자를 파는 김 군 사이에서 바람개비 청소기를 팔고 있는 길 씨 자신뿐이었다.

그러나 그는 여러 사람들의 예상과 달리 바람개비 청소기를 만든 장본인으로서 직접 물건을 파는 것에 대한 자부심이 대단했다. 그의 목소리엔 자신감이 넘쳤고 제품을 설명할 땐 누구보다 진지했다. 실적이 좋다고는 할 수 없으나 현재 바람개비 청소기가 처한 현실, 단종된 거나 다름없는 중소기업의 청소기를 파는 것치곤 실적이 나쁘다고도 할 수 없었다.

　그의 첫 구매자는 친절한 노부인이었다. 그는 직접 제작한 간이
용 마룻바닥에 쌀알과 바둑알 그리고 동전을 순서대로 뿌려놓고 청
소기를 돌렸다. 이 모든 과정을 노부인은 처음부터 지켜보았다. 옆
에는 교복을 입은 여학생도 서 있었다.
　길 씨는 노즐을 바꿔 끼워가며 모형 창문 틈새와 소파에 청소 시
연을 했다. 과정마다 노부인은 마술이라도 보듯 감탄했고 학생도
호기심 가득한 눈으로 주의깊게 지켜봤다. 노부인은 마트에서 장을
보고 이미 값을 치른 요구르트를 두 개 빼 빨대를 꽂고는 하나는 길
씨에게, 또 하나는 옆에 서 있는 학생에게 주었다. 처음엔 두 사람
이 할머니와 손녀 사이라고 길 씨는 생각했지만 깜짝 놀라며 요구
르트를 받아 든 아이를 보니 초면인 듯싶었다.
　"너무 예쁘네요, 저 노란 바람개비만 빼서 집 안에 장식해놓고
싶을 정도예요."
　염색하지 않은 하얀 머리칼엔 단단하게 컬이 말려 있었고 색이
들어간 커다란 안경을 쓴, 우아한 정장 차림의 노부인이 말했다.
　바람개비 청소기가 주목을 받을 수 있었던 건 투명 아크릴 먼지
통 안에서 돌아가는 '바람개비' 때문이었다. 바람개비는 청소기를
작동시킬 때면 비로소 먼지 통에서 모습을 드러냈는데, 먼지에 부
딪히면서 노란빛을 내며 돌아갔다. 마치 살아 있는 나비처럼 상하

로 움직이며 팔랑, 팔랑 돌아가는 것이었다.

그렇다고 해서 청소기의 흡입력이 약한 것도 아니었다. 리튬 이온 배터리가 장착되어 있기 때문에 사용 시간 내내 일정하고 강력하게 흡입력이 유지됐다. 출시 때만 해도 중소기업에서 만든 무선 청소기라는 사실이 믿기지 않을 정도로 성능이 좋았다. 워셔블 헤파필터가 장착되어 흡입된 먼지가 밖으로 배출되지 않는데 이 또한 당시로선 시대를 앞선 고급 구성품이기도 했다.

신비롭게 돌아가는 바람개비 덕분에 청소 시간이 즐거워졌다든지, 아이들이 엄마를 도와 청소를 한다든지 하는 훈훈한 미담도 많았다.

"마음에 안 드시면 한 달 안엔 언제든 반품이 가능합니다. 하지만 절대 후회 안 하실 겁니다."

길 씨는 이렇게 말하고는 '제가 만든 거니 장담할 수 있습니다'라는 말도 하고 싶었지만 꿀꺽 삼켰다. 노부인 옆에 서서 구경하던 학생은 요구르트를 끝까지 다 먹고 나선 할머니에게 가볍게 묵례를 하고 돌아섰다. 노부인은 미소를 지으며 그런 학생의 뒷모습을 지켜봤다. 그러곤 다시 길 씨를 향해 돌아서며 말했다.

"실은 제가 얼마 전까지만 해도 브라질에 있었어요. 거기서 한 20년 살다 온 셈이죠. 그사이 이런 멋진 청소기가 한국에 나왔군요."

노부인은 말투 또한 우아했다. 그녀는 현금으로 청소기를 구입했다. 길 씨는 직접 주차장으로 청소기를 들고 내려가 트렁크에 실어

주기까지 했다.

그러나 한 달을 딱 하루 앞두고 노부인은 청소기를 들고 그를 찾아왔다. 목소리 톤이 어찌나 딱딱한지 전혀 다른 사람 같았다.

"그때 분명히 말하셨죠. 한 달 안엔 무조건 환불이 가능하다고요. 그죠, 그죠."

"물론입니다."

"환불해주세요."

"죄송하지만 이유를 알 수 있을까요."

그가 노부인의 얼굴을 살피며 조심스레 물었다.

"이거 단종됐다면서요. 그걸 왜 말 안 했어요. 고장이라도 나면 고치는 것도 골치 아플 텐데."

바람개비 청소기는 공식적으로 단종되진 않았다. 사건이 있은 뒤부터는 외수용으로만 판매되긴 했으나 생산이 중단된 것도 아니었다. 택배로 보내 주고받는 어려움이 있긴 하지만 시원전자엔 자체 A/S센터도 엄연히 있었다.

길 씨는 최대한 친절한 목소리로 설명해주었지만 노부인의 얼굴은 점점 더 빨개져갔고 목소리도 떨렸다.

"그래서 뭐예요? 환불해주지 않겠다는 건가요?"

"아닙니다. 환불해드립니다. 약속은 지킵니다. 그렇지만……."

그의 말이 채 끝나기도 전에 노부인은 금방이라도 쓰러질 것만 같이 온몸을 부들부들 떨며 말했다.

"제가 얼마나 핀잔을 들었는지 아세요. 며느리한텐 시대에 뒤떨어진 사람 취급이나 받고. 이 바람개비도 아무짝에도 쓸모없는 거라면서요. 먼지를 빨아들이는 것도 아니고 전기세가 절약되는 것도 아니라면서요. 다 사기라면서요."

2년여 전 이미 너무 많이 듣고 무수히 해명했던 말이지만 '사기'란 말만 들으면 그는 손발 끝이 저릿저릿하면서 온몸의 피가 옅어지는 것만 같았다. 기존 기능을 부풀려 말한 건 홈쇼핑 호스트였다. 원고를 제대로 숙지하지 않고 딱 한 번 떠들었던 말이 발목을 잡았다. 언론은 희대의 사기극으로 과장했다. 진실을 밝혀도 소용없었다. 나중에 알게 된 진실은 이 사태가 '휘파람 청소기'의 출시를 앞둔 대기업이 특허권을 뺏기 위해 꾸민 준비 작업이었다는 것이었다. 소송 끝에 진실이 밝혀졌으나 소용없었다. 더구나 그가 존경해 마지않던 시원전자의 회장은 그로부터 1년 뒤 세상을 떴다.

"환불해드립니다. 환불해드려요. 약속은 반드시 지킵니다."

그는 노부인을 안심시켰다. 하지만 그녀는 영수증을 분실했다고 했다. 소파용 노즐은 깜빡 잊고 가져오지 않았다고 했다.

그럼에도 길 씨는 노부인에게 잠시 기다리라고 이른 후, 마트 지하에 있는 ATM기에서 본인의 카드로 현금 서비스를 받아 노부인에게 환불해주었다.

그러자 노부인은 그의 손을 잡고 손등을 두드렸다. 다시 자상한 표정으로 바뀌어 있었고 이곳 마트에 자주 오니 혹시라도 마음이 바뀌면 청소기를 다시 구매할지도 모르는 만큼 일단 자신이 쓰던 건 그대로 두라는 말도 남겼다.

이렇게 해서 첫 구매자는 노부인이 아닌, 그 자신이 되고 말았다. 하지만 그는 그것으로서도 의미가 있다고 생각했다.

길 씨는, 노부인이 가져온 청소기, 이미 먼지통에 먼지가 꽤 쌓여 있는 청소기를 들고 판촉 상품 전용 창고 구석에 세워놨다. 그리고 판매 날짜와 반품 날짜, 그리고 노부인의 인상착의와 기억할 만한 특징적 성향을 적은 포스트잇을 붙여놓았다. 노부인이 다시 구매할지도 모른다고 했던 말을 진심으로 믿고 있는지도 몰랐다.

2.

길 씨는 '진짜' 혁명적인 청소기를 구상하고 있었다. 그것은 먼지망으로 빨려 들어온 먼지에서 싹이 움트게 하는 진정한 친환경적인 청소기였다. 그러니까 먼지가 쌓이면 그대로 버리는 것이 아니라 이를 꽃이 핀 화분으로 사용할 수 있는 것이다. 그러기 위해선 일반적인 먼지망이 아닌 새로운 소재를 사용해야 했지만 그건 그에게 어려운 일이 아니었다.

다만 아무 데도 소용없는, 어디서 날라온 건지도 모를, 아무것도 아닌 티끌, 먼지, 사람의 몸에서 끊임없이 떨어지는 각질이나 머리카락 등에서 생명이 움트게 하기 위한 화학적 변환 성분을 구상해야만 했다. 그가 생각하기에 그런 청소기만 만들 수 있다면야 그야말로 '혁명'이었다.

흙이 없어도 누구나 모터 달린 화분 하나씩은 갖고 다닐 수 있으리라 여겼다. 그는 광고도 생각했다. 장미 꽃봉오리가 피어나는 청소기를 안고 있는 어린왕자. 어린왕자가 장미꽃이 든 청소기로 자신의 별을 청소하는 모습. 그 청소기를 타고 별을 여행하는 환상적인 장면.

길 씨를 입사시켰던 최 회장이 살아 있었다면, 다소 황당한 그의 아이디어가 그 정도로 비웃음거리가 되도록 내버려두진 않았을 것이다. 최 회장이었다면 길 씨의 아이디어를 정리해주고 제대로 된 연구 주제를 잡아 제품으로 상용화될 수 있도록 조언해주었을 것이며, 지원도 아끼지 않았을 것이다. 그랬다면 길 씨가 원하던 대로 정말 '청소기의 혁명'을 일으켰을지도 몰랐다.

하지만 최 회장은 뇌출혈로 죽었고 그의 아들이 경영권을 승계받았다. 최 회장의 아들, 그러니까 최 사장은 비록 나이가 어리고 현장 경험이 다소 부족하다 할지라도 지극히 평범에 가까운 상식을 지녔고 평균적인 도덕성을 지녔으며 한국과 미국에서 경제와 경영을 공부한 재원이었지만, 그런 그에게도 길 씨의 아이디어는 받아들이기 힘든 것이었다.

"먼지망이 화분 역할을 해서 거기에다 꽃을 피우겠다고요?"

최 사장은 처음엔 길 씨가 농담을 하는 줄 알았다.

"그게 청소하는 데 무슨 도움이 된다는 거죠?"

그의 물음에 길 씨가 한참 후에 대답을 했다.

"기분이, 기분이 좋아지잖아요."

시원전자에 뼈를 묻겠노라 다짐하며 입사했다고 알려진 길 씨를, 최 사장은 탐색하듯 바라봤다. 아버지인 최 회장의 든든한 지원과 신뢰를 받아 (비록 불미스러운 일이 있긴 했으나) 바람개비 청소기를 히트시키고 그전에도 중박까지는 갔던 허브 스팀다리미, 건식 발마사지기, 차량용 물걸레 청소기 등을 개발 및 특허 출원까지 했던 이 사람이, 그럼에도 한낱 직원일 뿐인 이 사람이, 혹시 나이가 어리고 경험이 부족한 자신을 놀리려고 이러는 걸까? 그 같은 의혹이 최 사장의 마음속에서 피어났다.

"흡입력 좋고 사용하기 편리한 청소기가 사용자의 기분을 좋게 하는 겁니다. 그동안 이런 쓸데없는 연구나 해왔던 건가요?"

최 사장은 실제 자신이 느끼는 감정보다 더 크게 화를 내며 소리를 질렀다. 길 씨는 아들까지는 안 되더라도 큰 조카뻘은 되는 최 사장의 호통에 놀라 딸꾹질을 했다.

다시 연구실로 돌아오면서 길 씨는 더더욱 최 회장의 부재가 아쉽고 그가 그리웠다. 괴팍하고 고집스럽기로는 최 회장을 따를 자 없었으나 연구원으로서의 길 씨를 존중해주었다. 그리고 청소의 즐거움을 느끼게 해주는 청소기를 만들라고 했던 이도 최 회장이었다. '바람개비 청소기'를 개발했을 때 최 회장은 그를 얼싸안고 자리에서 펄쩍펄쩍 뛰며 기뻐했다.

청소기가 작동될 때도, 충전이 완료된 순간에도 바람개비는 빛을 내며 돌아갔다. 이때 플라스틱 먼지 통은 순간적으로 푸른빛을 발했다. 일반에게는 잘 알려지지 않은 데다가 과학적 원리로 설명하긴 힘들지만, 푸른빛 농도는 사용자의 기계마다 조금씩 달랐다. 어떤 것은 훨씬 더 짙은 파란빛이었고 어떤 것은 잿빛이나 하늘색에 가까웠다. 전압의 미세한 차나 정전기의 강도에 따라 달라진다고 알려진 것과는 달리, 실은 그것은 그 집 안의 분위기와 맥을 같이하는 거라고 그는 생각했다. 인간의 몸에서 떨어지는 피부 세포는 하루에만 100만 개 이상인데 거기엔 DNA 정보가 담겨 있기 마련이고, 그 인간이 가장 많이 느끼는 감정에 따라 색이 달라진다고, 그는 추측하고 있는 것이다.

물론 이러한 것이 청소기의 성능에 영향을 주는 건 아니었으나 길 씨는 이렇듯 기능상으론 쓸모없으나 소소한 즐거움이나 재미를 느끼게 하는 기능 하나씩은 꼭 있어야 한다고 여겼다.

세탁만 잘 되는 세탁기, 청소만 잘 되는 청소기는 그 자체만으로, 사용자에게 인상적인 감흥을 줄 수 없다. 기계가 바둑으로도 인간을 이기는 세상에, 우수한 기능만 강조하는 전자기기는 결국 사람들도 외면하게 될 것이라는 것이 그와 최 회장의 공통된 생각이었다.

철학과 예가 있어야 진정한 바둑기사가 될 수 있듯, 단순한 전자기기라 할지라도 기능이나 성능만 강조되어선 안 된다고. 그러니까 그는 바람개비를 돌리는 청소기, 노래를 부르는 청소기가 앞으로의 세상엔 필요하다고 생각했다. 같이 커피를 마시는 청소기, 딸꾹질을 하다가 웃음을 터트리는 청소기 말이다.

바람개비 청소기를 출시하고 난 뒤 대기업인 S전자에서 그를 찾아왔다. 그가 평생을 벌어도 모을 수 없는 연봉을 제시했다. 그러나 그는 면접 때 최 회장에게 했던, "입사만 시켜주신다면 시원전자에 뼈를 묻겠습니다"라고 했던 말을 지켜야 했기에 이를 거절했다.

한때 잘나갔던 연구원 길 씨는 최 사장과의 면담이 있은 후 불과 한 달 만에 판촉사원으로 발령이 났다. 창고에 쌓인 바람개비 청소기 재고를 그가 끌어안아야 했으며, 말도 안 되는 기본급에 물건을 팔 때마다 인센티브로 월급을 받기로 하는 재계약도 했다. 모두들 그가 당장 그만둘 것을 예상했지만 길 씨는 불공정한 계약서에 사인을 하고 꿋꿋하게 판촉사원으로 출근을 했다.

3.

길 씨는 자신이 하는 일이 하찮다고 생각한 적이 단 한 번도 없었다. 쓸데없이 바둑알을 떨어뜨리고 쌀알을 던지고 동전을 흩뿌렸다가 진공청소기를 밀고 다시 먼지 통을 털어내는 일을 반복했지만, 이 모든 행위가 먼지같이 날아가는 일은 아니라고 여겼다.

환불돼 돌아온 청소기마저 그는 소중하게 닦았다. 비우지 않은 채 들어온 먼지 통일 경우, 따로 부탁하지 않는 한 그는 비우지 않았다. 귀찮아서가 아니었다. 그 안에 쌓여 있는 건 단순한 먼지가 아니었다. 개인이 남긴 개별적인 자취라고 그는 생각했다. 그것 때문에 먼지 통의 색깔이 달라지는 것이므로. 또 한편으론 그는 청소기를 환불해간 고객들이 언젠간 분명 후회하고 다시 자신의 청소기를 찾으러 올 거라고, 그런 쓸데없는 믿음도 멈추지 않았다. 그래서 그는 환불되어 들어온 물품을 본사에 보내는 대신, 그의 카드로 결제해 그가 소유했다. 물론 실적을 채우지 못해 어쩔 수 없이 구매하는 경우도 있었지만 말이다.

다소 이른 시간이긴 했지만 그날따라 매장 안엔 유독 손님이 없었다. 가끔 그런 날이 있었다. 비가 오거나 그렇다고 날이 쨍하고 맑은 것도 아닌데, 특별한 국가적 행사가 있거나 인기 있는 TV 프로그램이 방송되고 있는 것도 아닌데, 아무 이유 없이, 마치 약속이라도 한 듯 손님들이 매장 안에 들지 않는 날. 그런 날이면 그 역시 힘이 빠졌다. 그런 날이면 실없기도 하고 실현 가능성이라곤 전혀 없는 아이디어지만 새로운 연구 아이템도 전혀 떠오르지 않았다. 공기의 밀도 역시 느슨해진 것처럼 몸도 나른해지고 두뇌 회전도 아주 느리게 돌아가는 것 같아서 말도 잘 안 나오고 노상 가던 화장실 가는 길도 헷갈리고 발도 헛디뎠다. 그런 날이었다.

손님이 없는 틈을 타 김 군의 안마 의자에서 안마를 받던 양 여사도 깜박 잠이 들었고 김 군은 전화 통화를 한다고 잠시 자리를 비운 참이었다.

그는 충전하기 위해 세워놓은 다섯 대의 청소기 앞에 둔 휴대용 낚시 의자에 앉아 있었다. 이상하다고 생각했다. 청소를 시연하기 위해 그가 직접 만들어 바닥에 펼쳐놓은 원목 마룻장 위 한 톨의 쌀알이 좀처럼 노즐로 빨려 들어가지 않는 것이었다. 시연할 때 이런 일이 발생했다면 여간 민망한 노릇이 아닐 수 없었다. 고출력 무선 진공청소기로서의 가치가 한순간에 웃음거리로 전락하고 말 것이다.

아무도 보는 사람이 없는데도 그는 당황스러웠다. 여전히 바닥에 붙어 있는 쌀 한 톨 때문에 등 뒤로 식은 땀이 흘렀다.

결국 그는 청소기를 끄고선, 허리를 굽혀 손톱 끝으로 쌀알을 집어내려 했다. 그런데 그것은 바닥에 찰싹 달라붙어 떨어지지 않았다. 그는 어리둥절하면서도 연구원으로서의 자격을 시험받는 듯한 기분이 들었다. 이대로 쌀알이 떨어지지 않는다면 영영 연구원으로 돌아갈 수 없을 것만 같았다. 그는 초조했다.

그때 등 뒤에 세워놓았던 다섯 대의 진공청소기의 바람개비가 일제히 돌아가기 시작했다. 아직 충전이 완료된 것도 아닌데 먼지

통은 슬픈 푸른빛을 띠웠고 노란 바람개비는 힘에 겨운 듯 팔랑, 팔랑 돌아가는 것이었다.

김 군이 그의 어깨를 툭 치고 나서야 길 씨는 자신이 깜박 잠이 들었다는 걸 깨달았다. 전날 아무리 잠을 설쳤대도 일을 하던 가운데 졸았던 적이 없던 길 씨는 그런 자신이 낯설고 면구스러워 얼굴을 붉혔다.

"길 선생님."

지방에 있는 4년제 대학을 다니다가 6개월째 휴학 중이라는 김 군은 한때 연구원이었다는 길 씨에게만은 꼬박꼬박 선생님이라고 불렀다.

"뉴스 보셨어요?"

길 씨는 고개를 저었다. 그의 휴대폰은 인터넷으로 신문 기사를 볼 수 없는 구형 폴더폰인 데다가 마트 안에서 텔레비전을 볼 수 있는 곳도 없었다.

"배가 가라앉고 있었는데 전원 구조됐대요. 근데 그 배에 D고등학교 애들이 타고 있었대요."

D고등학교라면 거리상 M마트와도 그리 멀리 떨어진 곳은 아니었다. 그때 길 씨는 불현듯 얼마 전 청소기를 사 간 엄마와 학생이 떠올랐다. 그 아이는 D고등학교 교복을 입고 있었다.

"선생님은 자녀 없으시죠? 거기 학교 다니는 자녀가 있으신 건 아니시죠?"

그는 고개를 끄덕였다. 김 군은 길 씨가 결혼을 하지 않았고 그래서 자식도 없다는 사실을 아직 알지 못했다.

"어쨌든 다행이네요, 다행이에요."

그러곤 김 군은 여드름이 난 이마를 긁으며 고개를 끄덕였다. 조금 전까지만 해도 안마 의자에 앉아 있던 양 여사는 보이지 않았다.

"그 학굔 제 모교거든요. 저도 배 타고 제주도 갔다 왔었거든요. 배가 진짜 커요. 그러니 구조하기도 쉬웠나 봐요. 그리고 애들도 말을 잘 들었을 거예요. 그랬을 거예요."

길 씨는 김 군의 말에 고개를 끄덕이면서도 이상하게 다행스럽다는 생각이 들지 않았다. 여전히 불안한 마음, 한 톨의 쌀알이 명치 끝에 들러붙는 기분이었다.

그리고 그 한 톨의 불안이 시간이 지날수록 얼마나 더 커질 수 있는지 알게 됐다. 아이들은 전원 구조된 것이 아니었다. 믿기 어렵지만 그것은 단순한 오보였다. 더 믿기 어려운 것은, 누구도 구조되지 못 한 채, 그 큰 배는 그대로 가라앉았다는 것이었다. 정말 구조를 못 한 것인지, 실은 안 한 것인지에 대한 의견이 분분했지만, 전원 구조 오보를 냈던 언론에서 제대로 된 정보나 뉴스를 기대할 순 없었다.

길 씨는 명치 끝에 그 한 톨의 쌀알이 점점 커지고 무거워져서 동전이 되고 바둑알이 될 때까지, 늘 같은 자리에서 청소기를 돌리고 청소기를 분해하고 청소기를 포장하고 청소기를 팔았다.

공기의 밀도가 느슨해진 것처럼 몸도 나른해지고 두뇌도 아주 느리게 돌아가고 말도 잘 안 나오는 상태가 지속되는 동안 마트엔 손님이 부쩍 줄었고 매장마다 적자였다. 마트의 본부장은 이런 상태가 계속되어선 안 된다며 고객의 기분을 우울하게 할 수 있는 노란 리본을 달지 못하도록 직원들에게 지시를 내렸다.

길 씨는 저녁마다 인근 공원에 마련된 추모관에 들렀다. 그는 추모관이 고무풍선으로 만든 거대한 흰고래 같다는 생각을 했다. 어쩌면 요나처럼, 고래 배속에 들어간 누군가가 살아 돌아올지도 모른다는, 터무니없는 생각을 할 때도 있었다. 그래서 자꾸 비장한 마음이 됐는지도 모른다. 그는 아이들의 사진 하나하나에 눈을 맞췄고 특히 한 아이의 사진 앞에선 오래도록 서 있었다. 그리고 그는 헌화하며 오열하는 사람들의 얼굴을 일별하며 무슨 말이라도 할 것처럼 서성이다가 결국엔 그대로 뒤돌아서서 되돌아왔다.

집으로 돌아오면서 길 씨는 자신의 걸음걸이가 예전 같지 않다는 사실을 깨달았다. 원래 길 씨의 걸음걸이는 느리지만 강단 있는 편이었다. 그리 힘이 느껴지거나 절도가 있는 건 아니었지만 그의 내딛는 발걸음엔 강력한 확신이나 결의 같은 것이 담겨 있어서 마치 발자국을 바닥에 새기듯 신중하게 걸었다. 하지만 돌아가는 그의 발걸음은 남의 다리를 빌려 걷는 사람처럼 불안하고 불확실하며 위태로웠다.

뿐만 아니라 길 씨는 자신의 길게 늘어진 그림자 또한 낯설게 느껴졌는데, 어쩐지 그 검은빛이 예전보다 훨씬 더 옅어진 것만 같았다.

그날 길 씨는 반품되어 돌아온 청소기, 결국엔 자신의 카드로 다시 결제하여 직접 구매한 청소기, 마트의 판촉 상품 전용 창고에서 옮겨놓은, 그의 집 좁은 베란다에 가득 세워져 있는 청소기를 살펴보았다. 그리고 그 가운데 청소기 하나를 신중하게 골라 꺼내어 거실로 내왔다.

그는 먼지 통을 열어보았다. 거기엔 고양이 털로 보이는 하얗고 검은 가는 털 뭉치와 회색빛 먼지, 긴 머리카락이 있었다. 그리고 하얗고 반달처럼 둥글고 여린 손톱 조각들도 보였다. 그는 그것이 밖으로 떨어지지 않도록 조심스럽게 다시 먼지통 안에 집어넣었다.

그리고 그는 청소기를 충전기에 끼워놓았다. 이미 완충 상태였기 때문에 몇 초도 안 돼 바람개비가 돌아갔다. 너무도 푸른빛, 깊은 바닷물 속처럼 깊고 깊은 푸른빛을 띠운 먼지 통 안에서 노란 바람개비가 천천히 돌아갔다.

그는 그 모습을 오래도록 지켜보았다.

4.

세 번의 봄이 가고 가을이 왔다. 그사이 추모관은 철거 결정이 났다. 더 이상 불행의 기운을 느끼고 싶지 않다는 강력한 주민들의 요청이 결정적이었다. 마트를 비롯한 주변의 상점들도 추모관의 철거 결정을 반겼다. 불운과 슬픔의 도시로 자신의 터전이 낙인찍히기를 바라지 않았다. 그들은 모든 것을 탈탈 털어내고만 싶어 했다. 그렇게 하면 자신들은 재해나 사고로부터 안전할 수 있으리라 믿는 것 같았다.

마지막 날에도 길 씨는 추모관을 찾았다.

그는 밝게 웃고 있는 아이들의 사진을 올려다보며 인사를 나누듯 천천히 들여다보다가 다시 한 아이의 사진 앞에 섰다.

길 씨는 그 아이를 알고 있었다. 실물은 훨씬 더 앳되었으나 사진은 좀 더 성숙해 보였다. 그는 목소리도 기억할 수 있었다.

엄마와 팔짱을 낀 아이가 "아니, 아니", "아이 참"이라고 할 땐 영락없는 '아이'였다. 엄마보다 키는 한 뼘쯤 컸지만, 아직 어리다는 건 분명한 사실이었다. 아이는 그냥 아이였다. 눈빛도 목소리도 그리고 엄마와 팔짱을 꼭 낀 채 천천히 걸어가던 걸음조차, 아직은 어린아이에 불과했다.

그리고 지금 그 아이는, 아직도 바다에서 나오지 못한, 다섯 아이 가운데 하나였다.

시원전자가 중국의 한 기업에 합병이 될지도 모른다는 소문은 꾸준히 들려왔으나 그는 믿지 않았다. 그도 그럴 것이 아직은 시원전자가 중소기업 중에선 영향력을 지닌 회사였기 때문이었다.

그러나 소문은 사실로 드러났다. 중국의 '글로벌 일렉트론'에 합병이 확정되었는데 말이 좋아 합병이지 헐값에 팔리는 거였다. 시원전자가 팔던 제품들은 길 씨가 연구원 시절 개발했던 청소기와 마사지기 등의 모든 특허권을 포함해, 앞으로는 시원전자가 아닌 '글로벌 일렉트론'이라는 상호를 달고 재생산될 예정이라고 했다.

그것은 곧 시원전자가 영원히 사라진다는 걸 의미했고, 그로서는 지극히 자발적이었던 죽은 회장과의 약속, 즉 시원전자와 끝까지 함께하겠다는 약속의 유효기간도 끝이 났다는 것을 의미했다.

시원전자 직원들은 데모도 하고 농성도 벌였지만 언론의 주목조차 받지 못했고 대부분 회사를 그만둘 수밖에 없었다.

판촉사원 길 씨 역시 더 안 좋은 조건의 재계약서를 쓰고 일하느니, 아직까지 그의 명성을 기억하고 있는 다른 곳으로 이직하는 편이 훨씬 더 낫다는 건 자명한 사실이었다.

그럼에도 그는 더 있을 명분도 없는, 글로벌 일렉트론의 상표를 단 청소기와 발마사지기, 차량용 청소기, 그리고 재고 상품들을 여전히 팔았다.

그의 옆자리에서 안마 의자를 팔던 김 군이 온수매트를 파는 최 군으로 바뀌고, 눈빛이 희미한 최 군은 이른 나이에 애 아빠가 된 정 군으로 다시 바뀌었지만, 그동안에도 길 씨는 열정적으로 물건을 팔았다.

그제야 사람들은 그가 전 회장에 대한 의리로 시원전자에 남아 있었던 것이 아니라 실은 지독한 패배주의자의 성향 때문에, 아무도 받아주는 곳이 없는 퇴락해버린 실패자라, 어쩔 수 없이 남아 있던 것이라 이해하게 됐고 더 이상 그를 헐뜯지 않았다. 이젠 그를 동정했다.

그러던 어느 날, 그의 눈에서 마침내 빛이 났다.

그는 갑자기 자리에서 벌떡 일어서더니 어딘가를 향해 급히 뛰어갔다. 마트의 바닥은 걷는 데 최적화되도록 만들어진 곳이었다. 라미네이트된 데코타일은 뛰어다니면 구두의 고무 밑창 소리가 지나치게 크게 들렸다. 스피커를 통해 크게 울리던 마트 송이 잠시 쉬는 타이밍이라 행사장에서 물건을 팔던 판매원들의 시선이 길 씨의 발소리와 그를 향했다.

그렇게 뛰어간 길 씨는 한 여인의 어깨를 슬쩍 잡았다. 돌아본 여인의 얼굴을 보는 순간 그는 자신이 사람을 잘못 본 거라 생각했다. 그녀의 인상은 너무 많이 변해 있었다. 얼굴엔 주름이 눈에 띄게 늘어 있었고 볼살은 쑥 빠져 있었다. 눈 밑엔 거뭇거뭇한 기미와 자잘한 물사마귀도 눈에 띄었다. 눈썰미만큼은 누구 못지않다는 스스로에 대한 신뢰를 깨트릴 뻔했는데 그건 아니었다. 그가 찾던 여인이 맞았다.

"제가 드릴 게 있어서요."

길 씨가 대뜸 말했다. 여인은 미심쩍은 눈으로 길 씨를 바라봤다. 그녀는 그가 사람을 잘못 알아봤다고 생각했다. 그러나 길 씨의 설명을 듣자, 여인은 한 손으로 자신의 이마를 짚었다. 그리고 발작적인 웃음 같은 울음을 터트렸다.

5.

아이와 여인은 모녀 관계였으나 아이의 키가 워낙 크고 성숙해 보여서 교복만 입지 않았다면, 자매지간이라 해도 믿을 만했다. 그 것은 여인이 고등학생 딸이 있다는 것이 믿기지 않을 정도로 앳되어 보이는 것도 한몫했다.

두 사람이 처음부터 바람개비 청소기에 주목한 건 아니었다. 은은한 향에 끌려 양 여사가 진열해놓은 초와 비누 쪽을 향해 시선을 향한 채 걸어오고 있었다.

그때 마침, 길 씨는 틈새 청소를 마치고 바닥에 떨어뜨려놓은 쌀알을 청소하기 위해 전원 버튼을 눌렀다.

사실 바람개비 청소기의 단점으로 꼽히는 것이 다소 무겁다는 점과 청소할 때의 소음이 크다는 점이다. 하지만 판촉 행위를 할 때의 소음은 사람들의 시선을 끄는 역할을 했다.

딸의 시선이 청소기로 향했고 곧이어 아름답고 신비하게 돌아가는 바람개비로 향했다. 투명한 플라스틱 먼지 통은 푸른빛을 띠었고 그 안에서 돌아가는 바람개비는 마치 노란 나비 같아 보였다. 비록 좁은 먼지 통이지만 나비처럼 자유롭고 신비롭게 날아다니는 것 같기도 했다. 전원을 끄면 노란 나비는 사라지고 먼지만 보이기 때문에 누군가의 눈으로 볼 때 바람개비는 마치 마술 같았다.

"엄마, 아아, 이거야. 내가 예전에 말했던 거. 저걸 봐."

아이는 엄마의 손을 끌고 시연하는 그의 앞에 섰다. 길 씨는 아이의 얼굴이 낯설지 않았다. 그의 첫 구매자이자 첫 반품을 했던, 노부인 옆에서 구경했던 여학생이 분명해 보였다.

길 씨는 다소 어려운 전문용어를 간혹 섞어 쓰기도 했지만 대체적으로는 쉬운 언어로 청소기의 성능과 원리에 대해 설명하며 마룻바닥을 밀었다.

모녀는 제법 흥미로운 시선으로 시연하는 바람개비 청소기를 바라봤다. 여학생이 "이쁘지, 그치?"라며 감탄했으므로 길 씨는 자꾸만 기분이 좋아졌다.

길 씨가 연구원이었던 시절엔 몰랐던 것이다. 판촉사원으로 일하면서 새롭게 알게 된 기쁨이었다. 그가 시연하는 현장을 바라보는 누군가의 탄성을 듣는 것. 그래서 그런 것인지도 몰랐다. 모든 이들의 예상을 깨고 그가 그런대로 판촉사원으로서의 직무를 꽤나 성실히 수행하고 있는 이유. 사실 그는 혼자만의 연구에 몰두하는 편을 더 좋아했다. 제품에 대한 프레젠테이션을 해야 할 경우마저 서툰 말솜씨 때문에, 참여도가 낮은 동료 연구원이 대신 발표를 맡곤 해서 마땅히 그가 받아야 할 박수갈채를 빼앗기곤 했다. 그때도 차라리 잘 됐다 생각하던 내성적이고 지극히 비사교적인 그였음에도 말이다.

"예전에 아마, 정전기를 이용해 바람개비가 돌아가면서 먼지를 빨아들인다고 사람들이 많이 샀는데. 그죠?"

아이가 그 앞에서 떠날 생각을 않자, 엄마가 건조한 목소리로 물었다. 또 같은 질문이었다. 길 씨는 평온한 표정으로 여전히 친절한 미소를 지으며 대답했다.

"그 말 자체가 잘못 알려진 겁니다. 재판에도 무죄가 나왔고요. 이 바람개비가 청소에 결정적 역할을 하는 건 아닙니다. 그래도 미세먼지를 흡입하는 덴 어느 정도 도움이 된다는 연구 결과도 있습니다만."

그러나 엄마도 아이도 그의 말에 귀 기울이는 것 같지 않았다. 아이는 정신이 팔린 듯 청소기 속에서 뱅글뱅글 도는 노오란 바람개비를 바라볼 뿐이었다.

"가격은 정말 저렴하네요."

아이의 엄마가 어쩔 수 없다는 듯 말했고 길씨는 고개를 끄덕이며 대답했다.

"그럼요."

여자는 아이에게 "하나를 사줄 테니 앞으로 네 방 청소는 네가 해"라고 했고 아이는 "아이 참, 알았어"라며 웃었다.

하지만 대부분의 충동구매가 그렇듯 한 달도 안 돼 청소기는 반품되고 말았다.

"저어기, 아저씨. 아아, 정말 죄송한데요."

길 씨는 발그레한 얼굴로 우물쭈물하는 아이를 올려다보았다. 그는 낚시용 의자에서 일어섰다. 아이는 며칠 전 엄마와 함께 사 갔던 청소기를 종이박스에 넣은 채 가슴에 안고 있었다.

"엄마가 환불해 오라고 해서요."

아이는 그날 교복을 입고 있지 않았다. 검정색 후드티에 청바지를 입고 까맣고 긴 머리는 어깨 밑에서 찰랑거렸다. 큰 키에 하얀 피부. 그사이 코 끝에 여드름 한 개가 빨갛게 돋아 있었다. 얼핏 보면 대학생쯤 되어 보였지만 앳된 목소리 때문에 아이는 너무 어리게 느껴졌다.

"음, 저어기. 실은 제가 그동안 청소를 두 번, 아니 아니, 세 번밖에 안 했거든요. 고양이도 제가 키우자고 해서 할 수 없이 키운 건데. 아아, 털이 많이 날리잖아요. 그래서 3일에 한 번, 제 방은 제가 밀기로 약속했는데."

말끝을 흐리며 아이의 얼굴은 점점 더 붉게 물들었다. 한쪽 발끝을 세워 바닥을 콩콩 두드렸고 목소리는 차츰 더 작아졌다.

길 씨는 괜찮다고 했고 상관없다고도 했다. 한 달 안엔 언제든 환불이 가능하다고도 했지만 아이는 계속 미안하다고 했다. 그런 아이가 길 씨는 조금 고맙기도 했다. 아이는 주머니에서 부스럭거리며 영수증과 카드를 내밀었다.

그리고 길 씨는 잊지 않고 또 말했다.

"혹시라도 이 청소기가 다시 생각나면 꼭 다시 와. 보관해둘게."

원래 길 씨는 아무리 나이가 어려 보이는 고객이라도 반드시 존댓말을 했는데 그날은 자신도 모르게 반말을 하고 말았다.

"진짜요?"

그는 고개를 끄덕였다. 아이도 고개를 끄덕이며 비로소 환하게 웃었다. 돌이켜 생각하니 눈부신 웃음이었다. 그리고 길 씨는 아이의 그 어린아이와 같은 걸음걸이, 아마도 자신도 모르고 그랬을, 몇 번 깡충거리며 뛰다가 다시 천천히 걷는 그 뒷모습을 오래도록 바라봤다.

6.

아이는 결국 바다에서 나오지 못했다. 커다란 선체가 들려지고 마침내 똑바로 세워졌으며 그 안을 수색하는 동안에도 그는 자신이 그것을 전해주게 되는 일만은 일어나지 않기를 바랄 뿐이었다. 고작 먼지 통 속에 섞인 먼지들, 머리카락 뭉치, 하얗고 작은 손톱조

각뿐인 것을 전할 필요가 없었으면 하고 바라고 또 바랐다. 혹여 아이를 찾지 못하게 된다 하더라도, 그는 그것을 여인에게 전하는 일만은 피하고 싶었다.

그래서 그랬는지 몰랐다. 그는 얼마든지 적극적으로 나설 수도 있었지만 차마 그러지 못했다. 우연이라면 그걸 필연으로 여길 테지만 굳이 나서고 싶진 않았다. 그래서 우연을 기다리겠다는 건지 피하겠다는 건지 실체도 파악하지 못한 채 마트에서의 일을 그저 계속해왔다. 형벌인 양 지나다니는 여자들의 얼굴을 살필 뿐이었다. 그렇게 그는 그곳에 머물러야만 했다.

그는 최 회장의 아들인 최 사장이 했던 말들을 비로소 이해할 수 있었다. 먼지 망이 화분이 되어 꽃을 피우게 한다는 것 자체가 쓸데없는 망상이었다. 화분이 있는데 굳이 먼지 망에서 꽃을 피울 필요는 없는 것이다. 그렇게 피어난 꽃은 무어란 말인가. 흙에서 자라도 될 꽃을 굳이 먼지 망에서 키우겠다는 악취미는 도대체 어디서 비롯된 생각이었을까. 모든 게 제 탓인 것만 같았다.

하지만 길 씨는 여인을 발견하게 되었고 기다렸던 것은 분명 아닌데도 불구하고 그녀를 향해 뛰어갈 수밖에 없었다. 길 씨의 더듬거리며 자초지종을 설명하는 말에, 여자는 처음엔 불쾌한 농담을 듣는 사람 같은 표정을 지었다. 그리고 30초 정도는 길 씨의 의도한 바를 전혀 깨닫지 못한 듯 하다가 얼굴을 일그러뜨리며 눈물을 흘렸다. 그런 그녀를 보는 것만으로도 길 씨는 괴로웠다.

"죄송해요, 정말 죄송합니다."

길 씨는 여인을 향해 계속해서 고개 숙여 사과를 했다. 무엇이 미안하다는 건지 꼭 집어 말할 순 없었지만 큰 잘못을 저지른 것만은 분명한 것 같았다. 여인의 기미가 덮인 눈 밑 살이 계속해서 떨렸고, 역시나 떨리는 목소리로 "아니에요, 고마워요, 고맙습니다"라고 했고, 길 씨는 자신에게 고마워할 필요가 없다는 말을 하고 싶었는데 더 이상 목소리가 나오지 않았다.

여인의 일그러진 얼굴 위로 눈물이 흐르고 있었고 길 씨는 차마 그런 여인을 똑바로 쳐다볼 수 없었다.

마트의 클로징 송이 경쾌하게 흐르고 있는 이벤트 홀에 서서 서로 고개를 숙이는 길 씨와 여인의 모습은 어쩐지 우스꽝스러우면서도 슬퍼 보였고 난처하면서도 애처로워 보였다.

그리고 길 씨가 건네준 그 청소기, 그러니까 출근하고 매장을 세팅할 때마다 낚시용 의자 뒤에 세워놓은 그 청소기를 여인에게 건네주었고 여인은 처음 청소기를 딸과 함께 사 갈 때처럼 품에 안고 그 마트를 빠져나갔다.

그녀의 뒷모습을 오랫동안 바라보면서 길 씨는 후련한 마음이 전혀 들지 않는다는 것을 깨달았다. 괜한 짓을 했다는 생각도 불현듯 들었다. 여전히 그의 가슴속엔 딱딱하게 굳은 쌀 한 톨이 들러붙은 채 떨어지지 않았다.

그리고 그 역시 불 꺼진 마트에서 다른 직원들과 마찬가지로 비상구를 통해 바깥으로 나갔다. 여느 때와 다름없는 퇴근 경로였음에도 낯설게만 느껴졌다. 어두컴컴한 주차장 뒷길을 걸어가면서 그는 자신의 걸음걸이가 한층 더 느려졌다는 걸 깨달았다. 아무리 걸어도 도무지 집까지 도착할 수 없을 것만 같았다. 거대한 흰고래 배 속에 갇혀버린 것처럼, 그는 방향을 찾을 수도 없었다. 허방을 걷는 것처럼 엉중경중 걷는 모습이 우스워 보일 정도였다. 이제는 글러먹었다는 걸 그는 알 수 있었다. 더 이상 예전의 활기를 찾을 수 없다는 것도. 그 모든 것을 이제는 운명처럼 받아들여야만 한다는 것도 그는 깨닫고야 말았다.

작가 인터뷰 **근생이 뭔데요?**

Q. 근린생활자, 처음 보는 낯선 단어입니다. 제목에 대해 소개를 해주세요.

A. 소설에도 나오지만, '근생'은 미용실이나 잡화점 같은 생활시설을 짓겠다고 허가를 받아놓고선 주거 목적의 주택으로 용도를 변경한 거예요. 불법인 셈이죠. 저도 집을 구하러 다니면서 알게 됐어요.

"근생이 뭔데요?"

저도 상욱처럼 공인중개사에게 물었지요. 여느 집과 똑같은데 '근생'이란 이유로 가격이 저렴하더군요. 단서가 붙었죠. 신고만 당하지 않으면 된다고요. (신고라니!) 대부분의 신고자는 같은 빌라 입주민이니 주차나 층간 소음 문제로 마찰만 빚지 않으면 된다고 아주 쉽게 말하더군요.

근린생활자의 삶에 대해 생각하게 됐어요. 그것은 비정규직의 삶과도 흡사한 것 같았어요. 정규직과 똑같은 일을 하지만 언제 잘릴지 알 수 없고 훨씬 적은 월급을 받아야 하는. 부당함에 맞서 목소리를 내면, '그러게 처음부터 열심히 해서 정규직이 됐으면 됐잖아'라는 비난을 받는 것도(처음부터 근생을 사지 말았어야지, 라고 하겠죠) 그렇고요. 그래서 소설이 시작될 수 있었어요.

제목은 이미 아시겠지만 도스토예프스키의 《지하생활자의 수기》에서 영감을 얻은 것이기도 합니다.

Q. 〈근린생활자〉의 상욱은 지하생활자 3년, 옥탑생활자 2년을 거쳐 근린생활자가 됩니다. 이후 상욱은 어떤 생활자가 됐을까요?

A. 안타깝지만 저는 상욱의 삶이 그리 좋게 풀릴 거 같지 않아요. 갖고 있는 거라곤 젊음과 성실함뿐인 대부분의 20대가 그러하듯 말이죠. 운이 없다면 다시 지하생활자나 옥탑생활자, 혹은 고시생활자로 전전하겠죠. 운이 좋아도 지하생활자를 피하는 정도이지 않을까요. '좋게 좋게 긍정적으로' 말하고 싶지만 비정규직인 상욱은 한동안 '근심생활자'로 지내게 될 것 같습니다.

그럼에도 바라는 것이 있다면, 자신이 사랑하고 있다는 것조차 깨닫지 못하는, 너무 소심해서 그 마음을 선뜻 인정하지 못하는 그도, 언젠가는 사랑도 하고 자신만의 집도 얻게 되었으면 해요.

278

물론 우리나라에서 진짜 자신의 집을 갖는다는 건 여간 어려운 일이 아니겠지만 말이죠.

Q. 평화와 통일을 부동산과 투자로 푸는 발상은 어디서부터 시작되었나요?

A. 진보적인 사고방식을 가진 선배가 결혼 후 보수 정당에 투표하는 것을 보고 적잖은 충격을 받았습니다. 이유는 간단했어요. 부동산 때문이었지요. 온갖 빚을 끌어들여 구입한 아파트 가격이 떨어져선 안 된다고 하더군요.

그렇다면 반대의 경우도 얼마든지 가능하리라 생각했어요. 현 정부의 대북정책에 부정적인 의견을 지닌 태극기 부대 할아버지라 할지라도, 만약 그가 북한 부동산에 투자를 했다면 누구보다 간절히 통일을 염원할 수밖에 없지 않을까. 더구나 그분들은 온 생에 걸쳐 '먹고살기 위해' 가장 진지하게 노력해왔던 세대이기도 하니까요.

Q. 음모론을 믿으시나요? 소설 〈그것〉에서 끝까지 정체가 밝혀지지 않았던 '더 큰 죄'는 무엇이었을까요?

A. '음모론'이란 이름으로 정체를 감추는 세력이 있다고 봅니다. 진실이 음모론으로 소비되기를 바라면서요. 하지만 한편으론 음모론으로 확산되다가 오히려 진실로 밝혀지는 경우도 있다고 생각

해요.

〈그것〉에 나오는 '죄'도 마찬가지죠. 진실을 감추기 위해 꾸며냈던 것들로 인해 오히려 큰 죄가 드러날 수 있다고요. 그러기 위해선 이를 향해 가리키며 큰 소리로 외칠 줄 아는 용기가 필요하겠죠. 그것이 비록 음모론 따위로 폄하되며 세상에 묻힐지라도. 귀 밝은 누군가는 그 소리를 마침내 들을 것이고 언젠가는 진실이 드러나리라 믿어요.

그리고 〈그것〉에 대한 좀 더 자세한 내용은 장편소설을 쓰면서 풀어낼 계획입니다.

Q. 〈삿갓조개〉에서 드러나는 노동 현장의 모습이 매우 현실적이고 적나라 합니다. 집필을 위한 구상과 취재에 대해 이야기해주세요.

A. 2010년도에 집필한 작품인데, 쌍용차 파업 진압 사태를 접하며 쓰게 됐어요. 당시 가장 화가 났던 건, 최루액을 살포하고 진압하는 바람에 생수로 눈을 씻는 노조원들의 모습을 보여주며 그에 대해 평하는 언론의 태도였어요. 단수를 시켰기에 어쩔 수 없었을 뿐인데, 식수가 부족하다는 건 거짓말이라며 빈정대듯 말하던 앵커의 멘트는 잊을 수 없었습니다.

더욱 믿기 힘들었던 건, 오랜 점거로 굶주리고 폭력적인 진압으로 다친 이들에게 식료품은 물론이고 의사들조차 들어가는 걸 가로

막는 경찰의 비인간성이었어요.

TV 뉴스나 신문 기사는 너무 편파적이었죠. 그럼에도 많은 이들은 노조원들을 응원했어요. 해도 해도 너무하다고 생각했기 때문이겠죠.

물론 그렇지 않은 사람들도 많았지만요. 그때마다 인용되는 말들이 있죠. 파업으로 인한 생산 차질로 손실액이 얼마다, 라는 숫자들. 마치 그 돈이 제 주머니에서 나가는 것인 양 분노하더군요.

그리고 당시 사측과 경찰의 진압 방법은 도수관을 부식시키는 삿갓조개를 잘라내고 긁어내듯 너무도 폭력적이었습니다. 그렇게 〈삿갓조개〉는 시작됐어요. 물론 수력발전소나 도수관에 관련된 내용 상당 부분은 상상에 의해 쓰여진 것이지만요.

Q. 〈사마리아 여인들〉은 '박카스 할머니'라고 불리는 성매매 노인의 실제 이야기가 떠오릅니다. 이 작품을 쓰실 때 어떤 마음이었는지 궁금해요.

A. 〈소원은 통일〉에 나오기도 하는데요, 종로의 한 포장마차에서 실제로 본 장면이기도 해요. 옆자리에선 한 할머니와 할아버지가 어묵 한 그릇에 소주를 마시면서 대화를 나누고 있었어요. 추측건대 박카스 할머니가 분명해 보였죠. 하지만 둘의 대화엔 분노가 없었어요. 내용은 분명, 모욕이거나 협박인데 어조는 침착했죠. 그러다 갑자기 서로의 근황을 나누며 잡담을 하다가, 술을 마시고 안주

를 먹다가, 그렇게 오래 자리를 지키고 앉아 있는 거예요. 외로웠던 거 아니었을까 싶어요. 그렇게라도 이야길 나누고 싶었을 거란 생각이 들었지요.

그즈음 월경전 증후군으로 도벽을 갖게 된 한 여인에 대한 기사를 접하게 됐어요. 폐경이 되어서야 도벽에서 자유로워졌지만 남은 건 전과기록뿐이라더군요. 그녀의 남편도 가족들도 등을 돌렸을 거란 생각이 들었어요. 어쩌면 이후 그녀는 먹고살기 위해 다시 도둑질을 하게 되지 않았을까 싶었죠.

인생을 나락으로 떨어지게 한, 매춘과 도벽이 결국 먹고살게 해주는 수단이 되고야 만, 외로운 두 여인이 만난다면 어떨까 생각해봤습니다. 인생을 덜미 잡히게 한 것이 나머지 인생을 살게 하는, 마치 산비탈을 뛰듯이 내려오는 아슬아슬한 일상을 살아가는, 두 여인의 우정을 다루고도 싶었고요.

어쩔 수 없었을 것 같아요. 선택한 것이 아니라 선택당하는 삶도 있을 테니까요.

Q. 남들에겐 쓸데없지만, 나에게는 꼭 필요한 것(물건, 활동, 습관 등)이 있다면요?

A. 정말 글이 안 써질 때 쓰면 종종 아이디어가 떠오르기도 하는, 물론 대개는 무용한 'TQ-12A 전동 타자기'. 예쁘긴 하지만 여간 불

편한 게 아닌, 바로 그 불편하다는 점 때문에 계속해서 쓰고 있는 '블랙베리 스마트폰'.

그리고 무엇보다, '소설 쓰는 행위' 자체가 아닐까 싶어요. 청소기의 혁명을 꿈꾸는 길 씨처럼 저 역시 실없기도 하고 실현 가능성이라곤 전혀 없는 아이디어를 떠올리며 하릴없이 자판기를 두드리다 다시 지우기를 반복하거든요. 쓸데라곤 전혀 없는 글을 만지작거리면서, 그것이 돈이 되지도 밥이 되지도 않는다는 것을 뻔히 알면서도요.

Q. 〈청소기의 혁명〉에 나오는 길 씨가 꿈꾸는 청소기와 세상은 어떤 것이었을까요?

A. 정말 쓸데없는 기능이 주를 이루고, 청소 기능은 부수적인 그런 청소기일 것 같아요. 아니, 어쩌면 청소엔 관심도 없고 그저 청소기와 시간을 보내는 것만으로도 마음이 깨끗해지는 그런 청소기를 꿈꾸었을 것 같기도 하네요.

그런 면에서 쓸모없는 것들이 가장 쓸모 있는 세상이 되었으면 좋겠습니다. 실용적인 것에만 매달리고 손해 보는 짓, 무용한 생각, 실없지만 피식 웃게 하는 농담을 외면하는 사람들은, 아마도 큰 불행을 당한 이들 앞에서 '지겨우니 그만하라'라는 식의 막말도 서슴지 않고 할 거 같아요.

따지고 보면 정말 중요한 거라 여겼던 것들은 지나고 나면 아무 것도 아니고, 별거 아니라 여겼던 것들이 실은 진짜 중요했단 것을 깨닫는 순간이 옵니다. 사소한 거라 여겼던 것들이 지나고 나서 가장 큰 후회로 남는 것처럼 말이죠.

Q. 소설집《근린생활자》중에서 가장 애착이 가는 작품이 있다면요?

A. 〈청소기의 혁명〉은 쓰는 내내 한 아이를 생각했어요. 세월호 약전을 쓰게 되면서 알게 된 친구죠. 샴고양이를 키우던 키가 크고 참 예쁜 아이예요. 엄마 아빠에게 친구 같은 딸이고 속 깊고 애교 많은 딸이기도 하고요. 하지만 아직은 너무 어린 아이입니다. 엄마의 출근길을 같이하고 싶어 새벽 5시에 일어나 일찌감치 등교를 하던 아이. 직장이 멀어 주말에만 오는 아빠와 시간을 보내려고 좋아하는 친구와의 약속도 웬만하면 잡지 않으려던 아이. 귀엽고 사랑스러운 아이. 세상에 단 하나밖에 없는 귀한 보석처럼 반짝반짝 빛나던, 아아, 정말이지 귀하고도 귀한 아이입니다. 그래서 〈청소기의 혁명〉은 정말 미안한 마음을 담아 가장 조심스럽고 아프게 쓴 글이기도 해요. 물론 그 아이와 상황은 다릅니다. 감사하게도 그 아이는 일찌감치 부모님께 돌아왔어요.

Q. 때론 청년의 눈으로, 또 때론 노년의 눈으로 지금 우리 사회를 견뎌내는 이들의 이야기가 담겨 있습니다. 총 여섯 편의 소설을 통해 가장 전하고픈 말은 무엇이었나요?

A. 사실 이것은 '직업'에 대한 이야기이기도 해요. 직업에 대한 자부심도 있고 전문성도 가지고 있음에도 야박한 대가와 고된 환경을 견뎌야 하는 사람들. 그러면서도 그저 운이 없었을 뿐이라고 혹은 조금 더 노력하지 않은 자신을 탓하기도 하면서 살아가는 사람들. 먹고살아야 하니까, 그래야 해서가 아니라 그래야 하는 줄 알고 살아왔던 이들입니다. 그렇게 살아왔고 또 살아가고 있는 이들을 위로하고 싶었습니다.

Q. 소설집 〈근린생활자〉를 다섯 글자로 이야기하면?

A. 여덟 글자로 하면 안 될까요? '극한 직업의 달인들'이라 말하고 싶거든요.

Q. 앞으로 작가님은 어떤 생활자가 되길 꿈꾸시나요?

A. 작가가 된 뒤에 꿈꿔오던 건 한 가지였어요. '전업 소설가'로 사는 것. 아침 일찍 일어나 소설을 쓰고 책을 읽고 구상하는. 되도

록 직장인처럼 규칙적으로 소설만 쓰고 싶었습니다. 그런 바람이 너무 커서 그런지 현실은 늘 불만스러웠죠. 이젠 어느 정도 포기했어요. 이뤄지기 힘들다는 것을 인정하고 나니 한편으론 홀가분해졌지요. 언제나처럼 '주말 소설가'로 살면서 가끔 산책도 하고 친구도 만나면서. 시간이 부족하다는 것은 여전히 불만이지만 그래도 이 시간들을 귀하게 여기고 있으니, 이것도 나쁘지 않다 싶습니다.

작가의 말

누군가를 위로한다는 것에 대해 생각해봤습니다.

걱정돼서, 잘됐으면 해서 했던 말 혹은 도와주려 했던 행동이 상처가 됐던 때가 떠오르더군요. 돌아보면 괴로움이나 슬픔이 덜어졌던 때는 일상적인 순간, 꾸미지 않은 행동에서 자연스럽게 다가왔던 것 같습니다. 그저 묵묵히 고개를 끄덕여주거나 뒤돌아보면 여전히 손을 흔들며 짓고 있었던 미소 같은.

나의 글이 그런 위로가 되길 바랐습니다.
수많은 극한 직업의 달인들을, 오늘도 전전긍긍하며 살아갈 근린생활자들을, 그렇게 위로하고 싶었지요.

그러다 깨달았습니다.

감히 그런 걸 바라다니 참 양심도 없구나.

그래서 지금 간절히 바라는 것은 오직 하나.

다만 이 소설이 누군가에게 상처가 되지 않기만을 바랄 뿐입니다.

2019년 여름

배지영

근린생활자

ⓒ 배지영 2019

초판 1쇄 발행 2019년 7월 29일
초판 2쇄 발행 2020년 1월 20일

지은이 배지영
펴낸이 이상훈
편집인 김수영
본부장 정진항
편집팀 정선재 김준섭 김수아
마케팅 조재성 천용호 박신영 조은별 노유리
경영지원 정혜진 이송이

펴낸곳 한겨레출판(주) www.hanibook.co.kr
등록 2006년 1월 4일 제313-2006-00003호
주소 서울시 마포구 창전로 70 (신수동) 화수목빌딩 5층
전화 02-6383-1602~3 **팩스** 02-6383-1610
대표메일 munhak@hanibook.co.kr

ISBN 979-11-6040-281-0   03810

• 값은 뒤표지에 있습니다.
• 파본은 구입하신 서점에서 바꾸어 드립니다.
• 이 책의 내용 일부 또는 전부를 재사용하려면 반드시 저작권자와 한겨레출판(주) 양측의 동의를 얻어야 합니다.
• 이 책은 서울문화재단 '2018년 창작집 발간 지원사업'의 지원을 받아 발간되었습니다.